KB014682

회색 여인

휴머니스트 세계문학 002

회색 여인
THE GREY WOMAN

엘리자베스 개스켈 | 이리나 옮김

차례

일러두기

1. 번역 대본으로는 Elizabeth Gaskell, *Gothic Tales*(Penguin Classics, 2000)를 사용했다.
2. 주석은 모두 옮긴이 주다.
3. 본문 중 굵은 글씨는 원서에서 이탤릭체로 강조한 부분이다.
4. 성서의 인용은 대한성서공회에서 펴낸 공동번역 개정판에 따랐다.

회색 여인

1

　네카어강가에는 제분소가 있었다. 당시 그곳에서 커피를 마시는게 유행이라 독일 전역에서 사람들이 찾아왔다. 하이델베르크의 편평하고 무미건조한 지역에 있는 이 제분소가 특별히 매력적인 것은 아니었다. 물레방아는 쿨럭쿨럭 소리를 내며 강물을 퍼 올렸고, 사각형의 안뜰 주위로는 별채와 주인의 거처가 자리하고 있었다. 강에서 한참 거슬러 올라가면 버드나무와 정자, 그리고 제대로 관리되지 않은 화단으로 가득한 정원이 나왔다. 꽃과 무수한 덩굴식물이 한데 엉켜 지붕을 뒤덮은 정자에는 흰색 붙박이 테이블과 가벼운 이동식 의자들이 놓여 있었다.

　나는 1840년경에 친구들 몇 명과 그곳에 간 적이 있었다.

일행 중 그곳의 사장과 오래 알고 지낸 사람이 있어서 중후한 인상의 나이 든 사장이 우리를 맞으러 나왔다. 그는 풍채가 좋았고, 우리를 환영하며 웃는 다정한 목소리는 높낮이가 확실해서 듣기 좋았다. 이런 특징은 그의 형형한 눈빛과 값비싼 코트, 그리고 그곳의 전반적인 분위기와 썩 잘 어울렸다. 제분소 마당에는 온갖 종류의 가금류가 돌아다녔다. 바닥에 이미 충분한 먹이가 흩뿌려져 있는데도 사장은 굳이 자루에서 옥수수 알갱이를 한 움큼씩 꺼내 종횡무진 마당을 누비는 수탉들과 암탉들에게 아낌없이 뿌려주었다. 그러는 내내 사장은 습관적으로 우리에게 말을 걸었고, 이따금 자기 딸과 종업원을 불러 우리가 주문한 커피를 빨리 내오라며 채근했다. 그는 정자까지 따라와서 우리가 제대로 대접받는지 스스로 만족스러울 때까지 지켜보았다. 그런 다음 다른 정자로 가서 손님들을 살뜰히 살폈다. 그러는 동안에도 이 덩치 크고 부유하고 행복해 보이는 남자는 좀처럼 들어본 적 없는 구슬픈 노래를 휘파람으로 나지막이 불렀다.

　"저 가족은 옛 팔츠 시대● 이후로 줄곧 이 제분소를 소유해왔지. 아, 그때 이후로 계속 땅을 가지고 있었다고 하는 게 맞겠군. 그들의 제분소 두 개를 연달아 프랑스군이 불태워버렸거든. 혹시 화난 셰러 씨를 보고 싶으면 프랑스가 침략할 가

● 라인란트팔츠주의 팔라틴 백작이 다스리던 독일의 제국 시대.

능성에 관한 이야기를 꺼내기만 하면 돼."

그러나 지금 셰러 씨는 구슬픈 곡을 휘파람으로 불며 정원에서 마당으로 이어지는 계단을 내려가고 있어서 우리가 그를 화나게 할 기회는 없을 것 같았다.

우리가 커피와 쿠헨●과 시나몬케이크를 거의 다 먹었을 때 풀로 뒤덮인 정자 지붕에 뭔가 철썩덕하고 떨어지더니 거센 빗줄기가 부드러운 잎들을 갈기갈기 찢을 듯 후드득 쏟아져 들어왔다. 정원에 있던 사람들은 모두 몸을 피할 수 있는 곳으로 서둘러 달려가거나 밖에 세워둔 마차로 뛰어갔다. 셰러 씨가 정원에 남은 모두를 씌워주고도 남을 만큼 큰 진홍색 우산을 들고 계단을 황급히 뛰어 올라갔고, 그의 딸과 하녀 한두 명이 각각 우산을 들고 뒤따랐다.

"집 안으로 들어가시죠. 어서요. 여름 태풍이라 한두 시간 만에 일대가 잠기고 강물에 쓸려갈 수도 있어요. 이쪽입니다. 서두르세요."

우리는 그를 따라 집 안으로 갔다. 맨 먼저 발을 들인 곳은 주방이었다. 그렇게 다양하고 밝은 구리와 주석 그릇이 진열된 건 본 적이 없었다. 그리고 목재로 된 것들은 하나같이 반짝반짝 윤이 났다. 우리가 안으로 들어가기 전까지는 빨간 타일에 티 하나 없었는데, 여러 사람이 밟는 통에 순식간에 바

● 견과나 과일을 넣어 구운 독일식 과자.

회색 여인 | 11

닥이 엉망진창이 돼버렸다. 주방이 꽉 찼는데도 셰러 씨는 계속 사람들에게 큰 진홍색 우산을 씌워 안으로 들였다. 심지어 개들까지 들어와 테이블 아래에 누워 있게 했다.

그의 딸이 독일어로 무슨 말을 건네자 그는 딸을 보고 가볍게 머리를 저었다. 모두 왁자하게 웃었다.

"뭐라는 거야?" 내가 물었다.

"아가씨가 다음에는 오리를 데리고 들어오라고 했어. 그런데 사람이 더 들어오면 우리 숨 막혀 죽을 것 같지 않아? 천둥도 치지, 난로 열기도 있지, 사람들이 입은 옷에서 열까지 펄펄 나지, 딴 데로 가는 게 좋지 않을까? 저 안으로 들어가면 셰러 부인을 만날 수 있을지도 몰라."

친구가 셰러 씨의 딸에게 내실로 들어가 어머니를 만나게 해달라고 청했다. 마침내 우리는 허락을 받아 네카어강이 굽어보이는 매우 작고, 매우 밝고, 매우 좁은 응접실 비슷한 곳으로 들어갔다. 바닥은 광택제를 발라 미끄러웠고, 벽에 걸린 길고 좁은 거울에는 건너편에서 쉼 없이 흐르는 강물이 비쳤다. 가장자리가 놋쇠로 장식된 구식 백자 난로가 있었고, 위트레흐트 벨벳을 씌운 소파 앞에는 테이블이 놓였으며, 그 아래에는 털실로 짠 카펫이 깔려 있었다. 테이블 위에는 조화가 꽂힌 화병이 놓여 있었다. 마침내 움푹 파인 벽면에 딱 들어맞게 배치된 침대가 보였고, 그 위에 사람 좋은 사장의 반신불수 아내가 가구처럼 누워서 부지런히 뜨개질을 하고 있었다. 이게 방에서 보이는 전부는 아니었다. 나로서는 절반밖에 이해하지 못할 언어로 친구가 활발하게 대화를 이어가는 동안 나는 가만히 앉아서 방의 구석구석을 살폈다. 그러던 중 그림을 하나 발견했고, 호기심이 생겨 더 자세히 보려고 자리에서 일어났다.

분명 중산층으로 보이는 아주 아름답고 젊은 여인의 그림이었다. 표정이 미묘했는데, 화가에게 고정된 시선 때문인지 잔뜩 위축돼 보였다. 그다지 잘 그린 그림은 아니었지만, 표정에 깃든 감정까지 읽히는 걸 보면 꽤 닮게 그렸으리란 인상을 받았다. 옷차림으로 보아 지난 세기 후반에 그려진 것 같았다. 나중에 내 생각이 옳았음이 확인됐다.

대화가 잠시 끊겼다.

"셰러 부인에게 이 사람이 누군지 물어봐줄 수 있어?"

친구가 대신 질문해주었고, 독일어로 된 긴 대답이 이어졌다. 친구가 주변을 둘러보며 내게 통역해주었다.

"저분 남편의 대고모 같대."(이제 친구는 내 옆에 서서 신기한 듯 그림을 보고 있었다.) "여기 봐! 성서가 펼쳐진 곳에 이름이 있어. '아나 셰러, 1778'이라고. 셰러 부인이 그러는데, 이 백합 같고 장미 같은 예쁜 여인이 공포로 얼굴색을 완전히 잃어서 '회색 여인'이라 불렸다는 얘기가 전해 내려온대. 이 아나 셰러란 사람이 평생 공포에 시달린 것 같긴 한데, 자세한 건 모른다고 자기 남편한테 물어보라고 하네. 셰러 부부가 결혼하고 얼마 되지 않았을 때 바로 이 집에서 죽은 그림 속 여인이 자기 딸에게 쓴 편지를 남편이 가지고 있대. 궁금하면 셰러 씨한테 자세히 물어보면 돼."

"아, 그렇군. 그래봐야겠어!" 내가 말했다. 마침 주인이 우리가 어쩌고 있는지 살피고, 폭우가 수그러들 기미가 보이지 않아 우리를 집에 태워 보낼 마차를 부르러 하이델베르크로 사람을 보냈다고 말하러 들어왔다. 친구가 그에게 감사를 표한 뒤 내가 궁금해하는 바를 전했다.

"아!" 셰러 씨가 정색하고는 말했다. "아나 대고모한테는 슬픈 사연이 있었지요. 그게 다 빌어먹을 프랑스 남자 하나 때문이었어요. 대고모의 딸은 그 때문에 고통을 받았지요. 제가 어릴 때 우리는 모두 대고모의 딸을 사촌 우르줄라라고 불렀어요. 그 착한 우르줄라가 프랑스 사람의 자식이 맞긴 합니다. 아버지의 죄는 자식에게 대물림되는 법이지요. 그런데 우르줄라는 거기에 얽힌 사연을 다 알고 싶어 했어요. 왜 안 그랬겠습니까? 제가 가지고 있는 건 아나 대고모가 딸의 약혼을 포기하게 하려고 쓴 사과문 비슷한 편지거나 사랑하는 남자와 결혼하지 못하게 하려고 털어놓은 자신의 과거에 대한 기록 같은 거라고 합니다." 이 얘기를 하는 내내 셰러 씨는 오래된 장롱 서랍을 뒤지더니 누런 원고 다발을 손에 들고는 뒤를 돌아보았다. 셰러 씨가 그걸 친구에게 건네며 말했다. "그거 가져가요, 가져가. 난해한 독일어 글씨라 읽기에 만만

치 않겠지만, 알아볼 수만 있다면 가져가서 시간 날 때 읽어
봐요. 다 읽고 꼭 돌려주기만 하면 됩니다."

이렇게 우리는 아래의 편지를 손에 넣을 수 있었다. 그 덕
분에 우리는 그 겨울의 수많은 긴긴밤을 번역하고 암호를 푸
느라 지새웠다. 편지는 딸의 결혼 계획을 이유 없이 반대해
딸에게 고통을 안긴 것을 언급하는 내용으로 시작됐다. 셰러
씨가 아무 단서도 제공해주지 않았다면, 우리가 그 격정적이
고 제멋대로인 문장에서 이렇게 많은 내용을 알아낼 수 있었
을지 의문이다. 편지만 봤다면, 엄마가 편지를 쓰기 전에 엄
마와 딸, 제3의 인물 사이에 어떤 일이 있었는지 가늠하기 어
려웠을 것이다.

***

"엄마는 자식을 사랑하지 않아! 엄만 딸의 가슴이야 찢어
지든 말든 신경도 쓰지 않는다고!" 오, 맙소사! 사랑해마지않
는 나의 딸 우르줄라가 한 이 말이 죽을 때까지 귓전을 때릴
것 같아. 내 눈앞에는 눈물로 얼룩진 너의 얼굴뿐이야. 아! 차
라리 심장이 터져버렸으면 좋겠어. 삶은 어찌 이리도 힘들고
잔인할까! 그러나 너 때문에라도 난 죽을 수 없어. 이제 모든
걸 얘기해줄게. 그래야 네가 선택의 부담을 견딜 수 있을 테
니까. 내가 잘못 생각하는 걸 수도 있어. 전에도 그랬지만 난

이제 머리가 빠릿빠릿하게 돌아가지 않는 것 같아. 하지만 판단력 대신 감이 생겼고, 그 감이 너랑 앙리가 결혼해선 안 된다고 내게 계속 말하고 있어. 내 감이 틀릴 수도 있지. 하지만 난 내 아이를 행복하게 해주고 싶어. 이 편지를 슈리스하임 신부님께 가져다드리렴. 이걸 읽은 후에도 여전히 뭔가 미심쩍다면 말이야. 그 문제에 대해선 우리 사이에 더는 어떤 언급도 하지 말자는 조건을 걸고 이제 너한테 모든 걸 말해줄게. 내게 뭘 물어보는 건 날 죽이는 일과 같아. 모든 걸 다시 떠올려야 한다고 생각해봐.

네가 알다시피 내 아버지는 네카어강가에서 제분소를 운영했어. 네가 새로 찾게 된 프리츠 셰러 삼촌이 지금 살고 있는 곳 말이야. 지난 12월, 우리가 그곳에서 겪었던 놀라운 일을 기억할 거야. 내가 바로 오래전에 죽었다고 믿고 있는 오빠의 동생 아나라고 말했을 때, 네 삼촌이 날 얼마나 의심했는지 기억나지? 오래전에 그려진 내 그림 아래로 널 데려가서 그림 속의 나와 네가 닮지 않았냐고 하나하나 특징을 짚어가며 설명해야 했지. 나도 일단 기억을 떠올린 다음에야 오빠한테 그 그림이 그려진 때를 정확히 말해줄 수 있었어. 그러고는 줄줄 말이 나왔지. 아무 걱정 없던 소년과 소녀였던 우리가 어떤 재미있는 얘기들을 나누었는지, 방의 가구 배치는 어땠는지, 우리 아버지의 버릇은 무엇인지 같은 말들을 했어. 그리고 지금은 잘리고 없지만, 내 침실 창문을 가리던 체리

나무가 있었다는 얘기도 했어. 오빠는 그 창문으로 겨우 빠져나가서는 몸무게를 견딜 만한 가장 튼튼한 가지에 올라서서 모자에 체리를 가득 담아 창틀에 앉은 내게 건네주곤 했지. 나는 오빠가 떨어지지나 않을까 걱정돼서 체리 먹는 게 크게 기쁘지 않았지만.

그쯤 되니 오빠도 죽었다 살아나도 내가 자기 동생 아니라고 믿지 않을 도리가 없었지. 그러고는 네 삼촌이 자기 아내에게 가서 내가 죽지 않았고, 비록 많이 변하긴 했지만 다시 옛집으로 돌아왔다고 말했던 걸 너도 기억할 거야. 그 여자는 남편이 하는 말을 거의 믿지 않았고 의심의 눈으로 차갑게 나를 훑어봤어. 마침내 내가 그 여자한테 예전에는 바베테 뮐러 아니었냐고 말하면서 그동안 사는 게 그럭저럭 괜찮아서 뭘 얻어보겠다고 친지들을 찾아다닐 필요가 없었다고 하자 그제야 그 여자의 낯빛도 조금 풀리는 것 같았지. 그러고는 내가 아니라 자기 남편에게 왜 그렇게 오랫동안 소식을 전하지 않아서 고향의 모든 사람이 죽었다고 생각하게 했는지 물어보더라. 그랬더니 네 삼촌은 자기도 잘 모르니 나중에 나한테 자세한 얘기를 들으라고 했고, 비록 나이가 들고 겉모습은 변했지만 내가 여전히 자기한테 기쁨을 주는 여동생 아나라고 말해주었어. 나는 믿어줘서 진심으로 감사하다고 말했지. 갑자기 나타났으니 저간의 사정을 다 얘기해야 옳았지만, 내 지난 삶을 차마 다 말할 순 없었거든. 그런데 오빠의 아내는 여전히 날 흔쾌히 받아들이지 않았어. 그래서 오빠 근처에 있으려던 당초 계획대로 하이델베르크에서 살 순 없었지. 내가 죽어 이 한 많은 세상을 떠나게 됐을 때 네 아버지가 돼주겠다는 약속을 받는 것으로 만족해야 했어.

오빠의 아내 바베테 뮐러는, 한마디로 평생 나를 고통스럽게 한 장본인이었어. 바베테는 하이델베르크에 있는 빵 장수의 딸이었는데 대단한 미녀라고 소문이 자자했고, 내가 보기에도 그랬어. 내 그림을 봤겠지만, 나도 예쁘다는 소릴 꽤 들었고 스스로도 그렇다고 믿었어. 바베테 뮐러는 나를 라이벌로 여겼지. 바베테는 사랑에 목말라 있었지만, 그 여자를 아주 좋아하는 사람은 없었어. 날 좋아하는 사람은 꽤 여럿 있었지. 네 할아버지, 삼촌, 나이 든 하녀 케트헨, 공장의 수석 수습생 카를. 그런데 나는 하이델베르크로 뭘 사러 갈 때마다 남의 눈에 띄거나 부러움의 대상이 되는 게 싫었고, '아름다운 제분소 아가씨'로 불리는 게 두려웠어.

행복하고 평화로운 나날들이었어. 집안일은 나와 케트헨이 함께했는데, 여자들에게 관대하고 부드러웠던 아버진 우리가 무슨 일을 하든 늘 잘했다고 칭찬해주셨지. 공장 수습생들한테는 그렇게 엄하셨는데 말이야. 아버지는 수습생 중에서 가장 나이가 많은 카를을 특별히 아끼셨고 그 사람과 나를 결혼시키고 싶어 하셨어. 카를도 그러기를 원했고. 그런데 카를은 나한테는 안 그랬지만 다른 사람들에게 막말을 하고 성질도 불같아서 항상 날 위축시켰지. 그것 때문에 그 사람도 힘들어했어. 그러다 네 삼촌 프리츠가 결혼했어. 바베테는 공장의 안주인이 됐지. 아버지가 나한테 잘해주시긴 했지만, 나는 대가족을 건사하는 일을 늘 두려워했기 때문에(남자들과 케트헨 밑에 여자애 하나까지, 저녁 먹으려고 둘러앉으면 열한 명이나 됐었어) 내 자리를 내주는 걸 크게 개의치 않았어. 그러나 바베테가 케트헨의 흠을 들추기 시작하자 성실한 하인들에게 잘못을 뒤집어씌우는 게 기분 나빴지. 그리고 곧 바베테가 카를을 부추겨 나를 더 대놓고 좋아하게 만들고, 결혼을 얼른 해치워 나를 새로운 집으로 내보내려 하는 게 보이기 시작했어. 연로한 아버지는 내가 매일 겪는 불편함을 다 알지 못했어. 카를이 적극적이면 적극적일수록 난 그 사람이 더 싫어졌지. 카를은 대체로 좋은 사람이었지만 난 결혼할 생각이 없었고, 누가 내게 그에 대해 왈가왈부하는 걸 견딜 수 없었어.

이런 상황이 계속 되던 차에 내가 아주 좋아하는 학교 친구가 카를스루에에 있는 자기 집으로 날 초대했어. 바베테는 내가 가는 데 대찬성이었지. 난 집을 떠나고 싶지 않았지만, 조피 루프레히트가 너무 보고 싶었어. 하지만 난 낯선 사람들 틈에 있으면 수줍음을 많이 타는 편이라 고민이 됐어. 오빠와 아버지는 내가 가게 될 루프레히트네는 무얼 하는지, 식구들은 어떤 사람인지 꼬치꼬치 물어보셨어. 조피의 아버지는 대공의 궁정에서 낮은 직책으로 일했는데 지금은 돌아가셔서 어머니와 딸 둘이 남았고, 친구인 조피가 두 딸 중 맏이라고 말씀드렸지. 루프레히트 부인이 부유하지는 않지만 꽤 점잖고 고상한 편이라고 생각하셨는지 아버지도 내가 가는 걸 반대하지 않으셨어. 바베테는 자기 힘을 총동원해서 밀어붙였고, 프리츠 오빠도 딱히 다른 의견이 없었지. 케트헨만 반대했어. 케트헨과 카를만이. 카를의 반대는 오히려 나를 더 카를스루에로 가게 만들었어. 안 간다고 할 수도 있었지만 공연히 나선 카를이 누가 누군지도 모르는 낯선 사람들을 보러 가는 게 뭐가 그리 좋냐고 얘기하자 도리어 오기가 생겼지. 나는 조피가 부추기고 바베테가 떠미는 상황을 따르기로 했어. 하지만 바베테가 내 옷차림을 살피는 걸 보고 슬그머니 화가 났어. 이 원피스는 너무 구식이고, 저건 고상한 부인을 만나기에 너무 평범하다는 식으로 일일이 평가했고, 아버지가 친구 집에 가는 데 필요한 걸 사라며 주신 돈을 가지고 감 놔라 배 놔라 간섭했거든. 이렇게까지 해주는 바베테를 보고 사람들은 참 다정하다고 말했고, 바베테 자신도 호의를 베푸는 거라고 여겼으니까 오히려 난 내가 너무 옹졸한 것은 아닌지 스스로를 탓했어.

마침내 난 네카어강가에 있는 제분소를 떠났어. 꼬박 하루가 걸리는 여정이었고, 프리츠 오빠가 날 카를스루에까지 데려가주었지. 루프레히트네 가족은 비좁은 궁정 안 큰길 바로 뒤에 있는 집 3층에 살았어. 출입구에서 거기까지 가는 통행

증을 받아야 했지. 그 집의 좁은 방들은 제분소의 우리 집과 크기만 달랐지 상당히 비슷했는데도 내게는 그곳만의 생소하고 장중한 분위기가 느껴졌어. 지금은 기억이 희미해졌지만, 좋았던 느낌만은 고스란히 남아 있어. 루프레히트 부인은 지나칠 정도로 내게 깍듯했어. 부인과 함께 있을 땐 웬일인지 마음이 편치 않았어. 하지만 조피는 학교 다닐 때와 똑같았어. 친절하고 살가웠지만, 감탄과 존경을 너무 쉽게 표현하는 게 흠이라면 흠이었지. 조피의 여동생도 방해되지 않아서 우리가 작심하고 옛 우정을 되살리는 데는 아무런 걸림돌도 없었어. 루프레히트 부인의 가장 큰 목표는 공동체에서 자신의 입지를 탄탄히 하는 거였지. 그런데 남편이 죽은 뒤 많은 게 사라졌다고 생각한 탓인지 여전히 남들에게 보여줄 게 많았는데도 안심하지 못했어. 우리 아버지의 방식과는 정반대였지. 내 방문이 부인으로선 크게 달갑지 않았던 것 같아. 입이 하나 더 느는 셈이었으니까. 하지만 조피는 나를 초대해도 좋다는 허락을 받으려고 1년 이상을 애원하다시피 했고, 루프레히트 부인도 일단 승낙했기 때문에 본데 있는 사람답게 겉으로나마 날 환영하는 척할 수밖에 없었어.

카를스루에서의 생활은 우리 집과 매우 달랐어. 잠자리에 드는 시간이 늦었고, 모닝커피는 연했으며, 죽은 묽었고, 수육은 다른 재료들을 넣고 끓여서 덜 연했어. 드레스는 더 멋졌고, 저녁 약속이 끝이 없었지. 나는 이런 모임이 즐겁지 않았어. 따로 어울릴 수 있었다면 무료함이 조금 덜했을 텐데, 둥그렇게 둘러앉아서 다 함께 얘기해야 했거든. 이따금 문 근처에 서서 열심히 얘기하던 남자들 중 하나가 돌연 모자를 옆구리에 낀 채 까치발을 하고, 춤을 처음 배운 사람처럼 종종걸음으로 방을 가로질러 와서 마음에 드는 여자에게 묵례를 하면 전체적인 분위기가 깨지곤 했어. 처음에는 이걸 보고 웃지 않을 수 없었어. 그러다 루프레히트 부인에게 들켰고, 다음 날 아침 부인은 내게 엄하게 경고했어. 시골 출신인 내가 궁정의 관습이나 프랑스식 예절을 한 번도 접한 적이 없어서이긴 하겠지만, 그게 비웃어도 되는 이유는 아니라고. 당연히 그 후로 사람들이 있는 데선 웃지 않으려 노력했지. 카를스루에를 방문했던 89년은 모든 사람이 파리에서 일어난 여러 사건에 몰두할 때였어.● 그러나 카를스루에에서는 프랑스의 패션이 정치보다 사람들 입에 더 많이 오르내렸어. 특히 루프레히트 부인은 프랑스 사람들에게 상당히 관심이 많았지. 이 점 또한 우리 집과는 사뭇 달랐어. 프리츠 오빠는 프랑스 사람 자체를 싫어했고, 조피의 집을 방문할 때 큰 장애가 됐던 점도 바로 루프레히트 부인이 스스로 '프라우(Frau)'보다는 '마담(madame)'으로 불리기를 더 좋아한다는 사실이었으니까.

어느 날 밤, 저녁을 먹은 뒤 나는 조피 옆에 앉아서 집에

● 1789년 프랑스 혁명 초기를 의미함.

갈 시간만 간절히 기다리고 있었어. 사교 클럽에서 같은 가족 구성원들끼리는 반드시 필요한 말 외에는 절대 하지 않는 게 루프레히트 부인이 정한 사교 예절이어서 집에 가야 조피와 말할 수 있었거든. 겨우 하품을 참아가며 앉아 있는데, 신사 두 명이 안으로 들어왔어. 그중 한 명은 그 모임에 처음 온 사람 같았어. 파티를 연 사람이 그 남자를 자기 아내에게 데려가 소개하는 걸 봤거든. 그렇게 잘생기고 근사한 사람은 본 적이 없었어. 물론 머리를 정성스럽게 관리해서 그럴 수도 있지만, 얼굴을 보면 아무 치장을 하지 않은 그대로였어도 멋지리라는 걸 알 수 있었어. 몸매가 날씬했고, 당시 우리가 패치라 부른 '작은 장식 점'을 두 개나 붙이고 있었지. 하나는 왼쪽 입꼬리에, 다른 하나는 오른쪽 눈 끝에. 또 파란색과 은색이 섞인 옷을 입고 있었고. 나는 이 아름다운 청년에게 푹 빠져서 그 집 여주인이 내게 그를 소개해주러 왔을 때 가브리엘 천사가 말을 거는 것처럼 무척 놀랐어. 여주인은 그를 '므시외 드 라 투렐'이라고 불렀고, 그는 프랑스어로 내게 말을 걸었어. 나는 그 남자가 하는 말을 완벽하게 이해했지만, 프랑스어로 대답할 용기가 나지 않았어. 그랬더니 투렐 씨가 매력적인 혀짤배기소리로 독일어를 하려고 노력해줬어. 하지만 그날 모임이 다 끝나기도 전에 나는 그 사람의 가장된 부드러움과 여자 같은 태도, 모든 사람이 고개를 돌려 쳐다볼 정도로 내게 쏟아붓는 과장된 칭찬에 조금씩 지쳐갔어. 그러나 루프레히트 부인은 나를 불쾌하게 하는 그의 행동을 만족스러워했어. 부인은 조피나 내가 사교 모임에서 돌풍을 일으키기를 바랐거든. 물론 그게 자기 딸이면 더 좋았겠지만, 그다음은 딸의 친구였겠지. 그곳을 떠나면서 루프레히트 부인과 투렐 씨가 신나게 떠드는 소리를 들었는데, 그 프랑스 신사가 다음 날 우리를 찾아온다는 거였어. 나는 저녁 내내 예의범절을 지키느라 지쳐서 그 소식에 기뻐해야 할지 놀라워해야 할지 알 길이 없었지. 그래도 루프레히트 부인이 그 남자가 나와 함께 있는 걸 즐거워하는 것 같다고 말했고, 조피 역시 멋지고 상냥한 신사가 나한테 관심을 보인 걸 기뻐하는 듯해서 그를 초대해준 일이 뿌듯하기는 했어. 그리고 다음 날, 그 남자가 루프레히트 부인의 집 계단을 올라 문을 열어달라고 했을 때 응접실 밖으로 뛰어나가려는 날 부인과 조피가 막아설 정도로 흥분되긴 했어. 두 사람은 내게 가장 좋은 드레스를 입게 했고, 그들 역시 손님 맞기에 적당한 옷차림을 하고 있었지.

투렐 씨가 돌아간 뒤 루프레히트 부인은 내 성과를 축하해주었어. 그도 그럴 것이 그 남자는 예의상 꼭 필요한 때 외에는 자기가 먼저 대화를 이끌지 않는 사람인데, 파리에서 유행하는 새로운 소식을 전해준답시고 자발적으로 찾아온 셈이었거든. 부인은 오전 내내 돌아다니며 투렐 씨에 관한 정보를 얻어 왔어. 그는 부동산을 소유했고, 보주산맥•에 작은 성도 하나 가지고 있었어. 땅도 땅이지만, 부동산과 전혀 관계 없는 일로도 많은 수입이 있다고 했어. 부인이 열심히 자료를 모은 결과, 투렐 씨는 대체로 좋은 배우잣감이라는 결론이 내려졌지. 부인은 부자라는 얘길 듣고도 내가 그 사람을 거부할 수는 없으리라 생각한 것 같아. 그리고 부인이라면 그 남자가 젊고 잘생긴 대신 늙고 못생겼어도 조피가 그 사람을 선택하게 했을 거야. 그때 이후로 너무 많은 일을 겪는 바람에 기억이 흐려져서 내가 그를 사랑했는지 어쨌는지 잘 모르겠어. 그 사람이 내게 참 헌신적이긴 했지. 지나친 사랑 표현 때문에 질릴 정도였으니까. 그리고 내 주위에 있는 모든 사람에게 매력을 발산해서 다들 그 사람만큼 훌륭한 사람이 없고, 내가 세상에서 가장 운 좋은 여자라고 말하게 했지. 그러나 난 그 사람과 있으면서 한 번도 마음 편해본 적이 없었어. 안 오면 왜 안 올까 궁금하면서도 왔다 간 후에는 늘 더 안심됐어. 그는 내 환심을 사기 위해 카를스루에에 있는 친구를 더 자주 찾았지. 내게 선물 공세를 펴기도 했는데, 나는 그게 별로 탐탁지 않았어. 그렇지만 거절하면 루프레히트 부인이 좋으면서 내숭 떤다고 할 것 같아서 억지로 받아 챙겼어. 선물의 상당수는 그 사람의 가족 소유가 분명해 보이는 귀중한 보석이었어. 이걸 받으면서 내 동의와 상관없이 분위기에 따라 형성

● 프랑스 동북부의 낮은 산맥.

되는 관계가 두 배는 더 굳건해지는 효과를 가져왔지. 당시에
는 지금처럼 자주 편지로 소통할 수 없었고, 집에 보낸 몇 통
안 되는 편지에도 난 그 사람의 이름을 굳이 거론하지 않았
어. 그런데 결국 루프레히트 부인이 우리 아버지에게 편지를
보내 내가 이룬 눈부신 성과를 알리면서 내 약혼식에 와달라
고 요청한 거야. 나는 깜짝 놀랐어. 일이 이런 식으로 흘러갈
줄은 몰랐거든. 그런데 부인이 잔뜩 화가 나서 투렐 씨와 결
혼할 생각이 아니라면 그의 방문과 선물과 여러 표현을 아무
런 반감 없이 받아들인 의도가 무엇이냐며 날 힐난했어(그건
다 사실이었어. 그와 결혼하고 싶지 않았거든. 적어도 그렇게 빨리는.
그런데도 싫다는 표현을 하지 않았으니까). 평생 비정한 요부라
불리지 않으려면 이제 내 앞에 놓인 상황에 그저 고개를 조
아리고 얼른 수긍하는 것밖에 방법이 없었어.

　집이 아닌 곳에서 약혼식을 치르는 데는 어려움이 있었어.
나중에 들으니 바베테가 그 곤란함을 해결해주었다고 했어.
특히 아버지와 오빠는 내가 제분소로 돌아와 거기서 약혼식
과 결혼식을 올리길 원했어. 반면 루프레히트 가족과 투렐 씨
는 비슷한 강도로 반대 상황을 고집했지. 바베테는 제분소에
서 소란을 피우고 싶지 않다고 했지만, 내 생각엔 자기보다
내 결혼식이 더 성대해지는 것이 싫었던 것 같아.

　결국 아버지와 프리츠 오빠가 약혼식에 참석하러 왔어. 카
를스루에의 숙소에서 결혼식이 예정된 이 주 후까지 머무를

계획이었지. 투렐 씨는 고향에 볼일이 생겨 약혼식과 결혼식 사이에 어쩔 수 없이 내 옆에 있지 못한다고 했어. 나는 오히려 매우 기뻤어. 그 사람이 아버지와 오빠를 내가 바라는 만큼 귀하게 여기지 않는 것 같았거든. 물론 내게 그렇듯 정중하고 부드럽고 세련된 태도를 보였고, 모두에게 칭찬을 아끼지 않았어. 그러나 우리 아버지가 고집했던 구식 교회 예식은 약간 비웃었어. 프리츠 오빠는 분명 그의 칭찬을 있는 그대로 받아들이기보다 어쩐지 비꼬는 것 같다는 느낌을 받았던 것 같아. 내 미래의 남편이 말은 늘 공손하게 했지만 분명 오빠를 짜증스럽고 화나게 할 구석도 충분히 있었거든. 그러나 돈에 관한 한 한없이 자유로웠고, 때론 과하다 싶을 정도여서 아버지를 놀라게 했어. 오빠도 그 점만은 마음에 들어 했던 것 같아. 어느 것에도 끌리지 않은 사람은 나밖에 없었어. 난 꿈에, 절망적인 꿈에 빠져 허우적댔어. 내 소심하고 우유부단한 기질 때문에 그물에 걸려들었고, 거기에서 빠져나올 방법을 몰랐어. 전에는 한 번도 그래본 적이 없었는데 그때만은 이 주 동안 원래 우리 식구들하고만 지냈어. 한동안 긴장하며 지냈던 터라 아버지와 오빠의 목소리나 행동들이 너무나 편안하고 반가웠어. 루프레히트 부인한테 행동을 교정당하는 일이나 투렐 씨가 즐겨 하는 입에 발린 칭찬 없이 내가 하고픈 대로 말하고 행동했지. 하루는 아버지에게 결혼하고 싶지 않다고, 그리운 옛집으로 돌아가고 싶다고 말했어. 하지만 아버지는 이제 약혼했으니 미래의 남편 외에는 아무도 내게 권리를 주장할 수 없는 것처럼 행동했고, 마치 내가 위증이나 직무유기라도 한 듯 내 말을 받아들이는 것 같았어. 그래도 아버지가 내게 몇 가지 진지한 질문을 했는데, 내 대답이 상황을 뒤집을 만한 영향력을 미치진 못했어.

"결혼을 재고할 만큼 그 남자에게 결정적인 흠이 있니? 아니면 네가 그 사람에게 반감이 있어?"

이 모든 질문에 내가 뭐라고 답할 수 있었겠니? 난 그저 그 사람을 충분히 사랑하지 않는 것 같다고 떠듬거리며 말했어. 아버지는 이 마지못한 대답을 자기도 모르는 사이 상황이 너무 멀리 가버린 것에 당황한 어린 아가씨의 투정이라고 생각했던 것 같아.

결국 우린 궁정의 교회에서 결혼식을 올렸어. 루프레히트 부인이 그 장소를 얻기 위해 수많은 노력을 기울인 덕분에 누리게 된 특권이었고, 부인은 그 후로도 오랫동안 그 일을 두고 득의만만해하며 생색을 냈지.

결혼하고, 카를스루에에서 여러 모임의 친구들과 파티를 한 뒤 사랑하는 아버지에게 작별을 고할 시간이 왔어. 남편에게 하이델베르크를 거쳐 보주산맥에 있는 그의 성으로 가자고 간청했지만, 남편의 여자 같은 외모와 태도 뒤에 내가 미처 몰랐던 단호함이 있다는 걸 그제야 발견하고 말았지. 내 첫 부탁을 얼마나 매정하게 거절하던지 감히 더 우겨볼 수도 없었어. "이제부터 아나, 당신은 새로운 삶의 영역으로 들어가게 되는 거야. 가끔 당신과 관계있는 사람들에게 호의를 베풀 순 있겠지만, 너무 잦거나 깊숙한 교류는 바람직하지 않아. 내가 허락할 수도 없고." 이 말을 듣고 나니 아버지와 오빠한테 날 만나러 와달라고 부탁하기도 두려울 지경이었어. 그러나 신중함보다 가족과 이별하는 고통이 더 컸기에 아버지와 오빠에게 곧 나를 또 보러 와달라고 간청했어. 그러나 아버지와 오빠는 고개를 저으며 집에도 일이 있고, 이제 나는 프랑스 여인으로서 다른 삶을 살아야 한다고 말했어. 그래도 아버지는 앞날을 축복해준 뒤 마지막으로 한마디 덧붙이셨지. "그런 일은 부디 없어야겠지만, 견디지 못할 만큼 힘든 일이 있으면 이 아비의 집이 네게 항상 열려 있다는 걸 기억해라." 눈물이 터져 나오려고 했어. "그럼 지금 데려가주세요, 아버지! 아, 아버지!" 그때 남편이 가까이 와 있다는 걸 느꼈지. 남편은 약간 경멸하는 투로 상황을 지켜보더니 이별은 언제나 짧을수록 좋다며 울고 있는 나의 손을 잡아끌었어.

보주산맥에 있는 남편의 성까지는 꼬박 이틀이 걸렸어. 길은 험했고, 가는 동안 여러 번 우왕좌왕했거든. 그는 여정 내내 더할 수 없이 내게 헌신적이었어. 현재와 과거가 철저히 분리됐다고 느끼는 나를 달랠 수만 있다면 뭐든 다 하려고 노력하는 것 같았어. 나는 그제야 결혼이 뭔지 제대로 깨닫게 된 듯했고, 스스로 생각해도 멀고 먼 여행을 함께하기에 좋은 동반자는 아니었어. 결국 투렐 씨는 내가 아버지와 오빠만 생각하는 데 질투심이 폭발했고, 외로움에 가슴이 찢어질 것 같은 나를 고까워하기 시작했어. 그래서 서로 데면데면한 상태로 레로셰에 도착했고, 난 그곳이 그렇게 음울해 보이는 이유가 내 기분 때문일 거라고 생각했어. 한쪽에서 보면 그 성은 당장 쓸 일이 있어서 급히 지어 올린 새 건물 같았어. 주변에선 잡초와 이끼가 쓰레기 더미를 뚫고 어떻게든 커보겠다고 안간힘을 쓰고 있었지만, 건물 가까이에는 나무나 덤불이 전혀 없었고 건축에 쓰인 돌들도 다 치워지지 않은 채 나뒹굴고 있었어. 그런가 하면 다른 쪽에는 그 지명의 유래가 된 거대한 바위 바로 옆으로 여러 세기 전에 지어져 이젠 거의 자연물에 가까워 보이는 오래된 성이 바짝 붙어 있었어.

성은 웅장하진 않았지만 튼튼하고 고풍스러워서 난 차라리 나를 맞기 위해 급조된, 깔끔하고 가구까지 갖춘 편한 건물 대신 그곳에서 살기를 바랐었어. 전혀 어울리지 않는 두 곳은, 나로서는 끝내 제대로 파악하지 못한 복잡한 통로와 예상 밖의 문들로 연결돼 있었어. 투렐 씨는 나를 위해 따로 마련한 방들로 데려가 그 안에서 내가 군주처럼 군림할 수 있도록 했어. 남편은 나를 위해 최선을 다해 준비했지만 너무 서두르느라 부족한 게 많을 거라면서 몇 주만 기다리면 내가 요청하거나 불평할 틈도 없이 아주 흡족할 만큼 모든 게 고급스럽게 바뀔 거라고 장담했어. 그러다 가을 저녁 어스름에 거울에 비친 내 얼굴을 우연히 보게 됐어. 그런데 내 뒤로 가구가 절반 정도 찬 응접실은 보이지 않고 촛불의 희미한 불빛이 어른거리는 이상한 배경만 보이는 거야. 나는 왠지 무서워져서 남편이 결혼 전에 머물렀던 건물 반대편에 가 있게 해달라고 남편에게 간청했어. 남편은 웃는 척했지만 화난 기색이 역력했어. 그래서 이곳 말고 다른 곳에 가고 싶다는 생각은 애초에 접어야 했고, 거울에 비친 것처럼 항상 등 뒤에 뭔가가 있는 듯한 상상을 하며 떨어야 했어. 중후하고 오래된 가구가 있는 내 침실은 좀 덜 음산했어. 그래서 난 보통 그곳을 거실로 삼았고, 침실과 응접실, 복도로 가는 모든 문을 잠그고, 투렐 씨가 성 반대편의 자기 공간에서 드나들 수 있는 문 하나만 열어뒀지. 언짢은 기색을 드러내지는 않았지만, 투렐 씨는 내가 침실을 더 좋아하는 게 마뜩지 않았던 게 분명해. 틈만 나면 나를 응접실로 가게 했거든. 난 건물의 나머지 부분이나 긴 복도와 철저히 분리된 응접실이 점점 더 싫어졌어. 이 복도는 육중한 문으로 닫혀 있고 문지기까지 있어서 집의 다른 쪽에서 나는 소리는 전혀 들리지 않았어. 일부러 신경 쓰지 않으면 내가 움직이거나 소리를 질러도 하인들에게는 들리지 않았지. 옛날 우리 집에서는 가족 모두가 서로를 볼 수 있는 곳에서 동선을 공유하며 지냈기에 힘이 되는 말을 주고받거나 따로 교류할 계기를 만들지 않아도 됐는데, 이 집에서는 고독하고 무서웠어. 투렐 씨는 지주였고, 야외 활동을 좋아해서 매일 많은 시간을 집 밖에 있었어. 때론 이틀이나 사흘씩 집을 비우기도 해서 더 그랬지. 난 고용인들과도 잘 어울리지 못했어. 그들이 우리 친절한 독일 하인들 같았다면, 이렇게 철저히 혼자 버려진 적막한 상황에서 여러모로 위로를 받는 게 자연스러웠을 거야. 그러나 난 그들이 하나같이 싫었어. 이유는 모르겠어. 예의 바른 사람도 더러 있었지만 내가 가까이 다가갈 수 없는 분위기가 있었어. 대개는 내게 무례했어. 나를 주인이 선택한 아내보단 침입자처럼 대했어. 굳이 따지자면 나도 차라리 후자가 나았지.

남자 하인의 우두머리도 무례한 쪽에 속했어. 나를 대하는 태도가 이상할 정도로 무뚝뚝해서 난 그 사람이 몹시 두려웠어. 그런데도 투렐 씨는 그를 가장 귀하고 충성스러운 사람으로 여겼지. 사실 르페브르(그 사람 이름이야)가 자기 주인을 여러모로 지배한다는 느낌을 받았는데, 난 그게 이해되지 않았어. 처음에는 나를 사랑하고, 보살피고, 토닥거리고, 응석을 받아줘야 할 귀한 장난감이나 우상처럼 대하는 투렐 씨가 너무 유약해 보여서 자신의 의지를 관철하기도 어려울 것 같았거든. 하지만 이젠 누구도 그의 굳은 의지를 꺾을 수 없으리란 걸 알게 됐기 때문이었지. 이젠 특별한 상황이 닥치면 내가 헤아릴 수 없는 맹렬한 감정으로 그의 회색 눈이 파리해지고 입술이 경직되며 뺨이 하얗게 질린다는 것도 알 정도로 그 사람의 표정을 잘 읽게 됐어. 그러나 르페브르와 투렐 씨

사이의 수수께끼를 풀기엔 내 경험이 너무 부족했어. 루프레히트 부인 같은 사람이 나더러 결혼을 굉장히 잘했다고 말하는 이유는 알 것도 같았어. 겉으로는 나를 안주인으로 섬기는 하인들이 성에 엄청나게 많았고, 투렐 씨도 나름대로는 나를 굉장히 좋아했으며, 내 미모를 자랑스러워하기도 했거든(이건 그 사람이 종종 내게 말해서 아는 거야). 그러나 그는 질투심과 의심도 만만찮게 많았고, 자기 마음에 들지 않으면 내 말을 들은 척도 하지 않았어. 이때 난 그가 나를 받아들인다면 나도 그를 좋아할 수 있을 것 같다고 느끼고 있었어. 그러나 그의 말에 내가 답을 머뭇거리거나 단어 선택을 잘못하거나 아버지 생각에 한숨을 쉬거나 하면 그는 갑자기 천둥처럼 화를 냈고, 나는 그게 너무 무서워서 잠시 잘생기고 재주 많고 내게 너그럽고 헌신적인 그를 사랑해볼까 생각했던 마음을 이내 접어버렸지. 그만큼 어릴 때부터 난 소심했어. 어쨌든 잠시나마 내가 그를 사랑하는 마음이 있었을 때도 그를 만족시킬 수 없었으니 그 사람이 또 화를 낼까봐 함께 있는 것조차 피할 정도로 무서워졌을 때는 오죽했을지 상상할 수 있을 거야. 아, 투렐 씨가 나한테 화를 내면 낼수록 르페브르는 기뻐한다는 사실을 눈치챘던 기억이 나네. 그러다 내가 망신을 당했던 것만큼이나 갑작스럽게 남편의 환심을 사게 되면 르페브르는 냉정하고 악의적인 눈길로 나를 흘겨봤고, 투렐 씨에게 나에 대해 함부로 말하곤 했어.

아, 잊을 뻔했네. 레로셰에서 살던 초기에 투렐 씨는 장중하지만 음산한 응접실을 싫어하는 심약한 나를 경멸하면서 불쌍한 마음도 들었던 모양이야. 내게 결혼 선물을 보내준 파리의 양품점 주인에게 남의 집 일을 한 경험이 있고, 내 친구가 돼줄 만한 교양 있는 중년 여인을 한 명 구해달라고 편지를 써 보냈거든.

2

양품점 주인의 소개로 아망테라는 이름의 프랑스 북부 출신의 하녀가 왔어. 아망테는 키가 컸고, 마흔이 넘었는데도 예뻤으며, 몸매는 약간 호리호리했어. 난 아망테가 마음에 들었어. 태도가 무례하지도, 스스럼없지도 않았고 진솔하고 유쾌했거든. 아망테는 모름지기 프랑스 사람이라면 저래야 한다는 이미지였고, 성 사람들한테 기대했던 모습들도 지니고 있었지. 남편은 아망테를 내 침실에 있게 했어. 내가 부르면 언제든 도와줄 수 있게 말이야. 그리고 내 거처를 관리하도록 명령했어. 젊고 미숙한 나는 내 책임을 나눠 갖는 게 오히려 감사했지.

그 후 몇 주 지나지 않아 투렐 씨가 말하길, 내가 성의 안주인으로서 체통도 없이 아망테에게 완전히 길들어버렸다는 거야. 아마 그 말이 맞았을 거야. 너도 알다시피 태생적으로 우리 신분이 대단한 건 아니잖아. 아망테는 프랑스 북부 지역 농부의 딸이고, 난 독일 제분소 주인의 딸이었으니까. 게다가 난 너무 외로웠고, 남편을 만족시키는 일은 불가능에 가깝다고 느끼고 있었지. 한때는 내 친구가 될 만한 사람을 찾는다는 편지까지 썼던 남편이 이제는 내가 아망테를 너무 스스럼없이 대한다며 질투했어. 남편과 함께 있을 땐 무서워하기만 하고 웃지도 않았지만, 아망테가 해주는 일상적인 얘기와 재미있는 잠언엔 가끔 웃곤 했거든.

이따금 멀리 떨어진 곳에 있는 가족들이 우리를 만나기 위해 무거운 마차를 타고 울퉁불퉁한 길을 달려왔고, 사회적인 분위기가 좀 안정되면 함께 파리에 가보자는 얘기도 심심찮게 했었어. 투렐 씨의 욱하는 성질과 비이성적인 분노와 열렬한 애정을 교대로 겪는 것 외에 첫 열두 달 동안 나한테 생긴 변화라면 이런 사소한 손님맞이와 계획 들뿐이었지.

아망테와 함께 있으면서 기쁨과 위안을 느꼈던 이유 중 하나는 내가 모든 사람을 두려워하는 데 반해(나는 어떤 사건이나 문제보다 사람 자체를 훨씬 더 무서워했어) 아망테는 아무도 무서워하지 않아서였을 거야. 아망테는 담담하게 르페브르와 맞섰고, 르페브르도 아망테를 존중해주는 편이었어. 또 투렐 씨에게 질문하는 재주도 있었지. 질문을 통해 아망테는 남편의 약점을 지적했지만, 주인의 지위를 존중해서 너무 압박하지는 않았어. 아망테가 다른 사람들에게는 약삭빠르게 굴었지만, 내게는 꽤 부드러웠어. 이때 나는 곧 엄마가 된다는 걸 남편에게 말하지 못하고 있었는데, 아망테는 그 사실을 알았기에 내게 더 잘해줬던 것 같아. 더는 그런 축복을 기대할 수 없는 독신 여성에게는 임신이 불가사의하고 환상적인 관심의 대상이었을 테니까.

다시 가을이 됐어. 10월 말이었을 거야. 어느새 난 내가 있는 곳에 적응했어. 새로 지은 건물의 벽도 더는 황량하거나 적막해 보이지 않았어. 투렐 씨가 내게 작은 꽃밭을 만들어주고 싶어 해서 건물의 잔해도 말끔히 치워졌지. 난 고향에서 흔히 봤던 식물들을 정원에 키우기로 했어. 아망테와 함께 방에 있는 가구를 옮겨 우리 취향대로 배치했지. 남편은 내가 좋아할 만한 물건을 수시로 주문해주었고, 나는 한 번도 전체를 둘러보지 못한 거대한 성의 한구석에서 감금되다시피 생활하는 데 길들어가고 있었어. 그러다 문제의 10월을 맞은 거야. 낮은 짧지만 아름다웠고, 투렐 씨는 자주 방문하는 지인의 집에 갈 일이 생겼다고 했어. 외출할 때마다 거의 동행하는 르페브르와 하인 몇 명을 이번에도 데리고 갔어. 난 남편이 집에 없다는 생각에 조금 들떴고, 남편에게 배 속에 있는 아이의 아버지라는 새로운 지위를 부여함으로써 관계를 개선해보려고 노력도 했어. 그 사람이 나와 아버지의 개별적인 교류를 철저히 막을 만큼 질투심에 휩싸여 포악하게 구는 이유도 다 나를 너무 사랑하기 때문이라 믿으려 노력했지.

　동시에 사치스러워 보이는 내 삶의 이면을 비통한 심정으로 다시 살펴보기로 했어. 난 남편과 아망테 외에는 아무도 나를 좋아하지 않는다는 걸 알았지. 투렐 씨의 아내가 되면서 벼락출세한 사람이 주변 이웃들에게 인기가 없는 건 어쩌면 당연했어. 하녀들은 하나같이 딱딱하고 무례한 데다 어찌 보면 존경심 같지만 실제로는 조롱에 가까운 태도로 날 대했어. 반면에 남자 하인들은 잔인하다 싶을 만큼 자신들에게 혹독하게 대하는 투렐 씨에게도 가끔은 내비치곤 하던 사나움을 내게는 최대한 숨기는 편이었지. 그래도 남편만은 날 사랑한다고 생각하려 노력했지만, 결국엔 확신이 아닌 의문의 형태로 생각이 바뀌곤 했어. 그의 사랑은 오락가락했고, 나를 기쁘게 하기 위해서라기보다 스스로 만족하기 위해 계산된 방식일 때가 많았어. 자신이 미리 결정해서 행동했고, 내 바람은 조금도 반영되지 않았지. 그의 얇고 부드러운 입술이 그렇게 단호해질 줄 예전엔 미처 몰랐어. 화가 나면 흰 얼굴이 새파랗게 질렸고, 연푸른색 눈에는 잔인한 빛이 어른거리기도 했어. 내가 누군가를 사랑하면, 단지 그 이유만으로 남편은 그들을 싫어했어. 나는 남편이 출타한 그 길고 따분했던 오후 내내 자기 연민에 빠져 있었어. 문득 우리 사이의 보이지 않는 새로운 고리를 생각해내곤 혼자 중얼거리다가, 새삼 정신을 차리고 스스로 못된 사람이라고 자책하다가 울곤 했어.

그 긴긴 10월의 밤이 아직도 선명히 기억나. 이따금 아망테가 내 기분을 풀어주려고 파리라는 생소한 도시나 패션에 대한 얘기를 해주었어. 또 가끔은 시시콜콜한 얘기를 하다가도 진지하고 다정한 검은 눈으로 지그시 나를 응시했지. 나중에는 나무를 쌓아 불을 피운 뒤 무거운 실크 커튼을 쳐버렸어. 하이델베르크에서 카이지 슈툴 뒤로 달이 떠오르는 걸 보곤했던 기억이 나서 그때도 으스름달이 뜨는 걸 보려고 커튼을 열어뒀었거든. 그런데 막상 달이 뜨자 눈물이 났고, 그래서 아망테가 커튼을 닫은 거였지. 아망테는 유모가 아이 다루듯 내게 명령했어.

"이제 제가 마르퉁한테 커피 한 잔 청해 가져올 동안 마님은 새끼 고양이와 좀 놀고 있어요." 그 말을 들었을 때 내가 어떤 기분이었는지 아직도 생생히 기억나. 내가 고양이나 데리고 놀고 싶어 할 거라고 생각하는 게 마음에 들지 않았어. 내가 너무 예민했는지 모르지만, 날 아이 대하듯 하는 말에 화가 나서 내가 의기소침한 데는 이유가 있다고 쏘아붙였어. 즉 고양이나 데리고 논다고 나아질 성질의 것이 아니라는 뜻이었어. 그렇게 내 감정을 다 털어놓을 순 없었지만 어렴풋이 돌려 말해버렸어. 그런데 아망테가 말하지 않은 것까지 다 알고 있는 것 같다는 의심이 들기 시작했어. 내가 고양이와 함께 놀기를 바란 것도 실은 꽤 사려 깊은 배려였다는 데 생각이 미쳤지. 그제야 난 아버지 소식을 들은 지 너무 오래됐다고 속내를 꺼냈어. 이미 노인이라 그새 많은 일이 있었을 수도 있고, 어쩌면 다시는 아버지를 못 볼지도 모르는데 아버지나 오빠한테서 전혀 소식을 듣지 못하고 있다고 말했어. 결혼할 때 예상했던 것보다 친정 식구들과 더 철저히 분리됐다는 얘기며, 결혼 전 내 고향과 삶에 관해서도 털어놓았지. 난 원래 고매한 귀족이 아니었고, 인간에 대한 연민이 무엇보다 소중하다는 얘기도 했어.

아망테는 귀 기울여 듣더니 자기가 살면서 겪은 여러 슬픈 일화들을 들려줬어. 그러다 아까 하려던 일을 기억해내곤 커피를 가지러 갔어. 벌써 한 시간 전에 아망테가 했어야 할 일이었지. 하지만 남편이 없으니 굳이 그런 걸 챙길 필요는 없었고, 내가 명령을 내린 일도 아니니 별 상관 없었어.

아망테가 곧장 커피와 큰 케이크를 들고 돌아왔어.

그러고는 그걸 내려놓으며 말했어. "자! 마님, 이거 드세요. 먹으면 웃게 되고 힘이 난답니다. 참, 마님이 기뻐할 소식이 있어요." 그날 오후 스트라스부르에서 우편배달부가 가져온 편지 다발이 주방의 테이블 위에 놓여 있어서 가져왔다는 거야. 아망테는 나와 얘기하면서 서둘러 편지 다발의 끈을 풀어 독일에서 온 편지를 가려내려 했어. 그때 남자 하인이 하나 들어왔고, 아망테는 그를 보자마자 편지를 떨어뜨렸어. 하인이 그걸 집어 들고는 멋대로 편지 다발을 풀고 헝클어뜨렸다며 아망테에게 욕을 했어. 아망테는 주인마님한테 온 편지가 있는 것 같아 살펴보는 거라고 말했지만, 하인은 몇 마디 욕을 더 하더니 설혹 그런 편지가 있다 해도 아망테나 자기가 관여할 일이 아니라고 했어. 그는 남편이 자리를 비운 동안 도착하는 모든 편지는 반드시 자신의 개인 응접실에 가져다놓으라는 지엄한 명령을 받았다고 말했어. 남편의 개인 응접실은 남편의 드레스 룸과 연결돼 있지만, 난 한 번도 들어가본 적 없는 곳이었지.

난 아망테에게 그런 과정을 다 해결하고 편지를 가져온 게 아니었냐고 물었어. 실은 그렇지 않다고 아망테가 대답했지. 자신에겐 하인들과의 관계가 삶의 전부나 다름없으니 차마 그럴 수 없었다는 거야. 불과 한 달 전, 시시껄렁한 농담을 했다는 이유로 자크가 발랑탱을 칼로 찌른 일이 있었어. 내가 발랑탱 얘기 했었나? 내 응접실에 땔감을 가져다주던 잘생긴 청년이었는데, 불쌍해라. 지금은 죽어서 싸늘한 시체가 됐어. 마을 사람들은 발랑탱이 끝내 자살했다지만, 집안사람들은 다 알고 있었지. 오! 물론 두려워할 필요는 없어. 그 후로 자크가 사라졌거든. 어디로 갔는지는 아무도 몰라. 어쨌든 그런 사람들에게 뭘 요구하거나 그들을 나무라는 건 안전하지 않았어. 다음 날 남편이 올 테니 조금만 기다리면 될 일이었지.

그러나 난 그 편지 없이는 다음 날까지 살 수 없을 것 같았어. 아버지가 편찮으시고, 마지막으로 딸을 한번 보고 싶어 울고 계신다는 내용일 수도 있잖아! 끔찍한 상상이 꼬리에 꼬리를 물었어. 아망테는 뒤늦게 자기가 주소를 잘못 봐서 나한테 온 게 아닌데 실수한 걸지도 모른다고 했지만, 이미 소용없었어. 난 커피가 식고, 케이크가 굳는 것도 잊은 채 불안한 마음에 손을 쥐어짜가며 고향 소식이 담긴 편지를 손에 넣고 싶어 안절부절못했어. 아망테는 쉽사리 동요하지 않은 채 성질을 죽여가며, 처음에는 나를 설득하고 나중에는 날 꾸짖었지. 마침내 자기가 졌다는 듯 내가 저녁을 잘 먹으면 하인들이 모두 잠든 뒤 남편 방에 가서 편지를 가져올 방법을 찾아보겠다고 했어. 우린 사방이 고요해지면 함께 가서 편지를 뒤져보기로 했지. 그 정도라면 별로 해될 일도 아닐 것 같았어. 그렇지만 우린 겁쟁이라 다른 사람들이 보는 앞에서 공공연히 그 짓을 할 수는 없었어.

곧 자고새 고기와 빵, 과일, 크림이 저녁으로 도착했어. 그날 저녁 일이 눈에 선해! 우린 손도 안 댄 케이크를 따로 치워놓고, 식은 커피를 창밖으로 쏟아부었어. 내가 음식을 손대지 않고 내놓아서 하인들이 공연히 기분이 상하지 않았으면 했거든. 나는 모두 잠들기를 너무나 열망한 나머지 식사를 가져다주는 하인에게 그릇 때문에 기다리지 말고 자러 가도 된다고 말했어. 집이 조용해지고도 한참이 지났지만, 조심성 있는 아망테는 조금 더 기다리자고 했어. 11시가 지나 우리는 불빛을 가린 채 고양이처럼 살금살금 통로를 따라 남편 방으로 갔어. 편지가 거기에 있는지는 확실치 않았어. 아망테도 확신할 수 없었지만 일단 가보기로 한 거야.

이해를 돕기 위해 성의 구조를 설명해줄게. 예전에는 산허리에서 튀어나온 바위의 정상에 튼튼하게 지어진 작은 요새였어. 그러나 라인강을 내려다보는 다른 성들과 흡사하게 만들고 싶었는지 옛 성을 증축해 웅장한 외관을 갖추었고 프랑스의 거대한 평야도 볼 수 있게 됐지. 평면도는 직사각형의 세 면과 비슷했어. 현대적인 새 건물의 끄트머리에 있는 내 거처는 좁지만 전망이 아주 멋졌고, 성의 앞부분은 낡았고 아랫길과 평행을 이루었어. 여기에는 여러 기능을 하는 사무실과 응접실이 있었는데, 난 한 번도 들어가본 적이 없었어. 뒤쪽 건물(내 거처가 있는 새 건물을 중심으로)은 산 때문에 그늘이 졌고, 빽빽한 소나무 숲이 창문의 몇 미터 앞까지 다가와 있어서 방은 늘 어두침침하고 음울해 보였어. 이쪽, 그러니까 바위에서 튀어나온 고원 위에는 남편이 꽃밭을 만들어놓았지. 남편은 여유 있을 때 꽃 가꾸기를 좋아했거든.

내 침실은 산 바로 옆에 있는 새 건물의 모퉁이 방이었어. 그래서 난 다칠 위험 없이 한쪽에 있는 창틀을 붙잡고 꽃밭으로 내려갈 수 있었어. 반면에 오른쪽 창문에서는 최소 30미터 아래가 내려다보였지. 이 건물을 따라 한참 가다보면 옛 건물이 나와. 옛 성의 두 건물은 남편이 새로 지은 거처로 이어졌어. 이 방들은 투렐 씨 거였지. 남편의 침실은 내 침실로 통했고, 드레스 룸은 그 뒤에 있었어. 여기까지가 내가 아는 거의 전부였지. 남편뿐 아니라 하인들도 내가 이 성 전체를 보고 싶어 할 때마다 어떤 핑계를 대서든 나를 돌아가게 만들었어. 투렐 씨는 마차를 타든 걷든 절대 내가 혼자 밖으로 나가지 못하게 했어. 험한 시절이라 밖에 나가는 것 자체가 안전하지 않다고 늘 말했었지. 꽃밭에 가려면 반드시 남편의 방을 지나야 했는데, 사실 난 줄곧 남편이 자기 감시 아래에서 내가 움직이거나 일하게 하려고 일부러 꽃밭을 그곳에 만든 게 아닐까 의심했었어.

그날 밤으로 다시 돌아갈게. 앞서 말했듯 난 투렐 씨의 서재가 드레스 룸에서 연결되고, 드레스 룸은 침실로 연결되며, 그게 다시 내 구석방으로 통한다는 걸 알았어. 그러나 이 모든 방으로 들어가는 다른 문들이 있고, 이 문들은 창문으로 빛이 들어오고 안뜰이 들여다보이는 긴 회랑으로 이어져. 우리가 미리 세운 계획이 잘 기억나진 않지만, 어쨌든 내 방을 거쳐 드레스 룸을 건너 남편의 서재로 갔어. 그런데 서재로 통하는 문이 잠겨 있어서 다시 돌아가 회랑을 거쳐 다른 문으로 갈 수밖에 없었어. 이 방들에는 처음 보는 게 몇 가지 있었어. 화장대에 놓인 은색 향수병에서는 달콤한 향이 났고, 목욕 용품들은 내 것들보다 훨씬 더 고급스러웠어. 그러나 방 자체는 내 방이 더 멋졌지. 새 건물은 남편의 드레스 룸 입구에서 사실상 끝났어. 2, 3미터 두께의 벽에 깊은 창문턱이 있었고, 심지어 방 사이 칸막이도 두께가 1미터는 돼 보였어. 모든 문과 창문에 두껍고 무거운 휘장이 쳐져 있어서 이쪽 방에 있으면 다른 방에서 나는 소리가 전혀 들리지 않을 것 같았어. 우리는 내 방으로 돌아온 다음 다시 회랑으로 나갔어. 이유는 모르겠지만, 우리는 본능적으로 촛불을 가렸지. 적어도 반대편 건물에 있는 하인들에게 남편만 사용하는 성의 구역으로 가고 있다는 걸 모르게 하고 싶어서였던 것 같아. 난 아망테를 제외한 집안사람 모두가 늘 나를 감시하고, 무언의 제약으로 내 행동을 구속하고 있다고 느꼈어.

위층 방에는 불이 켜져 있었어. 우린 걸음을 멈췄고, 아망테는 또 뒤로 물러날 준비를 하고 있었어. 난 자꾸 지체되는 게 짜증이 났지. 남편 서재에서 아버지가 보낸 편지를 찾는 게 뭐가 잘못이야? 보통은 내가 겁쟁이지만, 지금은 평소답지 않게 소심한 아망테를 탓했지. 하긴 나보다 아망테가 그곳으로 가는 데 더 회의적일 이유야 충분했어. 난 아망테에게 어서 가자고 재촉하면서 스스로도 압박했지. 드디어 문 앞에 도착했는데 문이 잠겨 있었어. 다행히 열쇠가 있어서 안으로 들어갔어. 테이블 위에 편지가 죽 놓여 있었지. 촛불을 들어 흰 직사각형 봉투들을 비췄고, 평화롭고 먼 고향에서 보낸 사랑의 언어에 굶주린 나는 간절한 눈빛으로 그것들을 마주했어. 가까이 다가가 편지를 뒤적이려는데, 바람 때문에 아망테가 들고 있던 촛불이 꺼져버렸고 사방이 깜깜해졌어. 아망테는 손으로 더듬어가며 최대한 많은 편지를 모아 내 응접실로 가져간 다음 나한테 온 것만 빼고 다시 가져다놓자고 제안했어. 그러나 난 아망테에게 내 방에 부싯돌이 있으니 그걸 가지고 와서 다시 불을 붙이는 게 좋겠다고 했지. 아망테가 가고 나 혼자 그 방에 남았어. 이제 나는 어디에 어떤 가구가 있는지 크기와 형태로 가늠할 수밖에 없었어. 방 가운데에는 테이블보가 덮인 길고 큰 테이블이 있고, 사무용 책상과 다른 무거운 가구들은 벽에 붙어 있었어. 나는 테이블 위 편지 더미 옆에 손을 올려둔 채 주위를 둘러보았지. 산비탈 위로 높이 자란 숲의 어둠과 기우는 달의 희미한 빛 때문에 그 방이 옅은 자줏빛을 띤 검은색 직사각형처럼 느껴졌어. 촛불이 꺼지기 전 얼핏 본 것만으로 내가 과연 얼마나 많이 기억하고 있는지, 눈이 어둠에 익숙해지고 난 후에는 또 얼마나 많은 것을 봤는지는 모르겠어. 하지만 지금도 나는 짙은 그림자가 선명했던 그 공포의 방을 꿈에서 만나곤 해. 아망테가 나가고 채 일 분도 안 돼서 창문 앞에 뭔가 다른 그림자가 어른거리더니 밖에서 누군가 살며시 움직이는 소리가 들렸어. 작지만 거침없는 발소리가 이어지더니 이윽고 창문이 위로 들렸어.

일말의 망설임도 없이 창문을 열려는 사람들이 너무 무서워서 처음 소리가 들리자마자 바로 달아나려 했었어. 그러다 닫힌 문을 열 방법도 모르는데 섣불리 움직였다간 오히려 그들의 주목만 끌 것 같았지. 문득 남편의 드레스 룸으로 가는 잠긴 문과 칸막이용 커튼 사이에 숨을 공간이 있겠다는 생각이 들었어. 그러나 이내 포기했어. 비명을 지르거나 기절하지 않고 거기까지 갈 자신이 없었거든. 그래서 살그머니 주저앉은 뒤 가장자리에 장식이 많고 크고 긴 테이블보 아래로 기어 들어가 몸을 숨겼어. 아직 어질어질한 느낌이 완전히 회복되지는 않았지만, 비교적 안전한 장소에 숨은 거라고 스스로를 안심시켜야 했어. 무엇보다 그 자리에서 기절하지 않으려면 스스로에게 극심한 통증을 가해가며 내가 처한 위험을 이겨낼 용기를 줘야 했어. 어쩌다 손에 이런 상처가 생겼냐고 네가 자주 물었지? 바로 그때, 이로 계속 살점을 물어뜯어 생긴 상처야. 고통으로 공포를 이기려 했던 거지. 간신히 몸을 숨기자마자 창문이 더 열리는 소리가 들리더니 사람들이 잇따라 창틀을 밟고 들어와 내 가까이 다가섰어. 하마터면 그들의 발에 내 몸이 닿을 뻔했어. 그들은 웃으며 귓속말을 했어. 무슨 말인지 알아들을 수 없어서 머리가 빙빙 돌 지경이었는데, 여러 목소리 중에서 남편의 경멸하듯 쉭쉭대는 낮은 웃음소리는 확실히 알아들을 수 있었지. 그들이 바닥에 끌어다놓은 무거운 뭔가를 남편이 내 옆쪽으로 걷어찼어. 어찌나 가까웠던지 남편이 그걸 찰 때 나까지 차이는 느낌이었어. 그 와중에 어떻게 가능했는지 설명할 순 없지만, 호기심 아닌 어떤 감정에 사로잡혀 내 옆에 널브러진 그것에 살며시 손을 대봤어. 손바닥을 조금씩 움직였더니 시체의 차가운 주먹이 만져졌어!

이상하게 그제야 아망테 생각이 났어. 아망테에게 돌아오지 말라는 신호를 보내야 하는데, 어떻게 해야 할지 열심히 머리를 굴렸어. 아니, 어쩌면 처음부터 내 계획이 전혀 쓸모없으리란 걸 알면서도 뭐든 생각해내려 노력했다고 하는 편이 낫겠네. 난 아망테가 밖에서 저들의 목소리를 들었기를 바랄 수밖에 없었어. 그때 그들이 불 피우는 데 필요한 뭔가를 찾을 수 없다며 험한 욕을 해대고 있었거든. 바로 그 순간, 아망테가 점점 더 가까이 다가오는 소리가 들렸어. 내가 숨은 곳에서 보니 문틈 아래로 그림자가 점점 뚜렷해지고 있었어. 그러다 문 가까이에서 발소리가 뚝 멈췄지. 안에 있던 남자들도(나는 내내 두 명뿐인 줄 알았는데 나중에 보니 모두 세 명이었어) 움직임을 멈추고 나만큼이나 숨을 죽인 채 가만히 있었어. 아망테는 촛불이 또 꺼질까봐 천천히 문을 밀어 열었어. 잠시 쥐 죽은 듯 사방이 고요해졌어. 이윽고 남편이 아망테 쪽으로 걸어가며 말하는 소리가 들렸어(불빛에 비친 걸 보니 남편은 나도 익히 알고 있는 승마용 부츠를 신고 있었어).

"아망테, 내 방에 무슨 일로 왔지?"

남편은 아망테와 시체 사이에 서 있었고, 난 내 몸에 거의 닿아 있는 그 섬뜩한 덩어리 때문에 잔뜩 웅크리고 있었어. 아망테가 그걸 봤는지는 모르겠어. 사실 그 상황에서 아망테가 무슨 말을 하면 좋을지 내가 알았더라도 알려줄 방법이 없었지.

남편의 물음에 대답하는 아망테의 목소리는 평소와 다르게 아주 낮고 거칠었어. 아망테는 독일에서 내게 보낸 편지를 찾으러 왔다고 사실대로 차분하게 말했지. 맙소사, 용감한 아망테는 나에 관해서는 한마디도 하지 않았어. 투렐 씨가 엄하고 위협적인 투로 말했어. 누구도 자기 구역을 엿봐선 안 된다고, 만약 내게 온 편지가 있고, 그걸 내게 전달해야겠다는 판단이 서면 반드시 전달하겠다고 했지. 그러고는 이번이 처음이자 마지막 경고가 될 거라며, 아망테의 손에서 촛불을 빼앗고는 방에서 내쫓았어. 그사이 남편의 동료들은 시체를 어두운 그림자 속으로 밀어 넣으려고 조심스럽게 막아섰어. 아망테가 나간 뒤 문을 잠그는 소리가 들렸어. 이제 나는 도망가고 싶어도 도망갈 방법이 없어져버렸지. 난 그저 내게 벌어진 일이 뭐든 간에 얼른 끝나기만을 바랐어. 너무 긴장해서 더는 버티기 힘들었거든. 아망테가 충분히 멀어졌다 싶었을 때 두 사람이 남편에게 몹시 화를 내며 아망테를 붙잡아 입을 막지 않은 걸 질책하기 시작했어. 그중 한 명은 화를 못 이기고 시체를 발로 차기까지 했어. 그러면서 아망테가 죽은 사람의 얼굴을 본 것 같다며 아망테를 죽여야 한다고 주장했어. 다들 동등한 지위를 가진 것처럼 말했지만, 말투에서 두려워하는 기색이 느껴졌어. 아마 남편이 두 사람의 상사거나 대장이었나봐. 남편은 그렇게 사소한 일에 힘을 낭비하는 건 바보나 하는 짓이라며 그들을 비웃었어. 그러고는 십중팔구 아망테는 사실만 말했을 거고, 주인 방에 몰래 들어갔다가 주인에게 들킨 것만으로도 충분히 기겁했을 테고, 그대로 돌아가게 해준 걸 그저 고마워할 거라고 설명했어. 오히려 이 일 때문에 한밤중에 자신이 갑자기 돌아왔다는 걸 내게 설명하기 쉬워졌다는 말도 덧붙였어. 그러나 남편의 동료들은 남편이 결혼한 후로 잘 차려입고 좋은 향수를 쓰는 것 말고 다른 일에는 관심이 없어졌다며 이번엔 나를 헐뜯었어. 그러면서 나보다 더 예쁘고 씩씩한 여자를 스무 명은 소개해줄 수 있었다고 말했어. 남편은 자기한텐 내가 잘 어울린다고 조용히 대답했어. 이렇게 옥신각신하는 중에도 그들은 시체에 대고 계속 뭔가를 했지만, 내 눈엔 잘 보이지 않았어. 이따금 시체를 뒤지느라 말을 멈춘다는 건 알 수 있었어. 그러고는 다시 쿵 소리 나게 시체를 아무렇게나 내팽개친 뒤 또 입씨름했지. 그들은 격분해서 남편을 공격했고, 남편의 조롱하고 멸시하는 듯한 대답과 웃음에 분통을 터뜨렸어. 아, 남편이 시체를 들어올려 값나가는 옷을 벗겨내더니 카를스루에의 루프레히트네 작은 응접실에서 재치 있는 말을 주고받을 때처럼 유쾌하게 웃었어. 바로 그 순간부터 남편에 대한 미움과 두려움이 생겨났지. 남편은 이쯤에서 상황을 정리하려는 듯 냉정하고 강한 목소리로 말했어.

"자, 친구들, 이미 너희도 알고 있어서 새삼스럽게 말하지 않으려 했지만 다시 한번 다짐할게. 내 아내가 내 일에 관해 필요 이상으로 많이 알게 되는 때가 온다면, 그날이 아내의 제삿날이 될 거야. 빅토린 기억나지? 부디 좋아하는 건 다 하고 살되 아무것도 묻지 말고 아무 말도 하지 말라고 충고했는데도 내 일에 관해 멋대로 지껄이다가 결국 먼 곳으로 갔잖아. 파리보다 더 먼 곳으로 말이야."

"하지만 이번엔 달라. 빅토린 부인이 모든 걸 알고 있고, 입도 엄청 싸다는 사실은 우리도 미리 알고 있었잖아. 하지만 이 여잔 엄청난 걸 발견하고도 입 하나 벙긋하지 않을 사람이야. 아주 음흉해 보여. 좋은 기회가 와서 우리가 나라를 바로 세우려는 찰나, 스트라스부르에서 경찰들이 우리를 덮칠지도 몰라. 온갖 간교를 부리는 네 예쁜 인형 덕분에."

이 말을 들은 투렐 씨는 깔보기만 하던 무심한 태도에서 벗어나 이를 악물며 맹세했어. "자! 앙리, 이 날카로운 단검을 봐. 만약 내 아내가 입을 나불거려 경찰이 우리를 덮치기 전에 아내의 입을 틀어막지 못한다면, 저 칼날을 내 심장에 박아버려. 내가 '대지주'가 아니라 '쇼푀르'라는 산적의 우두머리는 아닐까 조금이라도 의심해보라지. 그날로 빅토린 신세가 될 테니까."

"네 아내가 너보다 한 수 위일걸. 여자들은 내가 좀 알지. 원래 그렇게 조용한 여자들이 악마라니까. 네가 집을 비우는 새 그 여자가 우리를 찢어 죽일 비밀을 알아내서 먼저 도망칠지도 몰라."

"흥!" 그가 코웃음을 치더니 덧붙였어. "갈 테면 가라지. 어딜 가든 내가 따라갈 거니까. 그러니 무슨 일이 일어나기 전에 지레 걱정하지 마."

이제 그들은 시체의 옷을 다 벗긴 뒤 그걸 어떻게 처리할지 의논했어. 죽은 사람은 남편과 자주 사냥을 하러 갔던 이웃 푸아시 씨였어. 그 사람을 직접 본 적은 없지만, 남편 일당이 향수상을 붙잡아 강도 짓을 하고는 더 많은 금품이 있는 곳을 알아내기 위해 그의 발을 불로 지지는 모습을 푸아시 씨가 봤기 때문이라는 얘기를 듣고 알게 됐어. 그러니까 푸아시 씨는 남편을 알아봤다는 이유로 살해당한 뒤 이곳으로 옮겨진 거였어. 내가 남편이라 부르는 남자는 자신이 시체를 끈으로 묶던 모습을 지나가는 사람이 봤다면, 살인자가 아니라 아픈 사람을 세심하게 도와주는 것 같았겠다며 낄낄거렸어. 남편은 다른 사람의 질문에는 조롱 섞인 모호한 대답만 반복했고, 자기 재치에는 스스로 감탄해가며 말장난을 했어. 그러는 내내 시체의 힘없는 팔이 그의 멋진 부츠 옆에서 흐늘거렸지! 그때 한 사람이 몸을 굽히더니 (나는 숨을 꾹 참았어) 바닥에 놓인 편지를 집어 들었어. 푸아시 씨의 주머니에서 빠져나온 거였는데, 그의 아내가 애정을 듬뿍 담아 사랑의 언어를 쏟아낸 편지였어. 그들은 한 문장 한 문장에 음탕하고 상스러운 말을 곁들여가며 큰 소리로 읽었고, 서로 질세라 점점 그 수위를 높여갔지. 엄마와 나들이 간 어린아이 모리스에 관한 내용이 나오자 그들은 남편도 곧 아내와 아이의 이런 재잘거림을 듣게 될 거라며 비웃듯 말했어. 그전까지는 남편이 무섭기만 했는데, 이어지는 부자연스럽고 사나운 대꾸를 듣고는 남편이 혐오스러워졌어. 이윽고 그들은 야만적으로 웃고 떠드는 데도 싫증이 난 것 같았어. 훔친 보석과 시계의 상태를 가늠하고, 돈과 서류들도 이미 다 살폈으니 동이 트기 전에 서둘러 시체를 묻어야 한다고 말했어. 시체의 신원을 알아보거나 자신들의 소행임을 눈치채지 못하게 하려면 그를 그대로 놔둘 수 없었을 거야. 평소에는 경찰의 단속을 피하려고 늘 레로세 주변을 질서 있고 평화롭게 유지하는 데 앞장서는 척했으니까. 그러더니 먼저 회랑을 통과해 식품 저장실에 가서 배를 채울지 아니면 시체를 먼저 매장할지 언쟁을 벌였어. 이 말의 의미가 내 과부화된 뇌에 전해지자마자 나는 촉각을 곤두세우고 그들의 말에 집중했어. 그때까지는 그들이 내뱉는 말을 주의 깊게 들었다간 머릿속에 각인돼버려 나도 모르게 따분하고 비참하고 무의식적인 메아리처럼 그들의 말을 되뇌게 될까봐 나와 직접 관련이 있지 않는 한 무감해지려 노력했었거든. 그러다 나를 보호해야 한다는 본능이 깨어나 얼른 정신을 차렸지. 얼마나 긴장한 채 열심히 귀를 기울였던지 발작적으로 몸이 꼬이기 시작했고, 그 때문에 자칫 일을 그르칠까봐 두려웠어. 그들이 어떤 결정을 하는 게 나한테 좋을지는 모르지만, 어느 쪽이든 내가 탈출할 유일한 기회임을 느끼며 그들의 말을 새겨들었어. 내가 기회를 잡기도 전에 남편이 자기 침실로 갈까봐 두려웠어. 그러면 내가 방에 없다는 걸 알아챌 테니까. 남편은 손이 더러워졌다면서(피 때문이라고 생각하자 몸이 떨렸어) 씻고 와야겠다고 말했어. 하지만 무엇 때문에 마음이 바뀌었는지 시체를 회랑 문 옆에 두고는 다른 두 사람과 함께 그곳을 떠났어. 난 빳빳하게 굳은 시체와 단둘이 어둠 속에 남겨졌지!

그때가 탈출할 기회였지만, 몸을 움직일 수 없었어. 쥐가 난 관절이 뻣뻣해져서가 아니라 시체가 가까이 있다는 공포 때문이었지. 시체가 팔을 움찔하더니 애원하듯 손을 들어 올렸다가 다시 털썩 떨어뜨리는 소리를 들은 것 같은 착각이 들었어. 그런 착각만으로도(만약 그게 착각이라면) 너무 무서워 크게 비명을 질렀고, 내 소리에 내가 놀라 정신을 차렸어. 다시는 살아날 수 없는 시체의 팔이 날 움켜쥘까봐 테이블 밑에서도 시체에서 멀찌감치 떨어진 쪽으로 최대한 몸을 끌어당겼어. 그러고는 테이블을 붙잡고 천천히 몸을 일으켜 억지로 일어섰어. 그다음엔 어떻게 해야 할지 엄두가 나지 않았고, 온몸이 후들거리고 어지러웠어. 기절할 것만 같았는데, 그때 아망테가 문 밖에서 낮은 목소리로 속삭였어. "마님!" 아망테는 상황을 계속 주시하고 있다가 내 비명을 들었고, 세 악당이 회랑을 지나 계단을 내려간 뒤 뜰을 가로질러 성의 다른 건물에 있는 사무실로 가는 걸 보고는 방문 쪽으로 살금살금 다가온 거였어. 아망테의 목소리를 들으니 힘이 났어. 끝없는 황야의 어둠에 갇힌 사람이 민가의 작은 불빛 하나를 보고 용기를 내듯 나도 아망테의 목소리가 이끄는 곳으로 힘을 내 걸어갔어. 내가 있는 곳이 어디인지, 아망테의 목소리가 들리는 곳이 어디인지 헷갈렸지만 죽기 아니면 까무러치기였지. 누구의 힘 때문인지 모르지만 갑자기 문이 벌컥 열렸어. 난 아망테의 가슴팍에 쓰러져 손이 아프도록 아망테를 끌어안았어. 그런데도 아망테는 아프다는 소리조차 지르지 않았지. 그저 묵묵히 튼튼한 팔로 나를 부축해 내 방으로 데려가 침대에 뉘었어. 더는 기억도 나지 않아. 침대에 눕자마자 정신을 잃었거든. 그러다 혹시 남편이 찾아오진 않을까, 내가 어디까지 알고 있는지 알아내고 나를 죽이려고 방 안 어딘가에 숨어 있진 않을까 하는 공포에 사로잡혀 퍼뜩 정신을 차렸어. 나는 거친 숨을 몰아쉬며 호흡이 진정되기를 기다렸어. 말할 수도, 움직일 수도, 심지어 눈을 뜰 수조차 없다가 한참 만에야 겨우 정신이 돌아왔어. 누군가 방을 살금살금 걸어 다니는 소리가 들렸지. 호기심이나 단지 시간을 끌기 위한 게 아니라 뭔가 목적이 있는 발소리 같았어. 분명 누군가 응접실을 드나든 거야. 이제 죽겠구나 하고 가만히 누워서 그 고통이 길지 않기만을 바랐어. 다시 현기증이 일었고, 곧 아무 생각도 나지 않는 끔찍한 상태로 빠져들려는 바로 그때, 아망테의 목소리가 가까이에서 들렸어.

"마님, 이거 마셔요. 그리고 여기서 나가야 해요. 준비 다 됐어요."

아망테는 내 머리 뒤를 팔로 받쳐 들어 올리더니 입안으로 뭔가를 부어주었어. 아망테는 평소답지 않은 건조하고 위압적인 말투와 나직하고 침착한 목소리로 말했어. 아망테는 나를 위해 자기 옷 한 벌을 준비해뒀고, 자기도 최대한 변장을 했으며, 내가 저녁으로 먹고 남긴 음식을 비상식량으로 주머니에 잘 넣어두었다는 등의 얘기를 쉽고 자세하게 했어. 하지만 우리가 왜 꼭 도망가야 하는지에 대해서는 언급하지 않았지. 나는 아망테에게 무엇을 얼마나 알고 있는지 묻지 않았어. 그걸 들어봤자 견딜 수 없기는 마찬가지일 테니까 우린 모든 걸 비밀에 부치기로 했어. 아마 아망테는 내내 옆방에 있으면서 모든 걸 다 들었던 것 같아.

사실 한밤중에 남몰래 집을 빠져나가려고 준비하면서 무슨 말이 필요했겠어. 아망테는 아이를 대하듯 내게 짧고 간결하게 지시를 내렸고, 나는 순순히 그 지시에 따랐어. 아망테는 자주 문에 귀를 대보았고, 그만큼 자주 걱정스러운 얼굴로 창밖을 내다봤지. 이제 내 눈에는 아망테 말고는 아무것도 보이지 않았고, 잠시도 아망테에게서 눈을 뗄 수 없었어. 깊고 깊은 한밤중의 정적 속에서 아망테가 숨죽이며 움직이는 소리와 내 거친 심장박동 소리 외에는 아무것도 들리지 않았어. 마침내 아망테가 내 손을 잡아끌고는 응접실을 지나 다시 한

번 끔찍한 회랑으로 들어갔어. 창문을 통과한 창백한 빛이 칠흑같이 어두운 바닥을 비추었어. 난 아망테 옆에 딱 붙어 묵묵히 발걸음을 옮겼어. 말도 못 한 채 혼자 공포에 떨고 난 뒤라 아망테의 위로가 절실했거든. 우리는 왼쪽으로 돌아 응접실을 지난 뒤 큰길과 마주 보는 성의 알려지지 않은 건물로 들어갔어. 아망테가 지하 통로로 이끌었고, 곧 열려 있는 작은 문 앞에 도착했어. 차가운 공기가 느껴지자 그제야 살 것 같았어. 그 문은 지하 저장고로 통했고, 거기에서 출입구까지 손으로 더듬으며 계속 나아갔어. 출입구엔 유리창 대신 철창이 달려 있었는데, 창살 두 개가 느슨해져 있었어. 아망테도 그걸 알고 있었는지 망설임 없이 창살을 떼어냈고, 우리는 밖으로 나갔어.

건물 끝으로 가서 모퉁이를 돌자마자 아망테가 무슨 메시지를 전하듯 내 손을 꽉 쥐는 게 느껴졌어. 곧이어 고요한 밤공기를 뚫고 딱딱한 땅에 삽을 내리치는 소리가 아득하게 들려왔어.

우리는 한마디도 하지 않았지. 손을 잡고 있는 게 더 안전하고 더 많은 말을 전하는 것 같았어. 큰길 쪽으로 방향을 트는 아망테를 뒤따랐어. 난 길을 몰랐고, 우리는 계속 발을 헛디뎠지. 온몸에 멍이 들었고, 아마 아망테도 그랬을 거야. 그러나 내겐 몸이 아픈 것쯤은 아무것도 아니었어. 마침내 우리는 편평한 큰길로 올라섰어.

난 아망테를 전적으로 믿었기 때문에 아망테가 어느 방향으로 가야 할지 고민하며 걸음을 멈췄을 때도 아무 말 하지 않았어. 그런데 아망테가 처음으로 내게 물었어.

"처음 여기 올 때 어느 길로 왔어요?"

나는 쉬이 말을 못 하겠어서 손가락으로 길을 가리켰어.

우리는 그 반대 방향으로 접어들어 큰길을 따라 계속 걸었어. 쉴 엄두도 못 내고 한 시간 동안 열심히 걸은 끝에 산허리에 도착했어. 다시 한참을 걷다보니 동이 훤하게 튼 거야. 이제 몸을 숨기고 쉴 장소를 찾아야 했어. 그리고 조금씩 귓속말도 하기 시작했지. 아망테는 남편의 침실과 내 방 사이의 문을 잠갔다고 말했어. 그러면서 놀랍게도 내 방과 응접실 사이의 문 열쇠는 가져왔다고 했어.

"주인님은 오늘 밤에 너무 바빠서 마님 생각을 할 겨를이 없을 거예요. 아마 마님이 자고 있다고 생각할 거예요. 아니, 저를 먼저 찾겠지요. 그다음에야 우리가 없어졌다는 걸 알게 될 거예요."

난 아망테의 마지막 말을 듣고 아망테를 재촉했어. 쉬거나 몸을 숨길 생각을 하느라 귀한 시간을 허비하고 있는 것 같았거든. 아망테는 은신처를 찾느라 바빠서 별 반응을 하지 않았어. 결국 적당한 은신처 찾기는 포기하고 조금 더 가보기로 했어. 산자락은 아래로 급격히 기울었고, 아침 햇살이 가득한 계곡물에 우리 얼굴이 비쳤어. 1킬로미터 정도 아래에 있는 마을에서 옅푸른 연기가 피어올랐고, 물레방아가 물을 밀어 올리는 소리가 가깝게 들렸어. 나무와 덤불이 우거진 곳만 통과해가며 제분소를 지나 아치형 다리가 나올 때까지 내려갔지. 그 다리는 분명 마을과 제분소 사이를 잇는 길의 일부 같았거든.

"여기서 좀 쉬어요." 우리는 다리 아래로 기어간 뒤 석조물의 튀어나온 부분으로 올라가 축축하고 그늘진 공간에 자리를 잡았어. 아망테는 나보다 조금 위쪽에 앉아서 자기 무릎에 내 머리를 기댈 수 있게 해줬어. 그런 다음 내게 먹을 걸 건넸고, 자기도 조금 먹었어. 그러고는 크고 시커먼 망토를 펼쳐서 햇빛을 막았어. 그러고 있자니 몸이 덜덜 떨렸지만, 한편으론 당분간 쉴 수 있단 사실과 낮 동안 움직이지만 않는다면 안전하리라는 생각 때문에 조금 안심되기도 했어. 그러나 우리가 앉은 곳은 햇빛이 거의 들지 않는 습한 음지라서 밤에 다시 움직여야 할 때 온갖 병균 때문에 그러지 못할까 두려웠어. 안 그래도 힘든데 온종일 내리는 비 때문에 수많은 실개천이 급류로 변해 바위 위로 콸콸 솟구쳤어.

난 고통스러운 와중에도 까무룩 잠이 들었다가 퍼뜩 깨곤 했어. 머리 위로 말발굽 소리가 들리기도 했고, 짐을 끌고 가는지 힘겹게 움직이는 소리가 들리기도 했어. 때론 달그락달그락거리기도 했고, 물이 콸콸 쏟아지는 가운데 남자들의 함성이 섞여 들기도 했어. 마침내 날이 저물었어. 우리는 허벅

지까지 올라오는 개울물을 거슬러 둑까지 걸어가야 했어. 그런데 물살이 세서 꼼짝도 못 한 채 덜덜 떨었어. 아망테도 용기가 꺾인 듯 보였지.

"어쨌든 우린 오늘 밤 쉴 곳을 찾아내야 해요." 아망테가 말했어. 비가 무자비할 정도로 내리고 있었거든. 난 아무 말도 하지 않았어. 이 일의 끝은 결국 죽음이리라 확신했고, 죽더라도 남자들한테 잔인하게 당하지만 않으면 좋겠다고 생각했지. 잠시 후 아망테가 마음을 정한 것 같았어. 우린 개울 너머 제분소로 갔어. 익숙한 소리, 밀 냄새, 밀가루로 하얗게 된 벽을 보니 고향 생각이 났지. 그리고 이 악몽에서 깨면 네카어강변에 사는 행복한 아가씨로 다시 돌아갈 수 있을 것만 같았어. 아망테가 문을 두드리자 한참 만에야 안에서 늙고 기운 없는 목소리가 무슨 일이냐고 물었어. 아망테가 여자 두 명이 태풍을 피해 쉬어 갈 수 있는지 물어봤어. 노파는 미심쩍은 듯 머뭇거렸고, 부탁은 여자가 했지만 분명 실제로 쉬어 갈 사람은 남자일 거라며 문을 열어줄 수 없다고 했어. 그러다 마침내 납득했는지 무거운 문의 빗장을 풀고 우릴 안으로 받아들여주었지. 노파는 불친절하지는 않았지만 생각이 많은 사람 같았어. 주인이 집을 비우면서 절대 남자는 들이지 말라고 했지만, 여자 둘이니 괜찮을지도 모르겠다고. 우리가 남자는 아니니 주인의 명령을 어겼다고 할 순 없겠고, 이렇게 날씨가 험한 밤에는 개도 밖에 두어선 안 된다고 말하기도 했지. 아망테가 얼른 기지를 발휘해 노파를 설득했어. 오늘 밤 우리가 여기서 지낸 걸 아무도 모를 텐데, 그러니 주인이 뭐라 할 일도 없고, 다른 사람을 위해 좋은 일을 하면서도 우리의 젖은 옷과 망토를 말리며 생기는 훈훈한 온기가 노파의 쇠약한 몸에 도움이 될 수 있으니 서로에게 좋은 일이 아니냐고 말이야. 이 말을 듣는 내내 노파는 과연 명령을 어겨도 될지 모르겠다고 중얼거렸어. 난 이 사람이 우리와 한 약속을 지킬 수 있을지 두려웠어. 급기야 우리가 묻지도 않았는데, 노파는 자기 주인의 행방에 관해 쓸데없이 떠벌리기 시작했지. 노파의 주인은 지주이자 제분소 바로 위쪽 성에 사는 푸아시 씨를 찾는 일에 손을 보태러 갔다는 거야. 푸아시 씨가 그 전날 외출한 뒤로 돌아오지 않았다고 했지. 그래서 주인은 푸아시 씨가 사고를 당한 것 같다며 이웃들에게 함께 나서서 숲과 산비탈을 수색하자고 했대. 그 외에도 노파는 그곳에서 사는 게 너무 외롭고 따분하고, 특히 주인의 아들이 전쟁터로 간 뒤로는 더 그래서, 하인은 많고 할 일은 적은 곳이 있다면 흔쾌히 가고 싶다는 얘기까지 했지. 그러고는 저녁 식사를 내왔어. 노파는 우리한테 저녁을 대접하고 싶지만 딱히 줄 게 없었던 것 같아. 노파가 자기 몫으로 남긴 양을 보니 형편없이 적었어. 다행히 우리는 온기만 있으면 되는 상황이었고, 아망테의 노력 덕분에 비로소 언 몸을 녹일 수 있었지. 노파는 저녁을 먹고는 졸기 시작했어. 그러나 우릴 집에 들인

이상 자기만 자러 가기에는 안심이 되지 않는 눈치였어. 사실 노파는 우리에게 이제 몸도 녹였으니 그만 나가주는 게 예의에 맞는 거라고 넌지시 언질을 줬지만, 우리는 허름한 곳이라도 좋으니 제발 머물게만 해달라고 간청했었거든. 마침내 노파가 좋은 생각이 났다면서 우리더러 사다리를 타고 다락 비슷한 곳으로 올라가라고 했어. 우린 달리 방법이 없어서 노파의 말대로 다락으로 올라갔지. 바닥이 널찍해서 좋았지만, 가장자리에는 주방으로 떨어지지 않게 막아줄 보호 장치나 벽, 판자, 난간 같은 게 전혀 없었어. 물건만 얹어두는 창고나 고미다락 같은 공간이었나봐. 안쪽에는 침구가 쌓여 있었고, 상자와 커다란 자루, 저장용 사과와 견과류, 낡은 옷 꾸러미, 부서진 가구 등 많은 물건이 널려 있었어. 우리가 올라가자마자 노파는 그제야 안심이 된다는 듯 껄껄 웃고는 사다리를 치워버렸지. 그러고는 다시 자리를 잡고 앉아 주인이 돌아오기를 기다리며 꼬박꼬박 졸기 시작했어. 우리도 어느새 마른 옷을 입고 내일을 위해 침구 더미에 몸을 기댄 채 잠을 청했어. 그러나 난 잠이 오지 않았고, 숨소리를 들으니 아망테도 마찬가진 듯했어. 바닥의 판자 틈으로 주방이 내려다보였는데, 난로 근처의 벽에 걸린 램프가 우리가 있는 반대쪽의 일부를 선명하게 비춰주고 있었어.

한밤중에 누군가 밖에서 화를 내며 문을 두드리고 소리를 지르는 게 은신처에 있는 우리 귀에까지 전해졌어. 틈 사이로 내려다보니 노파가 일어나 문을 열고는 취한 기색이 역력한 주인을 맞아들이고 있었어. 놀랍게도 그 사람 뒤로 르페브르가 따라 들어왔어. 이 집의 주인과는 달리 르페브르는 정신이 말짱하고 평상시처럼 교활해 보였어. 둘은 들어서면서부터 뭔가에 대해 언쟁을 벌이고 있었어. 그러다 제분소 주인이 대뜸 노파에게 태평히 잠들어 있었다며 술주정했고, 심지어 때리기까지 한 다음 불쌍한 노파를 주방에서 내쫓아버렸어. 그러고는 르페브르와 푸아시 씨의 실종에 대한 얘기를 이어나갔어. 보아하니 르페브르는 남편의 다른 하인들과 함께 푸아시 씨를 수색하느라 온종일 헤맨 모양이었어. 르페브르가 푸아시 씨를 찾는 시늉을 해서 사람들의 눈을 가림과 동시에 우리를 찾겠다는 숨은 의도까지 품고 있다는 느낌이 들었어.

제분소 주인은 푸아시 씨의 소작인이었지만, 내게는 남편 일당과 훨씬 더 깊이 연루된 것처럼 보였어. 그는 르페브르와 다른 하인들이 구체적으로 어떤 일을 저지르고 다니는지는 다 알지 못해도 그들이 어떤 삶을 사는지는 분명히 알고 있는 눈치였어. 그런데도 제분소 주인은 르페브르가 살인이나 폭력을 저질렀으리라고는 거의 의심하지 않았고, 지주인 푸아시 씨를 발견하는 데만 골몰하는 듯했어. 그래서 계속 혼잣말로 자기 생각과 의견을 늘어놓고 있었지. 르페브르는 숱 많은 눈썹 아래의 눈을 예리하게 반짝이며 제분소 주인을 유심히 살폈어. 다행히 르페브르는 제 주인의 아내가 그 불쾌하고 끔찍한 소굴에서 도망쳤다는 얘기를 할 생각은 없어 보였어. 우리와 관련한 말은 벙긋도 하지 않았지만, 우리의 피를 목말라하고 있으며 우리를 열심히 뒤쫓고 있다는 확신이 들었어. 이윽고 자리에서 일어난 르페브르가 밖으로 나갔고, 그를 배웅하고 온 제분소 주인은 비틀거리며 침대로 갔지. 그제야 우리도 잠에 빠졌고, 오래 푹 잘 수 있었어.

다음 날 아침에 눈을 떠보니 아망테가 한 손을 바닥에 짚고는 절반쯤 몸을 일으킨 채 긴장된 표정으로 주방을 내려다보고 있었어. 제분소 주인과 하인 두 명이 노파에 관한 얘기를 열띠게 하고 있었지. 노파가 여느 때와 달리 난로에 불도 피우지 않고 주인의 아침도 준비하지 않는 게 이상해서 확인해보니 침대에서 죽어 있더라는 거야. 전날 밤 주인이 때린 탓인지 나이가 많아 자연사한 건지는 아무도 몰랐어. 제분소 주인도 양심의 가책을 느꼈던지 노파가 집안일을 참 잘해줬고, 자기와 함께 사는 게 행복하다고 그렇게 자주 말하더니 안됐다는 말만 반복했어. 하인들은 뭔가 의심스러운 구석이 있었지만, 굳이 주인의 기분을 상하게 하고 싶지 않은지 얼른 장례 절차를 밟자고 의견을 모았어. 그래서 우리만 다락에 놔

둔 채 모두 밖으로 나갔지. 우리는 혹시 누가 갑자기 돌아오 지는 않을지 촉각을 곤두세우고 목소리도 낮춰야 했지만, 오 랜만에 마음 놓고 대화를 나누기 시작했어. 나보단 아망테가 전반적인 상황을 더 낙관했어. 만약 노파가 살아 있었다면 이 날 아침 일찍 떠나야 했을 거라고. 비록 우리가 바란 건 아니 지만 노파가 사라진 게 우리에게는 가장 좋은 상황이 됐다고 했어. 노파가 자기 주인에게 다락에 숨은 우리에 대해 말했다 면, 금세 우리를 쫓는 사람들에게도 그 사실이 전해졌을 테니 까. 이제 우리는 집요한 추격을 당하게 된 초기에 남몰래 쉴 시간과 은신처를 확보한 셈이었지. 수중에 남은 음식과 다락 에 저장된 과일이며 비상식량으로 며칠은 충분히 버틸 수 있 을 것 같았어. 한 가지 걱정해야 할 점은 제분소 주인이나 다 른 누군가가 다락으로 필요한 물건을 찾으러 오는 경우였지. 그러나 다락에는 갖가지 상자가 쌓여 있으니 어두운 곳을 택 해 잘 숨으면 들키지 않을 것 같았어. 그 생각을 하니 조금 안 심이 됐지. 하지만 나중에는 어떻게 탈출할지 걱정되기도 했 어. 다락에서 내려갈 수 있는 유일한 수단인 사다리도 치워지 고 없었으니까. 아망테는 물건들 사이에 있던 밧줄로 3미터 정도 되는 사다리를 충분히 만들 수 있을 것 같다고 말했어. 휴대하기도 쉬우니까 사다리로 쓴 후에 가져다 버리면 다락 에 누가 숨어 있었다는 사실을 들킬 걱정도 없다고 했지.

그곳을 탈출하기 전 이틀 동안 아망테는 시간을 아주 유용하게 활용했어. 제분소 주인 남자가 제분소에 가고 나면 상자들을 뒤졌어. 그러다 어떤 상자에서 낡은 남자 양복 한 벌을 찾아낸 거야. 전쟁터로 갔다는 제분소 주인 아들이 입었던 옷 같았어. 아망테가 입어봤더니 몸에 잘 맞았지. 아망테는 옷에 맞춰 남자처럼 짧게 머리를 잘랐고, 내게 눈썹까지 바짝 잘라달라고 했어. 거기에 낡은 코르크를 잘라내 볼 안쪽에 집어넣었더니 얼굴 모양과 목소리까지 도저히 믿기지 않을 정도로 바뀌었지.

난 줄곧 기절한 사람처럼 누워 있었어. 며칠 쉬자 다시 힘이 생겼지만, 정신적으로는 거의 혼이 나간 것 같은 상태였으니까. 그렇지 않았더라도 아망테가 변장하는 데 별 도움을 주지 못했겠지만, 혼자 애쓰는 게 미안할 정도였어. 그래서 아망테가 이리저리 시험해본 게 성공적이면 나도 굳어버린 표정을 풀고 최대한 환하게 웃어주려고 노력했어.

둘째 날부터는 아망테가 나도 변장하기를 바랐어. 그래서 나는 다시 깊은 절망에 빠졌지. 아망테는 다락에 있던 썩은 호두 껍데기로 내 금발과 얼굴을 염색했어. 이를 시커멓게 칠했고, 좀 더 효과적으로 변장하기 위해 일부러 앞니를 부러뜨렸어. 사실 나는 이런 노력에도 무서운 남편의 손아귀에서 벗어날 수 있을지 회의적이었어. 사흘째 되던 날 밤, 장례식과 그 이후의 술자리까지 끝나자 손님들이 모두 돌아갔어. 제분소 주인은 몸도 가누지 못할 정도로 취해서 하인들의 도움으로 침대에 들었지. 하인들은 잠시 주방에 모여 새로 올 가정부에 관해 웃고 떠들다가 한참 만에 흩어졌어. 문은 잠그지 않고 닫기만 했어. 모든 게 우리한테 유리하게 돌아간 거야. 아망테는 이틀 전 밧줄 사다리를 만들어 미리 시험까지 해두었어. 그 덕분에 임무를 다하고 고정돼 있던 사다리를 고리에서 쉽사리 풀 수 있었지. 행상과 그의 아내라는 역할에 더 어울리게 하려고 아망테는 낡은 옷가지들로 꾸러미를 만들었어. 자기 등에는 혹을 만들어 채웠고, 내 몸도 전반적으로 두툼하게 만들어줬지. 아망테가 그전까지 입었던 옷은 지금 입고 있는 남자 옷을 꺼낸 상자의 다른 옷들 사이로 집어넣었어. 그런 다음 집에서 탈출할 때 가져온 얼마 안 되는 돈을 주머니에 챙겨 넣고는 사다리를 타고 내려가 춥고 어두운 밤 속으로 다시 발을 내디뎠어.

다락에 숨어 있으면서 어느 길을 택할지 미리 의논했었어. 아망테가 처음 레로셰를 떠날 때 어떤 길로 왔는지 물어본 이유도 당연히 독일 쪽으로 향할 추격을 피하기 위해서였다고 말했지. 그러나 이제는 독일 억양이 강한 내 프랑스어가 사람들에게 덜 어색하게 들릴 곳으로 가는 게 좋겠다고 했어. 난 아망테의 억양도 좀 특이하다고 생각했어. 전에 투렐 씨가 그걸 노르망디 사투리라고 비웃는 소릴 들은 기억이 있었거든. 그러나 독일 쪽으로 바로 이어지는 길로는 가지 말아야 한다는 아망테의 제안에 순순히 동의했어. 일단 독일로만 간다면 안전할 것 같았거든. 맙소사! 당시 유럽 전역은 법이 보호하는 모든 제도와 관습이 뒤집히던 어지러운 시기여서 유럽의 어디든 비슷하다는 걸 기억했어야 하는데!

지금 있는 곳이 어딘지 감히 묻지도 못한 채 우리가 얼마나 헤맸었는지, 어떻게 살았었는지, 얼마나 많은 어려움과 위험에 직면했었는지 너한테 다 말하지는 않을게. 다만 프랑크푸르트에 도착하기 전에 겪은 두 가지 일은 얘기해야겠어. 첫째, 어느 무고한 부인에게는 치명적이었지만, 그 덕분에 나는 안전하게 목숨을 부지하게 된 일이야. 둘째, 제분소 다락에 숨어 있을 때 바라던 것과 달리 고향 집으로 돌아가지 못하고, 앞으로 내 삶이 어떤 식으로 펼쳐질지 처음으로 감을 잡게 된 것에 관한 이야기야. 온갖 시련과 고민 속에서 아망테에게 얼마나 집착했는지 몰라. 가끔 오직 내 안전 때문에 아망테를 좋아하는 것일까 궁금하고 두려울 때도 있었어. 그런데 아니었어! 그렇지 않았어. 기본적으로 그것 때문만은 아니었다는 말이야. 한번은 아망테가 나도 나지만 자기 자신을 위해 도망치고 있는 거라고 말한 적이 있었어. 그러나 이미 지나간 위험이나 공포에 관해서는 별로 얘기하지 않았어. 우리는 앞일에 관해 조금씩 계획을 세웠지만, 길게 내다보지는 못했어. 해 지는 걸 매일 볼 수 있을지조차 모르는 상황에서 그건 사치였지. 남편 일당의 잔인함은 나보다 아망테가 훨씬 더 잘 알고 가늠하는 편이었어. 그 덕분에 우리가 비교적 안전하다고 여기는 순간에도 우리를 뒤쫓는 그들의 흔적과 마주칠 수 있었지. 한번은 도대체 어딘지도 알 수 없는 한갓진 길을 골라 날마다 녹초가 되도록 걸은 지 삼 주 만에 길가에 외따로 서 있는 대장장이의 집을 만났어. 내가 너무 힘들어했더니 아망테가 어디든 좀 들어가 밤새 쉬자고 한 거야. 아망테는 그 집에 들어가 자기를 떠돌이 재단사라고 소개하며 우리 부부에게 하룻밤 잠자리와 음식을 주면 필요한 허드렛일을 해주겠다고 호기롭게 말했지. 아망테는 전에도 이 방법을 한두 번 써먹었는데, 결과가 아주 좋았어. 그도 그럴 것이 아망테의 아버지가 루앙●에서 재단사로 일했고, 아망테는 가끔 아버지의 일을 도왔기에 재단사들만 아는 은어나 습관부터 프랑스의 업계 사람들이 주로 사용하는 특별한 휘파람이나 외침까지 다 알고 있었거든. 외딴집들이 대개 그렇듯 이 대장장이의 집에도 수선해야 할 남자 옷이 잔뜩 쌓여 있었고, 떠돌이 재단사가 제공해줄 수 있는 먼 곳의 소식에 대한 목마름이 있었지. 11월의 어느 초저녁, 우리는 마침내 그 집에 들어가 쉬기로 했어. 아망테는 주방 창문 가까이 붙은 큰 테이블 앞에 다리를 꼬고 앉았고, 나는 가끔 가짜 남편에게 꾸중을 들어가면서도 그 뒤에 딱 붙어 앉아 같은 옷의 다른 부분을 꿰맸어. 그러다 갑자기 아망테가 뒤를 돌아 내게 말했어. "마

● 프랑스 북부 센강 연안의 도시.

음 단단히 먹어!"라는 딱 한마디였어. 난 햇빛이 닿지 않는 곳에 앉아 있어서 창밖이 보이진 않았지만, 잠시 토할 것 같은 느낌이 들더니 뭔지 모를 어떤 것을 견뎌낼 이상한 힘이 생기는 듯했어.

대장장이의 대장간은 집 옆 창고에 있었고, 길을 마주하고 있었는데 쉴 새 없이 박자에 맞춰 뚝딱거리던 망치 소리가 갑자기 뚝 끊겼어. 아망테는 그들이 왜 망치질을 멈추는지 알았던 거지. 말을 탄 어떤 사람이 대장간 앞에 이르러 말에서 내리더니 편자를 갈아달라고 한 거야. 대장간 용광로의 환하고 붉은 불빛에 그 사람의 얼굴이 비쳤고, 아망테는 올 것이 왔음을 알게 된 거였지.

말을 타고 온 사람은 대장장이와 몇 마디 나누더니 함께 우리가 있는 곳으로 들어왔어.

"어이, 여보, 이 신사분한테 와인 한 잔과 갈레트• 좀 대접하구려."

"말편자를 가는 동안 손에 들고 먹고 마실 수 있는 거면 뭐든 좋소. 오늘 밤 급히 포르바크••까지 가야 하거든."

대장장이의 아내가 램프를 켰어. 아망테가 오 분 전에 부탁했거든. 우리 부탁을 더 빨리 들어주지 않은 게 우리로서는

• 메밀이나 옥수수 가루로 만든 프랑스 빵 과자.
•• 독일과 인접한 프랑스 동부의 도시.

얼마나 다행인지! 우린 어두운 곳에 앉아서 바느질하는 척하고 있어서 상황이 제대로 보이지 않았어. 램프는 내 가짜 남편 옆의 난로 위에 놓였지. 말을 타고 온 사람이 거기 서서 몸을 녹였어. 그러면서 천천히 방 안을 둘러보았지. 다행히 우리도 가구를 보듯 무심하게 쳐다봤어. 그 사람을 마주하고 있던 아망테는 다리를 꼬고 나직이 휘파람을 불어가며 등을 구부린 채 하던 일을 계속했지. 남자가 다시 난로 쪽으로 몸을 돌리고는 초조한 듯 손을 비볐어. 이윽고 와인과 갈레트를 다 먹고는 얼른 출발하고 싶어 했지.

"미안하지만 내가 좀 바쁘니 남편한테 서둘러달라고 부탁해주겠소? 그럼 돈을 두 배로 내리다."

대장장이의 아내가 그 말을 전하려고 밖으로 나갔어. 남자가 다시 실내를 둘러보다 우리를 흘끗 봤지. 아망테의 휘파람은 어느새 후반부로 넘어가 있었어. 2절을 불까 말까 하는데, 대장장이의 아내가 돌아왔어. 남자가 대답을 빨리 듣고 싶은지 몸을 홱 돌렸어.

"잠시, 잠시만 기다려주십시오, 나리. 편자에서 못이 삐져나와서 남편이 갈고 있습니다. 갈아두지 않았다가 나중에 빠져버리면, 그것 때문에 나리가 또 시간을 지체하게 되실 거라서요."

"그 말이 맞구려. 그런데 내가 너무 바빠서. 이유를 알면 내가 왜 이러는지 이해할 거요. 얼마 전까진 내가 참 행복했는데, 배신당하고 버려졌거든. 온 마음을 다해 사랑했지만, 내

믿음을 등지고 집을 나간 아내를 쫓고 있소. 필시 좋아하는 놈에게 갔겠지. 그 와중에 수중에 지닐 수 있는 보석과 돈까지 다 훔쳐갔소. 혹시 그런 여자를 보거나 그에 대해 들을 수도 있을 것 같아 말해두는데, 아내는 프랑스 출신의 천하고 방탕한 여자와 함께 도망쳤소. 미련하게 그 프랑스 여자가 우리 집에 어떤 더러운 짓을 할지 꿈에도 생각 못 하고 내가 그 여자를 아내의 하녀로 데려왔지 않겠소!"

"어떻게 그런 일이!" 대장장이의 아내가 두 손을 들어 올리며 맞장구쳤지.

아망테는 대화에 방해가 되지 않게 소리를 조금 낮춰 계속 휘파람을 불었어.

"난 그 사악한 도망자들을 쫓고 있소. 어디로 가는지야 뻔하니까." 그 순간 예쁘고 여자 같은 얼굴이 악마만큼이나 사나워 보였어. "지들이 날 피할 순 없지. 하지만 아내를 만나기 전까진 일 분 일 초가 고통이오. 이해하겠소?"

그러고는 얼굴을 찡그리며 부자연스럽게 웃고는 한 번 더 대장장이에게 재촉하려는 듯 두 사람이 함께 대장간으로 갔어.

아망테가 잠시 휘파람을 멈췄지.

"하던 대로 해요. 눈썹 하나 까딱하지 말고. 저자는 곧 갈 테고, 다 끝날 겁니다!"

꼭 필요한 말이었어. 그때 난 다 포기하고 아망테의 품에 안기고 싶었거든. 우리는 하던 대로 했어. 아망테는 휘파람을 불고, 난 계속 어설프게 바느질을 한 거야. 그러길 정말 잘했지. 왜냐하면 그 사람이 바닥에 깜박하고 두고 간 채찍을 가지러 금세 돌아왔거든. 그는 또다시 날카로운 눈빛으로 모든 걸 하나하나 확인해가며 방을 둘러보았지.

잠시 후 남자가 말을 타고 멀어지는 소리가 들렸어. 긴장이 풀려선지 눈앞이 깜깜해졌고, 나는 바느질감을 떨어뜨리고 와들와들 떨었어. 대장장이의 아내가 돌아왔어. 그 여자는 참 좋은 사람이었지. 아망테는 대장장이의 아내에게 내가 몸살이 난 것 같으니 일을 잠시 멈추고 난로 가까이 가서 앉게 해야겠다고 말했어. 대장장이의 아내는 좀 전에 다녀간 손님이 돈을 듬뿍 쥐여줬다며 그 기념으로 맛있는 음식을 해주겠다고 하더니 서둘러 저녁을 준비하러 갔어. 곧이어 수프를 가져와 먹으라고 권했는데, 나로선 얼마나 다행이었는지 몰라. 안 그랬으면 아망테가 아무리 맡은 역할에 충실하자고 경고의 눈빛을 보내도 더는 견디기 어려웠을 거야. 내 불안해하는 기색을 감추려고 아망테는 휘파람을 멈추고는 여자에게 이야기를 건넸어. 때마침 대장장이가 들어오자 아망테와 대장장이의 착한 아내는 더 신이 나서 떠들어댔지. 대장장이도 수고비를 넉넉히 쳐준 잘생긴 신사 양반에 관해 얘기하기 시작했어. 대장장이는 그 신사를 너무 불쌍해했고, 부부는 그 사람이 꼭 사악한 아내를 찾아내 합당한 벌을 주어야 한다고 목소리를 높였어. 그러고는 조용하고 단조로운 삶을 사는 사람들이 대개 그러듯 여기저기서 들은 무서운 이야기들을 경쟁하듯 쏟아냈지. 특히 우리는 라인강가의 모든 길을 장악하고 '신더하네스'를 우두머리로 모시는 '쇼푀르'라는 잔인하고 베일에 싸인 강도 무리의 얘기를 듣고는 머리털이 곤두설 지경이었어. 아망테조차 갑자기 말을 잃어버렸거든. 아망테는 휘둥그레진 눈과 창백해진 얼굴빛으로 내게 도움을 청하는 눈빛을 보냈어. 정신이 번쩍 들었지. 난 자리에서 일어나 이른 아침부터 먼 길을 다녔더니 피곤해서 눈을 좀 붙여야 할 것 같다고 말했어. 내일 늦지 않게 일어나 할 일은 차질 없이 마치겠다는 말도 덧붙였지. 대장장이는 자기보다 먼저 일어나면 굉장히 부지런한 거라고 말했고, 그의 착한 아내는 잠자리를 마련해주기 위해 부산하게 움직였어. 그들이 조금 전에 했던 것과 비슷한 얘기를 하나만 더 해도 아망테는 기절할 것 같았지.

하룻밤 쉬고 나니 아망테도 다시 기운을 차렸어. 우리는 일찌감치 일어나 남은 일을 마치고, 아침도 양껏 얻어먹었어. 이제 다시 출발해야 했어. 포르바크는 우리가 가야 할 독일과 당시 있던 곳의 중간쯤인 듯했는데, 상황이 상황인 만큼 그리로는 가면 안 되게 됐지. 이틀 동안 주변을 한 바퀴 돈 뒤 대장장이의 집보다 포르바크 방향으로 4킬로미터 정도 더 가까운 마을로 들어갔어. 어느 날 밤 큰길 한가운데 상당히 크지만 두서없는 숙소가 모여 있는 작은 마을에 도착했지만, 다른 사람한테 물어보지 않아서 그곳이 정확히 어디인지는 몰랐어. 우린 외딴 시골보단 마을에 있는 게 더 안전할 것 같다고 생각했어. 며칠 전에 내가 가지고 있던 반지를 떠돌이 귀금속상에게 넘겼는데, 그는 귀한 반지를 헐값에 사들인 게 너무 기쁜 나머지 아망테 같은 가난한 재단사가 어떻게 그런 물건을 가지게 됐는지 묻지도 않았어. 그러나 서둘러야 했지. 우리는 그 숙소에 머물면서 앞으로의 행로에 관해 최대한 많은 정보를 얻기로 했어.

우린 뜰 맞은편의 마구간 위에 있는 작은 침실을 미리 얻어놓고, 식당의 어두운 구석에서 저녁을 먹었어. 마음껏 먹고 싶었지만, 우리를 알아보는 사람이 들어올지도 몰라 허겁지겁 해치웠지. 음식을 먹는 중에 공공 승합마차가 포르트 코셰르* 아래로 천천히 들어와 승객들을 내려놓았어. 그들 중 많은 사람이 우리가 있는 곳으로 들어왔어. 문은 짐꾼 숙소의 반대편에 있었고, 둘 다 출입구로 바로 연결돼 있어서 우리는 겁에 질려 잔뜩 웅크리고 있었어. 여러 승객과 함께 금발의 젊은 부인이 초로의 프랑스인 하녀의 시중을 받으며 들어섰지. 부인은 새침한 표정으로 실내를 둘러보더니 남루한 사람들과 이상한 냄새에 질렸는지 뒷걸음치며 독일 억양이 섞인 프랑스어로 개인 공간을 달라고 주인에게 요구했어. 따로

● 마차가 출입하도록 만든 폭이 넓고 높은 아치형 대문.

2인승 쿠페 마차를 타고 왔던 부인은 다른 승객과 섞이는 걸 자존심 상해 했고, 그 덕분에 다른 사람들의 미움과 조롱을 사고 있었지. 이런저런 말을 주워들으면서도 그게 우리와 연관될 줄은 꿈에도 몰랐어. 다만 아망테가 내게 귓속말로 해준 말은 조금 신경이 쓰였어. 젊은 부인의 머리카락이 우리가 제 분소 다락에 숨어 있다 나올 때 잘라서 주방 난로에 넣어 태워버린 내 원래 머리카락과 같은 색이라는 사실 말이야.

다른 손님들이 시끌벅적하고 즐겁게 저녁을 먹는 사이 우린 서둘러 그곳을 빠져나왔어. 뜰을 가로지른 뒤 마부에게 램프를 빌려 마구간 위 우리 방으로 가는 좁은 계단을 비틀거리며 올라갔지. 문은 따로 없었고, 사다리만 간신히 얹힐 만큼 좁은 구멍이 그 방의 입구였어. 창문으로는 뜰이 보였지. 우린 피곤해서 금세 잠에 빠져들었어. 그러다 아래에서 무슨 소리가 들려 퍼뜩 잠이 깼어. 잠시 귀를 기울이다 아망테를 깨웠어. 그러고는 아망테가 무심코 무슨 소리라도 낼까봐 아망테의 입술에 손을 가져다 댔어. 남편이 마부에게 말에 관해 뭔가를 물어보는 소리가 들렸거든. 분명 남편의 목소리였지. 아망테도 그런 것 같다고 했어. 우리는 감히 똑바로 일어나 앉지도 못했어. 남편은 오 분 정도 마부에게 뭐라고 계속 지시를 내렸어. 그러다 마구간을 나가기에 창문 쪽으로 가보니 뜰을 가로질러 다시 숙소로 들어가는 게 보였어. 우리는 어떻게 해야 할지 방법을 논의했어. 방에서 내려가거나 밖으로 나갔다가 다른 사람들의 의심을 살까봐 겁이 났지만, 그래도 당장 탈출하는 것이 가장 좋은 방법 같았어. 그런데 그때 마부가 마구간을 나가 밖에서 문을 잠가버린 거야.

"이제는 창문으로 나가는 수밖에 없어요." 아망테가 말했어.

그런데 다시 생각해보니 돈을 안 내고 떠나면 당장 의심을 살 테고, 걸어가다보면 곧 따라잡힐 게 뻔했지. 우린 침대 끝에 불안하게 앉아 계속 머리를 쥐어짰고, 그러는 사이 뜰 맞은편에서 시끌벅적한 웃음소리가 울려 퍼지더니 사람들이 각자의 공간으로 서서히 흩어졌어. 각자 쉴 방을 찾아 들어가는 사람들 손에 들린 램프의 불빛이 창문으로 휙휙 스쳐 지나가는 게 보였어.

우린 침대로 기어 들어가 서로를 꽉 껴안고 바깥의 소리에 귀를 기울였어. 우리는 추격당하고 있었고, 다음 날로 이어지는 고요한 한밤중에 죽음을 맞을지도 모른다는 생각이 들었지. 그때 누군가 뜰을 가로질러 살금살금 걸어가는 소리가 들렸어. 곧 마구간 문의 열쇠가 돌아가더니 누군가 들어왔지. 이제 소리는 들린다기보단 느껴지는 정도였어. 말이 약간 움직였고, 방금 들어온 사람의 불안한 움직임에 힝힝거렸어. 그는 낮은 목소리로 뭐라고 한두 마디 하고는 뜰로 말을 몰고 나갔지. 아망테가 고양이처럼 소리도 내지 않고 얼른 창문 쪽으로 갔어. 마음 놓고 말 한마디 내뱉지 못하고 창밖만 내다봤지. 이어서 거리로 향하는 큰 문이 열렸고, 사람이 말에 올라 타느라 잠시 멈칫하나 싶더니 곧 말발굽 소리가 멀어졌어.

아망테는 내 옆으로 다시 돌아왔어. "그 사람이었어요! 그런데 갔어요!" 우린 다시 몸을 사시나무 떨듯 떨면서 침대에 누웠어.

이번에는 깊은 잠을 자고 늦게 일어났어. 바삐 오가는 발소리와 당황한 목소리들 때문에 잠에서 깼어. 세상 전체가 깨어나 웅성거리는 느낌이었지. 얼른 옷을 챙겨 입고 내려가 마구간의 안식처를 떠나기 전에 남편이 그곳에 확실히 없는지 확인하기 위해 뜰에 모인 사람들 사이를 두리번거렸어.

그때 두세 사람이 우리에게 달려와 소리쳤어.

"들었어요, 들었어? 젊은 부인, 맙소사, 그 부인 불쌍해서 어쩌나. 오, 어서 와봐요!" 우린 거의 반사적으로 뜰을 가로질러 숙소 중심 건물의 크고 넓은 계단을 올라가 침대 방에 들어갔어. 거기에 아름답고 젊은 독일 부인이, 전날 밤 그 우아하고 자신만만하던 여자가 창백한 얼굴로 죽어 있었어. 그 옆에서 프랑스인 하녀가 손짓 발짓 해가며 울고 있었지.

"아, 마님! 절 옆에만 뒀어도! 아, 나리는 뭐라고 하실지!" 그렇게 하녀는 울부짖었어. 아마도 방금 전에 시체가 발견된 모양이었지. 피곤했던 하녀가 늦잠을 자다가 몇 분 전에야 일어난 것 같았어. 누군가 마을 검시관을 부르러 갔고, 숙소 주인은 검시관이 올 때까지 별 의미 없는 명령을 내렸지. 이따금 작은 컵에 든 브랜디를 마시곤 뜰에 모인 손님들에게도 마시라고 권하면서 말이야.

　마침내 검시관이 도착했어. 모두 뒤로 멀찌감치 물러나 검시관의 입에서 무슨 말이 나올지 기다렸어.

　"이 부인은 어젯밤 하녀와 함께 마차를 타고 왔습니다. 개인 공간을 달라고 해서 분명 귀족일……" 숙소 주인이 말했어.

　"뢰데르 남작 부인이십니다." 프랑스인 하녀가 곧장 대답했지.

　"부인께 저녁 식사와 침실을 맞춰드리기가 꽤 힘들었습니다. 그래도 피곤했는지 금방 잠드셨습니다. 그런데 하녀가 나가서……."

　"제가 마님 방에서 자겠다고 말씀드렸거든요. 보통 낯선 숙소에 가면 그렇게 한답니다. 그런데 못 오게 하셔서, 우리 마님은 한번 하신 말씀은……."

　"그래서 하녀는 우리 하인들과 함께 잤습니다." 숙소 주인이 말을 이었어. "오늘 아침에 우리는 부인이 계속 주무시는 줄 알았습니다. 그런데 8시, 9시, 10시, 11시가 가까워오는데도 소식이 없어 하녀에게 제 만능열쇠로 열고 안에 들어가보라고 했더니……."

　"문이 잠겨 있지 않고, 그냥 닫혀만 있었어요. 그리고 이렇게…… 마님이 돌아가시지 않았겠어요, 선생님? 마님은 베개에 얼굴을 묻고 있었고, 아름다운 머리가 온통 산발이 돼서는…… 마님은 절대 머리를 못 묶게 하시거든요. 머리가 아프다면서요." 하녀는 부인의 긴 금발을 주르륵 들어 올렸다가 떨어뜨렸어.

전날 밤에 아망테가 했던 말이 생각나 그 옆으로 다가갔어.

검시관이 오기 전까지는 아무도 만지지 말라고 해서 그대로 보존돼 있던 침대보가 걷히고, 검시관이 시체를 검시했어. 검시관이 손을 빼내는데, 그 안에 종이에 싸인 단검 하나가 피범벅인 채로 들려 있었지.

"큰 사건이 벌어졌군요. 부인은 살해됐습니다. 범인이 이 단검을 부인의 심장을 향해 꽂아 넣었어요." 그러더니 안경을 끼고는 피범벅이 돼 알아보기 어려운 글씨를 읽었어.

1번.

드디어 쇼푀르가 복수했다.

"어서 이 끔찍한 곳을 떠나야 해!" 나는 아망테에게 속삭였어.

"잠시만요. 몇 분 더 있다 가는 게 나을 거예요." 아망테가 대답했지.

곧 모두 한목소리로 전날 밤 마지막으로 도착한 남자를 의심했어. 사람들이 젊은 부인의 거만한 행동에 관해 떠들고 있을 때 그 남자가 식당으로 들어왔다면서. 그러고는 그 부인에 대해 꼬치꼬치 물어봤다고 했어. 사람들은 우리가 그곳을 떠날 때도 그 부인 얘기를 하고 있었거든. 그러니 남편은 우리가 나간 직후에 들어왔던 모양이야. 남편은 그 부인 얘기를 들을 만큼 듣더니 새벽에 떠날 일이 생겼다며 숙소 주인과 마부에게 마구간과 포트 코셰르의 열쇠를 달라고 부탁했던 거지. 즉 검시관이 부른 법률 자문 위원이 도착하기도 전에 살인범이 지목된 거나 다름없었어. 그러나 종이에 쓰인 말 때문에 모두 공포에 떨었어. '쇼푀르'라니, 그게 누구지? 아무도 정확히 몰랐지만, 그 폭력 조직에 소속된 누군가가 그때껏 방에 숨어 다 엿듣고는 복수할 새로운 대상을 찾고 있을지도 모른다는 생각들을 했지. 독일에서는 이 무시무시한 조직에 관해 거의 들어본 적 없었고, 카를스루에에서는 사람을 잡아먹는 거인 얘기보다 그들에 관한 얘기를 조금 더 자주 하는 편이었지만 크게 관심을 두는 분위기는 아니었어. 그런데 여기 있자니 사람들이 느끼는 엄청난 공포가 내게도 고스란히 전해졌어. 아무도 살인범의 유죄를 법적으로 증명하려 하지 않았어. 검사마저 자신의 직무를 꺼렸지. 나는? 나도 아망테도 잠자는 부인을 살해한 남자의 신원을 확신했고, 꽤 많은 걸 알고 있었지만 감히 입을 뻥긋하진 못했어. 입을 열면 엄청나게 많은 말을 쏟아낼 수 있었지만, 아무것도 모르는 척했지. 우리가 안들 또 뭘 어쩔 수 있었겠어. 우리가 희생될 운명이었는데, 남편이 그 불쌍한 부인을 나로 잘못 알고 침대보 아래로 피를 뚝뚝 흘리며 죽게 했다는 사실을 확인하고는 무섭고 소름 끼쳐서 정신이 나가버린 거야.

마침내 아망테가 숙소 주인한테 가서 어떤 의심이나 악감정을 사지 않도록 최대한 공손한 태도로 급한 일이 생겼으니 숙소를 떠나게 해달라고 부탁했어. 의심이 다른 쪽으로 쏠려 있던 숙소 주인은 기꺼이 허락했어. 며칠 후 우리는 라인강을 건너 프랑크푸르트로 갔지만 여전히 변장을 유지했고, 아망테는 계속 행상인 척했어.

가는 도중에 우리는 이리저리 돌아다니며 일한다는 하이델베르크 출신 젊은이를 만났어. 나는 그를 알았지만, 그가 나를 알아봤는지는 모르겠어. 내가 최대한 조심스럽게 아버지의 근황을 물어봤어. 그 사람 말이 아버지가 돌아가셨다는 거야. 그가 긴 침묵 끝에 꺼낸 말이어서 더더욱 큰 충격을 받았어. 나를 지탱하던 모든 지지대가 무너져버린 느낌이랄까. 난 아망테에게 아버지 집에 가기만 하면 안전하고 편안할 거라고, 아버지가 아망테에게 감사해할 거라고, 그 끔찍한 프랑스에서 멀리 떨어져 평화롭게 살며 여생을 여유롭게 누릴 수 있을 거라고 늘 말해왔었어. 실은 나 자신에게 용기를 주기 위해 더 그런 다짐을 했었던 것 같아. 내가 알고 있는 모든 걸 가장 친하고 현명한 친구에게 말함으로써 마음과 양심에 진 부담을 덜려고도 했었을 거야. 아버지가 사랑으로 우리를 보살피며 편하게 머물게 해주리라 생각했는데, 맙소사, 아버지가 영원히 내 곁을 떠나시다니!

난 하이델베르크 젊은이에게 이 슬픈 소식을 듣자마자 얼른 방에서 뛰쳐나왔고, 아망테가 조금 후에 날 따라 나왔어.

"불쌍한 마님." 아망테는 마음을 다해 나를 위로했어. 여정 중에 내가 워낙 자주 말하기도 했지만, 아망테는 고향 집에 관한 일이라면 나만큼이나 잘 알고 있었어. 그래서 내가 충격을 받아 뛰쳐나간 뒤에 젊은이에게 오빠와 올케에 대해서도 물어본 모양이야. 오빠 부부는 당연히 제분소에 살고 있는데, 젊은이 말로는 바베테가 오빠를 완전히 손아귀에 틀어쥐었고, 오빠는 오로지 바베테의 눈을 통해서만 보고, 바베테의 귀를 통해서만 듣는다고 했어. 최근에는 새로운 제분소 주인의 여동생과 결혼한 사이라며 나타난 멋진 프랑스 신사와 바베테가 부쩍 친해졌다는 소문이 하이델베르크에 파다하게 퍼졌다고 했어. 그 프랑스 신사와 결혼한 제분소 주인의 여동생은 그에게 혐오스럽고 배은망덕한 행동을 하고는 도망가버렸다고 다들 쑥덕거렸대. 그 일을 계기로 친해진 바베테와 프랑스 신사는 어디든 함께 다녔고, 그가 떠난 후에도 계속 편지를 주고받았는데, 당초와는 관계가 좀 달라진 것 같다는 거야. 어떤 추문이 있어도 오빠는 아무런 눈치를 못 챘나봐. 적어도 겉보기로는. 아버지가 죽고, 여동생이 악행을 저질렀다는 소문 때문에 얼굴도 제대로 들지 못하고 살았던 모양이야.

아망테가 말했어. "얘기를 종합해보면, 투렐 씨는 마님이 하이델베르크로 돌아갔으리라 의심해 그리로 갔고, 마님이 아직 돌아오지 않았다는 사실을 확인한 거네요. 그래도 언젠간 돌아올 테니 마님의 올케를 정보원 삼아 관계를 맺은 거고요. 마님의 올케가 마님을 그다지 좋게 생각하지 않는다고 했잖아요. 그런 데다 투렐 씨가 우리에 관한 나쁜 이야기를 퍼뜨렸으니 마님 올케가 마님을 더더욱 안 좋게 생각할게 뻔하네요. 우리가 포르바크 근처에서 만났던 남자 기억하시지요? 아름다운 금발을 한 독일인 귀부인과 프랑스인 하녀를 찾고 있다 했었잖아요. 그 살인범이 분명 역추적을 하고 있을 겁니다. 마님이 계속 제 보호를 받을 생각이면, 부디 전적으로 절 믿으셔야 합니다." 아망테는 어느새 공손한 말투에서 벗어나 함께 탈출해 공통의 위험을 겪는 사람에게 어울리는 어조로 말하기 시작했어. 상대에게는 없는 힘과 권위를 가져야 한다고 스스로 의식한 것 같았지. "우리 프랑크푸르트로가요. 사람이 많이 사는 큰 마을에 가서 한동안 우리의 본모습을 잊고 살아봐요. 마님이 그랬잖아요. 프랑크푸르트는 엄청 큰 도시라고. 우린 계속 남편과 아내로 지내는 거예요. 작은 집을 하나 사서 마님은 집안일을 하며 안에 있고, 전 더 씩씩하고 용감하니 우리 아버지가 하던 일을 이어받아 맞춤 양복점에 일자리를 찾아볼게요."

더 나은 계획이 생각나지 않아 그 말을 따르기로 하고 프랑크푸르트의 뒷골목에서 가구가 갖춰진 방 두 개짜리 집을 얻었지. 거긴 햇빛이 거의 들어오지 않았고, 천장에 매달린 우중충한 램프와 침실로 이어지는 문틈으로 새어 들어오는 빛이 전부였어. 침실은 좀 나았지만 아주 작았지. 변변하진 않았지만 우리가 쓸 수 있는 모든 수단을 다 동원한 결과였어. 내 반지를 팔아 받은 돈도 거의 다 썼지. 아망테는 그곳에서 프랑스어밖에 모르는 이방인인 데다 독일인은 프랑스인을 참 싫어했어. 그런데도 기대 이상으로 잘해냈고, 나는 갇혀 지내면서도 조금씩 돈을 모았어. 난 밖에 나다니지도, 누군가를 만나지도 않았는데, 아망테도 독일어를 모르니 상대적으로 고립될 수밖에 없었지.

마침내 아이가 태어났어. 아빠 없는 아이보다 더 불쌍한 내 아이. 간절히 바란 대로 딸이었어. 남자아이라면 아빠의 호랑이 같은 본성을 가지고 태어날까봐 두려웠지만, 여자아이는 오롯이 내 것 같았어. 그러나 나만의 아이는 아니었지. 충성스러운 아망테가 아이에게 느끼는 기쁨과 자랑스러움은 나 못지않았거든. 그게 겉으로도 확연히 드러났어.

우린 인근에 사는 산파 말고는 도움을 받을 곳이 없었어. 산파는 올 때마다 자기가 경험한 재미있는 이야기와 떠도는 소문을 풀어놓곤 했지. 어느 날 산파는 자기 딸이 집안일을 봐주는 집의 마님에 관해 얘기하기 시작했어. 남편도 잘생겼고 정말 아름다운 부인이었다고 했어. 그러다 갑자기 집안 구석구석에 슬픔이 밀려들었는데, 무슨 연유인지는 아무도 몰랐대. 어찌 됐든 뢰데르 남작이 무서운 쇼쾨르에게 복수를 시작했던 모양이야. 몇 달 전에 남작 부인이 알자스•에 사는 친척을 보러 가는 길에 묵은 어느 호텔에서 칼에 찔려 살해 당했기 때문이었어. 나는 왜《가제트》에서 그런 기사를 못 봤지? 왜 그런 소문조차 못 들었을까? 여하튼 뢰데르 남작은 아내를 살해한 자에 관한 정보를 알려주는 사람에겐 후한 보상금을 준다는 현수막을 저 멀리 리옹에까지 걸었다고 했어. 그러나 아무도 남작을 도울 수 없었어. 증거를 입증할 수 있는 사람들이 모두 쇼퇴르를 겁냈기 때문이지. 산파가 듣기로는 부자든 가난한 사람이든, 귀족이든 소작농이든 그들에게 불리한 증언을 하는 사람은 죽음을 면치 못할 거라는 공통의 두려움이 있었대. 그래서 쇼퇴르가 물건을 약탈하고 어떤 심한 고문을 했어도 사람들은 쇼퇴르를 알아보지 못하는 척한다고 했어. 심지어 법정에서 쇼퇴르를 만나도 모른다고 도리질을 할 형편이었어. 그도 그럴 것이 만약 쇼퇴르 한 사람이 유죄판결을 받으면 그로 인해 수백 명이 복수를 당했으니 모두 조개처럼 입을 다물 수밖에 없었지.

돌아가는 상황을 정리해봤어. 투렐 씨나 르페브르나 레로세의 다른 조직원들이 그 현수막을 보고 자신들이 칼로 찔러 죽인 여자가 내가 아니라 뢰데르 남작 부인이라는 걸 알게 되면 다시 나를 찾아 나설 게 뻔했지.

• 독일과 인접한 프랑스 북동부 지방.

새로운 걱정이 생기니 바로 몸이 반응했고 회복은 더뎠어. 우리는 돈이 없어서 제대로 된 의사도 부를 수 없었지. 그런데 아망테가 가끔 일하러 가는 곳에 젊은 의사가 있어서, 그 의사에게 진료비를 현물로 지불하기로 하고 몸 상태를 봐달라고 했어. 젊은 의사는 우리처럼 찢어지게 가난했지만 온화하고 사려 깊었어. 시간을 들여 꼼꼼히 진료하고는 아망테에게 먼저 진찰한 결과를 말해주었어. 심한 충격 때문에 어쩌면 내 신경이 완전히 회복되지 않을지도 모른다고. 이 의사의 이름은 차차 말해줄게. 아마 이름을 들으면 내가 설명하는 것보다 그에 대해 더 잘 알게 될 거야.

시간이 지나면서 서서히 몸이 회복됐어. 적어도 조금은 나아졌지. 집에서 사부작사부작 일하고, 지붕 아래 있는 다락 창가에 아기를 데리고 나가 햇볕을 쬘 정도는 됐어. 변장은 계속 유지하고 있었어. 그리고 머리카락과 얼굴의 색을 바꾸기 위해 되는대로 다시 염색도 했어. 하지만 레로셰에서 탈출한 몇 개월 동안 경험한 잦은 공포 때문에 다시는 백주 대낮에 남의 눈에 띄는 일은 하기 어려웠어. 아망테가 어르고 의사도 설득했지만, 허튼 수고였어. 다른 일에는 고분고분했지만 이 점만은 내 고집대로 했어. 나는 절대 집 밖으로 발을 내딛지 않았지. 어느 날 아망테가 새로운 소식을 잔뜩 가지고 일터에서 돌아왔어. 괜찮은 것도 있었지만 나를 불안하게 만드는 것도 있었어. 일단 좋은 소식은 이거였어. 아망테가 일하는 곳의 주인이 아망테를 다른 사람들과 함께 프랑크푸르트의 다른 지역에 있는 저택으로 보내려 한다는 거야. 거기에서 개인 연극 공연이 열릴 예정이라 새 옷을 많이 만들어야 하고, 수선할 옷가지들도 많았나봐. 고용된 재단사들은 공연이 끝나는 날까지 모두 그 집에서 머물러야 했지. 그곳은 마을에서 멀리 떨어져 있었고, 언제 그 일이 완전히 끝날지 아무도 몰랐어. 그런 만큼 보수는 꽤 괜찮다고 했지만 말이야.

나를 불안하게 만든 얘기는 이거였어. 그날 아망테는 우연히 내 반지를 사 간 떠돌이 보석상을 만났었대. 남편이 내게 줬던 그 반지는 모양이 좀 특이했거든. 반지를 팔 때도 그 점이 염려스러웠지만 당시 우리는 무일푼에다 배가 너무 고파 달리 어쩔 도리가 없었지. 아망테는 이 프랑스인 보석상과 다시 마주친 순간 자신을 바로 알아본다는 걸 느꼈고, 동시에 전보다 더 많은 걸 알고 있단 낌새를 느꼈다고 했어. 그 사람이 길 반대편에서 자신을 계속 미행하는 걸 보고 의심이 확신으로 바뀌었지. 그러나 아망테는 마을 지리에 훤했고, 마침 어둠도 짙어지고 있어서 그를 따돌릴 수 있었대. 어쨌든 다음 날 아망테는 우리가 사는 곳에서 꽤 떨어진 지역으로 일하러 갔어. 그동안 먹을 것을 챙겨주면서 내게 제발 집 안에만 있으라고 신신당부했지. 나는 그 집에 들어간 이후로 한 번도 문지방 너머로 발을 내디딘 적 없고 계단 아래로도 내려간 적 없다고 아망테를 안심시켰어. 그런데도 내 불쌍하고 충성스러운 아망테는 어젯밤 불현듯 알게 된 것처럼 죽은 사람들의 얘기를 하고 또 했어. 그건 살아 있는 사람에게는 좋은 징조가 아니거든. 아망테가 네게, 그래! 너 말이야. 내 딸, 네 아빠(처음으로 투렐 씨를 네 아빠라고 불러보는구나. 이 얘기를 다 끝내기 전에 한 번 더 그렇게 부르게 될 것 같긴 하다)의 무서운 성에서 벗어나 가슴으로 낳은 너한테 키스했어. 귀엽고 사랑스러운 너의 안녕을 기원하며 끝없이 키스했지. 그러고는 떠나갔어. 살아서.

이틀, 사흘이 지나갔어. 사흘째 되던 날 밤, 나는 잠긴 문 안에 앉아 있었어. 넌 내 옆에서 베개를 베고 잠들어 있었지. 누군가 계단을 올라오는 소리가 들렸어. 나한테 오는 소리란 걸 알 수 있었지. 우리 방이 맨 꼭대기였으니까. 누군가가 노크를 했어. 난 숨을 참았어. 그런데 문 앞에 다가온 사람이 다정한 의사 보스라는 걸 알게 됐어. 난 문으로 살금살금 다가가 물었지.

"혼자 오셨어요?"

"네." 그가 여전히 낮은 목소리로 말했어. "문 열어주세요." 그를 안으로 들였더니 직접 문을 잠그고 빗장을 걸었어. 그러고는 내게 다가와 애절한 얘기를 들려주었어. 그는 도시 반대편 병원에 볼일이 있어 갔다가 돌아오는 길이라고 했어. 나한테 더 빨리 왔어야 했지만, 미행을 당할까봐 겁이 났다면서. 그는 아망테가 죽는 걸 보고 오는 길이라고 했어. 아망테가 보석상을 만나고 걱정했던 게 현실이 돼버린 거지. 그날 아침 아망테는 일하는 집을 나선 뒤 일과 관련된 심부름을 하러 마을로 갔다고 했어. 쭉 미행을 당하다가 호젓한 숲길로 돌아오던 길에 변을 당한 모양이야. 저택에 소속된 숲 관리인들이 칼에 찔려 쓰러져 있는 아망테를 발견했어. 그때까지만 해도 죽지는 않았었대. 이번에도 메시지가 적힌 종이가 단검에 꽂혀 있었어. 그런데 이번에는 '1' 밑에 밑줄이 그어져 있었대. 살인범이 지난번에는 실수로 엉뚱한 사람을 죽였다는 사실을 자신도 알고 있다는 걸 보여주려고 했던 것 같아.

1번.
드디어 쇼푀르가 복수했다.

숲 관리인들이 아망테를 집으로 옮겨 인공호흡을 한 끝에 겨우 힘겹게 말을 할 수 있을 정도로 호흡이 돌아왔대. 그러나 충실하고 사랑스러운 친구이자 언니인 아망테는 그 순간에도 나를 떠올리며, 내가 어디에서 누구와 사는지 끝까지 말하지 않았대(동료 재단사 중에도 아는 사람이 없었지). 생명이 빠르게 꺼져가고 있었고, 사람들은 가장 가까운 병원으로 아망테를 데려갔어. 당연히 거기에서 아망테의 성별이 드러났지. 하지만 아망테와 나에게 천운이 있었는지, 아망테를 돌본 의사가 우리가 아는 그 보스였어. 고해신부를 기다리는 동안 아망테는 그에게 내가 있는 곳과 처한 상황을 귀띔해주었어. 고해신부가 아망테의 이야기를 절반도 채 듣기 전에 아망테는 숨이 끊어졌어.

보스는 온갖 우회로를 다 거쳤고, 혹시 누가 지켜보거나 따라올까봐 밤늦게까지 기다려야 했어. 다행히 미행을 당하지는 않았나봐. 어찌 됐든 나중에 의사가 전해준 바에 따르면, 뢰데르 남작이 아망테의 죽음에 대한 얘기를 전해 듣고는 자기 아내가 살해당했을 때와 그 수법이 거의 유사하다고 판단했고, 아내의 원수를 갚기 위해 살인범들을 뒤쫓기 시작한 모양이었어. 붙잡히지는 않았지만, 살인범들은 한동안 도망을 다녀야 했나봐.

지금 네게 이 얘기를 하기는 참 힘든데, 처음엔 그저 나의 후원자였던 보스가 조금씩 내게 마음을 내기 시작하더니 마침내 자기 아내가 돼달라고 설득했어. 당시에 우리는 종교적인 의식을 매우 경시했고, 둘 다 루터교도이기도 했거든. 게다가 투렐 씨는 개혁 종교를 믿는 척했기 때문에 우리가 그 무서운 남자를 법정으로 불러내기만 한다면 이혼은 독일 법으로 쉽게 해결될 문제였어.

착한 보스는 나와 내 아이를 남몰래 자신의 집으로 데려갔고, 거기서 나는 전처럼 한낮에도 빛을 보지 않고 꼭꼭 숨어지냈어. 어느새 머리와 얼굴에서 염색한 게 다 빠져나갔지만, 새 남편은 내게 더는 염색하지 않으면 좋겠다고 했어. 실은 그럴 필요도 없었지. 내 금발은 회색이 됐고, 얼굴색은 어느새 잿빛이 돼버렸거든. 누구도 나를 보고 18개월 전의 혈기 왕성하고, 머리에 윤기가 흐르던 젊은 아가씨라고는 상상하지 못했어. 내가 만나는 몇 안 되는 사람들은 나를 남편보다 훨씬 더 나이 많은 과부, 비밀 결혼을 한 보스 부인으로만 알았어. 어느새 사람들은 나를 '회색 여인'이라 부르기 시작했지.

보스는 네게 자기 성을 쓰게 해줬어. 지금껏 넌 다른 아빠가 있는 줄 몰랐지? 보스가 살아 있는 동안은 네가 그걸 알 필요가 없었으니까. 한 번, 딱 한 번 더 옛날의 공포가 되살아난 적이 있었어. 무슨 이유였는지는 잊었는데, 평소와는 달리 내 방 창가로 이끌리듯 갔었어. 아마 창문을 열거나 닫으려 했겠지. 잠시 밖을 내다봤는데, 투렐 씨가 전처럼 젊고 명랑하고 우아하게 길 건너편에서 걷고 있었어. 내가 창가에서 내는 소리에 그가 위를 올려다봤어. 분명 나, 늙은 회색 여인을 봤는데도 그는 날 알아보지 못했어! 그때 우린 헤어진 지 3년밖에 안 됐고, 그의 눈은 스라소니처럼 예리하고 무시무시했는데도 말이야.

보스가 집에 돌아오자마자 그 얘길 했더니 그는 날 진정시키려고 애썼어. 그러나 투렐 씨를 본 충격이 내게는 끔찍할 정도로 컸지. 그 뒤로 몇 달을 앓아누웠으니까.

한 번 더 투렐 씨를 봤어. 죽어 있는 모습을. 투렐 씨와 르페브르는 그들이 저지른 죄로 계속 추격을 당하다 결국 뢰데르 남작한테 붙잡혔지. 보스는 그들이 체포된 뒤 사형선고를 받았다는 소리를 듣고도 내겐 한마디도 하지 않았지. 그러다 어느 날 자기를 믿고 사랑한다면 어딘가로 함께 가자고 했어. 그러더니 나를 마차에 태워 어딘지 모를 곳으로 한참 달려갔어. 감옥을 거쳐 안뜰로 갔더니 거기에 투렐 씨와 레로셰에서 본 적 있는 사람 두어 명이 참수형의 흔적을 가린 옷을 입은 채 죽어 있었어.

그 일 이후로 보스는 좀 더 자연스러운 모습을 되찾고, 밖에도 더 자주 나가자고 나를 설득했어. 가끔은 그 사람 바람대로 따라주었지만, 아직은 묵은 공포가 나를 강하게 짓눌렀지. 내가 힘들어하는 걸 보더니 보스도 결국은 포기해버렸어.

나머지는 너도 아는 얘기야. 내게는 사랑하는 남편이었고, 네겐 아버지였던 보스가 죽었을 때 우리가 얼마나 슬퍼했는지 기억나지? 이 고백이 다 끝나고 나면 딸아, 나도 보스를 남편이라 부를 거야. 너도 아버지라 여겨주면 좋겠어. 난 이제 앞으로 영원히 그 사람을 내 남편이자 너의 아버지라 부를 거야.

왜 이런 이야기를 시시콜콜 다 하느냐고 네가 물었지? 이런 이유였단다, 딸아. 네가 르브룅 씨로 알고 있는 프랑스인 화가가 어제서야 자신의 진짜 이름을 말해주었어. 피에 굶주린 공화주의자들이 너무 귀족적이란 이유로 이름을 바꾼 거였지. 그의 원래 이름은 바로 모리스 드 푸아시야.

마녀 로이스

제1부

　1691년, 로이스 바클리는 작은 부두에 막 내려서서 몸의 균형을 잡고 있었다. 팔구 주 전 영국에서 미국으로 출발한 배의 흔들리는 갑판에서 균형을 잡으려 애쓰던 때와 다를 바 없는 모습이었다. 얼마 전까지 밤낮으로 울렁이는 바다 위에 있다보니 이제는 단단한 땅을 밟고 서 있는 게 오히려 어색했다. 내내 멀리 있는 듯하던 숲은 보스턴 마을을 이루는 집들과 멀지 않은 곳에 있었고, 로이스 바클리의 옛집이 있던 워릭셔●의 숲과는 초록의 색조나 윤곽이 완전히 달랐다. 미지의 대륙에서 유일하게 마음을 줄 수 있는 친구이자 친절하지만 거친 '리뎀프션호'의 선장을 기다리며 혼자 서 있던 로

● 　영국 중남부의 주. 주도는 워릭.

이스는 긴장감과 두려움에 심장이 쿵 내려앉았다. 홀더니스 선장은 몹시 바빠 보였고, 로이스를 봐주려면 시간이 조금 걸릴 것 같았다. 그래서 로이스는 바닥에 놓인 나무통에 걸터앉아 매서운 바람을 피해 꽁꽁 싸맨 회색 더플 망토의 모자 아래로 몸을 웅크렸다. 바다에서 폭군처럼 군림했던 바람이 계속해서 사람을 괴롭히려고 땅까지 따라온 것 같았다. 로이스는 매우 지쳤지만 참을성 있게 그 자리에 앉아 있었다. 5월치곤 몹시 추웠고, 리뎀프션호는 뉴잉글랜드의 청교도 식민지인들에게 전달할 필수품과 위문품을 싣고 바다를 가로질러 항해하던 초창기의 선박이었다.

로이스에게는 인생에서 잠시 숨 고르기에 들어간 지금 같은 때에 과거를 생각하고 미래를 설계하는 일 자체가 사치였다. 아무 생각 않으려는 노력과 상관없이 시도 때도 없이 눈물이 차올랐고, 흐린 눈으로 바라본 어슴푸레한 바다 안개 속에서 바퍼드(워릭에서 5킬로미터도 떨어지지 않은)의 작은 마을 교회가 떠올랐다. 로이스의 부모는 로이스가 태어나기 한참 전인 1661년부터 그곳에서 하나님의 말씀을 전했다. 두 분은 지금 바퍼드의 교회 묘지에 묻혀 있다. 부모가 늦은 나이에 갖게 된 유일한 아이인 로이스는 그곳을 떠올릴 때마다 들장미와 노란 재스민이 가득한 낡은 목사관과 나지막하고 오래된 회색 교회가 생각났다. 이제 로이스의 눈에는 사제관에서부터 제의실에 이르는 100미터가 채 안 되는 길이 그려졌다.

아버지는 매일 그 길을 걸어갔다. 제의실은 서재이자 사제들이 두꺼운 서적들을 살펴본 뒤 거기서 얻은 교훈과 당시(스튜어트왕조 후기) 영국 국교회 당국의 계율을 비교하는 성소의 역할을 겸하고 있었다. 바퍼드 사제관은 주위에 있는 오두막들과 크기나 존재감 면에서 크게 다르지 않았다. 2층이었고, 층마다 세 개의 방이 있었다. 1층에는 응접실과 식당, 작업용 주방이, 2층에는 바클리 부부의 방과 로이스의 방, 하녀의 방이 있었다. 손님이 오면 로이스는 자기 방을 비우고 하녀인 클레먼스와 함께 잤다. 그러나 다 옛일이었다. 이제 로이스는 아버지와 어머니를 볼 수 없었다. 그들은 하나뿐인 아이가 세상의 사랑과 보살핌을 받든 말든 상관없이 바퍼드의 교회 묘지에 고요히 잠들어 있었다. 클레먼스 역시 들장미 옆 풀 침대에 꼼짝 않고 누워 있었다. 로이스는 소중한 무덤 세 곳을 정성껏 손질한 뒤 영원히 영국을 떠났다.

바퍼드에는 로이스를 기꺼이 맡아줄 사람도 몇 있었다. 로이스가 살아 있기만 하다면 언젠가는 꼭 찾아 나서겠다고 신께 굳게 맹세한 사람도 있었다. 그러나 그는 밀러 루시의 외아들이자 부유한 상속자였다. 밀러의 제분소는 바퍼드 지역 에이번강●가의 목초지에 있었다. 밀러 루시는 자기 아들이 바클리 목사의 땡전 한 푼 없는 딸에게는 아깝다고 생각했다

● 영국 중부의 강.

(당시 성직자의 지위는 아주 낮았다!). 그리고 휴 루시가 로이스 바클리를 좋아하는지도 모르는 상황에서 그 고아에게 집을 제공하는 건 위험하다고 판단했다. 다른 교구민들은 그렇게 하고 싶어도 방법이 없어 못 하는 상황이라고 설득해봐도 달라질 건 없었다.

그래서 로이스는 참을 수 있을 때까지 눈물을 삼켰고, 어머니의 유언을 따르기로 했다.

"로이스, 네 아버지는 끔찍한 열병으로 죽었고, 나도 죽음이 임박한 것 같구나. 주님께서 돌보사 잠시 통증이 덜하다만, 죽음이 코앞에 와 있음을 부정할 순 없을 것 같아. 잔인한 영연방 사람들은 너한테 더없이 매정하구나. 에지힐에 사는 네 유일한 삼촌은 널 거절했어. 그래서 말인데, 넌 들어본 적 없겠지만 내게도 남자 형제가 한 명 있단다. 랠프라고 네 외삼촌인데 종파 분리론자여서 네 아버지와 난 불만이 많았고, 그래서 우리한테 작별 인사 한마디 없이 바다 건너 새 땅으로 가버렸어. 그러나 랠프가 새로운 신념을 받아들이기 전까지는 꽤 다정한 사람이었으니 옛 정리를 생각해서라도 널 받아들이고 친자식처럼 사랑해줄 거야. 피는 물보다 진한 법이거든. 내가 죽자마자 랠프에게 편지를 보내라. 로이스, 난 주님이 축복을 내리사 이제 곧 네 아버지가 있는 곳으로 갈 것 같구나." 얼마나 이기적인 부부애인지 로이스의 어머니는 죽은 남편과 곧 다시 만난다는 사실만 기뻐했지 로이스가 혼자 남는 데는 크게 신경 쓰지 않았다. "뉴잉글랜드 세일럼에 있는 네 외삼촌 랠프 힉슨(꼭 그렇게 써야 해)에게 편지로, 나 헨리에타 바클리가, 레스터 브리지의 옛집뿐 아니라 자신의 구원을 위해 천지에서 소중하게 여기는 모든 것을 걸고, 우리보다 앞서 죽은 여섯 형제 자매뿐 아니라 우리를 낳아주신 어머니 아버지의 이름을 걸고, 너를 자기 피와 살처럼 여겨 집으로 받아들이고 잘 거둬줄 것을 부탁한다고 써주렴. 네 외삼촌에게는 아내와 아이들이 있어서 내 사랑, 내 아가, 내 로이스를 그 집에서 크게 필요로 하진 않겠지만 오, 로이스, 그렇다고 네가 나와 함께 죽을 수는 없지 않니! 네 생각을 하면 편히 눈을 감지 못하겠구나!" 가여운 아이, 로이스는 어머니의 유지에 따라 편지를 쓰겠다고 맹세하면서도 굳이 외삼촌의 친절이 필요 없도록 어머니가 살아 있으면 되지 않냐는 희망적인 말로 어머니를 위로했다.

어머니의 호흡이 점점 거칠어졌다. "약속해다오……. 당장 가겠다고. 가져갈 물건이나 필요한 비용에 대해서는 예전에 아버지가 오랜 친구인 홀더니스 선장님에게 편지로 다 얘기해놨다. 내 말 다 알아듣겠지? 우리 딸 로이스에게 신의 가호가 있기를!"

로이스는 굳게 약속했고, 철저하게 그것을 지켰다. 휴 루시가 로이스를 만나 묵혀뒀던 사랑의 감정을 터뜨려가며 자신이 얼마나 사랑하는지, 아버지와 얼마나 힘겹게 싸우고 있는지 호소하고, 지금은 비록 무능하지만 장차 괜찮아질 거라는 희망과 다짐을 얘기하는 바람에 로이스는 오히려 마음을 정하기 쉬웠다. 게다가 휴 루시의 가족에게서 터무니없는 협박과 거침없고 무례한 말까지 듣게 되자 바퍼드에 남아 있다가는 부자간의 절망적인 다툼이 끊이지 않겠고, 자기만 없다면 모든 게 괜찮아질 거라고 생각했다. 자신이 떠나고 나면 돈 많고 늙은 제분소 주인이 화를 누그러뜨리든(이 가능성을 떠올리면 가슴이 너무 아팠지만) 자연스럽게 휴의 사랑이 식든 어린 시절의 소꿉친구 따윈 잊을 방법을 배울 터였다. 만약 그렇지 않고, 혹시라도 휴가 자신이 한 말의 10분의 1이라도 신뢰를 주는 사람이라면, 너무 오랜 세월이 흐르기 전에 로이스를 찾아 나서겠다는 그의 다짐을 실행하도록 신이 허락해줄 것이었다. 그렇게 되면 제일 좋겠지만, 로이스는 모든 게 신의 뜻에 달렸다고 생각했다.

홀더니스 선장이 동료들에게 필요한 조치를 내린 뒤 다가오는 바람에 로이스는 회상에서 깨어났다. 선장은 로이스에게 잘 견뎌줘서 대견하다며 칭찬하고는 이제 과부 스미스의 숙소로 갈 거라고 말했다. 선장과 지위 높은 뱃사람들이 뉴잉글랜드 해변에 머무를 때마다 들르는 꽤 괜찮은 집이라고 했다. 과부 스미스의 숙소에는 과부가 딸들과 함께 묵는 공간이 따로 있는데, 선장이 하루 이틀 보스턴에서 볼일을 보는 동안 로이스를 거기 묵게 한다는 것이었다. 그러고는 다시 로이스를 데리고 세일럼에 있는 외삼촌에게 갈 거라고 했다. 이 모든 일정은 배를 탈 때 이미 정해져 있었지만, 로이스와 함께 걸으며 별달리 할 말이 없었던 홀더니스 선장은 같은 설명을 반복했다. 그건 회색 눈 가득 눈물이 그렁그렁한 채 부두로 걸어 나오던 로이스에게 공감을 표현하는 홀더니스 선장만의 방식이기도 했다. 선장은 마음속으로 이렇게 외쳤다. '가여워라, 가여워! 낯설고 물선 곳에서 얼마나 외로울까. 나라도 기운을 줘야지.' 그래서 선장은 과부 스미스의 숙소에 도착할 때까지 로이스의 앞에 놓인 삶에 대해 이런저런 얘기를 계속해주었다. 모르긴 해도 안쓰러워하며 공감하는 것보다 새로운 삶에 대해 이야기하는 일이 로이스에게 더 필요할 것 같았다.

"뉴잉글랜드 사람들은 좀 이상해. 기도하는 방식이 우리와 달라. 조금이라도 어려운 일이 생기면 무릎을 꿇고 기도를 드려. 새 나라 사람들은 그리 바쁘지 않거든. 바빴다면 나처럼 기도할 때마다 '요호이!'라고 소리치며 손으로 얼른 밧줄을 잡아당겼겠지. 저 도선사들은 미리 모두를 불러 안전하게 항해하고 해적들의 위협에서 무사히 벗어나기를 기원하겠지만, 난 배를 댄 후 육지에 올라와 감사 인사를 드리지. 프랑스 식민지 주민들 또한 캐나다 원정에 대한 복수를 맹세했고, 이곳 사람들은 헌장이 취소된● 걸 두고 신실한 사람들이 할 수 있는 최대한으로 화를 냈지. 이건 모두 도선사가 내게 해준 애기야. 왜냐하면 그는 측연을 던져서 수심을 재는 대신 감사 기도를 드리자고 권하고 싶었지만, 그 나라의 상태에 풀이 죽어 차마 우길 수 없었던 거지. 자, 어쨌든 이제 과부 스미스의 숙소에 도착했으니 기운 내서 예쁘고 신실한 워릭셔 아가씨의 진가를 보여줘!"

스미스의 환영을 받으면 누구라도 미소 짓지 않을 수 없었다. 스미스는 20년 전 영국에서도 가장 유행에 민감하게 옷을 입는 멋쟁이였고, 예뻤으며, 자애로운 여성이었다. 지금은 어찌 된 일인지 옷차림이 유쾌한 표정과 어울리지 않았다. 그러나 옷이 갈색이거나 더없이 차분하더라도 사람들은 그것조차 스미스의 일부이기에 명랑한 느낌으로 기억했다.

스미스는 낯선 아가씨가 누구인지 묻기도 전에 로이스의 표정이 어색한 데다 슬프고 의지할 곳 없어 보인다는 이유만으로 일단 양 볼에 키스부터 했다. 그런 다음 홀더니스 선장이 로이스에게 자신을 소개하자 다시 한번 로이스의 뺨에 키스해주었다. 스미스는 로이스의 손을 잡고 사람과 말을 환영한다는 의미로 큰 나뭇가지를 걸어둔 문을 지나 거칠지만 탄탄한 통나무집으로 로이스를 안내했다. 스미스가 모든 사람을 다 환대하는 건 아니었다. 어떤 사람에게는 찬바람이 쌩쌩

● 1684년 찰스 2세는 미국의 청교도가 영국 왕실의 정책을 거부한 데 대한 조치로 매사추세츠 헌장을 취소했다.

불 정도로 차갑고 무뚝뚝하게 대했고, 이곳 말고 다른 숙소는 없냐는 기본적인 질문 외에는 모르쇠로 일관했다. 이 질문에도 냉큼 대답해 불청객을 내쫓았다. 스미스는 이런 문제를 본능에 따라 처리했다. 남자의 인상을 한번 쓱 보기만 해도 딸들이 있는 집에 들일 수 있는지 없는지 판단되었다. 그리고 일단 마음을 정하면 누구도 거역할 수 없는 권위를 발휘했다. 특히 처음에는 못 들은 척하고 두 번째는 목소리와 몸짓으로 거부 의사를 밝혔는데도 잠재 고객을 물리칠 수 없을 때, 지원 사격을 요청할 믿음직한 이웃이 가까이 있다면 더더욱 완강한 태도를 보였다. 스미스는 고객의 세속적인 형편은 조금도 고려하지 않고 오로지 이미지로만 사람을 판단했다. 스미스의 집에 한번 묵었던 사람들은 늘 그곳을 찾았다. 스미스는 자기 지붕 아래 깃드는 모든 사람의 몸과 마음을 편안하게 만드는 재주가 있었다. 그의 딸인 프루던스와 헤스터도 엄마의 그런 재능을 물려받았지만, 엄마만큼 완벽하지는 않았다. 스미스와 딸들은 이방인이 어떤 사람인지 곧바로 판단하지 않고 일단 그들의 외모를 보고 추리하는 편이었다. 옷의 원단이나 마름질 상태 등으로 그 사람의 사회적인 지위를 가늠했다. 딸들은 엄마보다 더 보수적이었고, 더 많이 망설였다. 엄마처럼 실수 없이 빠르게 판단하지 못했고, 남들을 기꺼이 따르게 만드는 카리스마도 없었다. 딸들이 만드는 빵 역시 그다지 완벽하지 않았고, 버터를 만들어야 하는데 크림이 상해서 버려야 할 때도 있었다. 스미스의 햄은 예외 없이 일정하지만 딸들의 햄은 들쑥날쑥했다. 그러나 충분히 인심 좋고 예의 바르며 친절한 아가씨들이어서 스미스가 로이스의 허리에 팔을 두른 채 나름 응접실이라 부르는 공간으로 함께 들어오자 재빨리 일어나 다정한 악수로 로이스를 맞았다. 영국 출신의 아가씨에게 이 방은 꽤 낯설었다. 회반죽 틈으로 집의 기초가 되는 통나무가 보였다. 그리고 벽에는 여러 신기한 동물의 가죽, 조가비 구슬로 만든 목걸이, 바닷새의 알, 영국에서 가져온 선물 등이 걸려 있었다. 뱃사람들은 바다와 관련된 선물을, 상인들은 동물 가죽을 가져다주었다. 그 덕분에 그곳은 응접실이라기보다는 오늘날의 작은 자연사박물관 같았다. 매우 낯설고 별난 광경이었지만, 난로에서 타는 거대한 소나무의 연기 덕분에 그다지 불쾌하지 않은 분위기를 연출했다.

스미스가 홀더니스 선장이 바깥방에 와 있다고 말하자마자 딸들은 물레와 뜨개바늘을 치워놓고 식사를 준비했다. 로이스는 전혀 알 길이 없는 음식들이었다. 그들은 일단 케이크를 만들기 위해 밀가루를 꺼냈고, 영국에서 선물받은 거대하고 각진 골드바세르● 병을 구석 찬장에서 꺼낸 다음 당시에는 흔하게 볼 수 없던 초콜릿 분쇄기와 큰 체셔치즈까지 준비했다. 구이용으로 썬 사슴 고기 스테이크 세 점, 두툼하게 잘

● 약 20종의 향신료에 금가루를 넣어 만든 무색의 리큐어.

라 당밀을 부은 돼지고기, 민스파이처럼 생겼는데 딸들은 '평큰파이'라고 부르는 큰 파이, 소금 간을 해 석쇠에 구운 생선, 여러 가지 방법으로 요리한 굴도 준비됐다. 고국에서 온 낯선 손님을 융숭하게 대접하기 위한 준비는 끝없이 계속됐다. 마침내 모든 음식이 테이블에 차려졌고, 방금 요리한 음식에서는 김이 모락모락 피어올랐다. 그러나 스미스가 초대한 명망 있는 이웃 노인 엘더 호킨스의 과거에 대한 감사와 미래를 향한 기원, 지금 참석한 이들의 외모에서 추측한 여러 상황을 적용해 개개인의 삶에 대한 덕담까지 늘어놓은 감사 기도가 끝날 때쯤에는 음식이 식다못해 차가워져버렸다. 그것도 홀더니스 선장이 끝없이 이어지는 감사 기도가 지겹다는 듯 나이프 손잡이로 테이블을 두드리지 않았다면 절대로 끝나지 않았을 것이다.

식사하려고 테이블에 앉았을 땐 다들 너무 굶주려 말할 기운도 없었지만, 어느 정도 배가 차자 호기심이 커졌고, 서로 질문을 주거니 받거니 해가며 대화를 이어갔다. 당연히 로이스는 영어를 잘 알아들었지만, 앞으로 살게 될 새로운 나라와 그곳 사람들에 관해 오가는 모든 이야기를 좀 더 주의 깊게 듣지 않을 수 없었다. 로이스의 아버지는 당시 태동하기 시작한 자코바이트[•]였다. 아버지의 아버지는 라우드 대주교[••]의 추종자였다. 그래서 로이스는 그때까지 청교도에 대해서는 거의 듣지 못했고, 당연히 그들의 생활 방식을 본 적도 없었다. 엘더 호킨스 노인은 엄격하고 깐깐한 축이어서 스미스의 두 딸도 확실히 그를 두려워하는 것 같았다. 그러나 스미스는 특권을 누리는 편이었다. 사람 좋기로 소문난 덕분에 다른 사람 같으면 관습적인 한계치를 넘어설 때 비난받거나 불이익을 당하거나 암묵적으로 거부당하지만, 스미스는 그런 면에서 자유로워 부담 없이 하고 싶은 말을 했다. 그리고 홀더니스 선장이나 뱃사람들도 누가 있든 말든 상관없이 마음을 터놓았다. 즉 로이스는 뉴잉글랜드에 도착하자마자 청교도인의 특징이 고스란히 드러나는 곳에 놓인 셈이었지만, 한편으론 외로움과 이질감을 느끼기에도 충분했다.

대화의 첫 주제는 식민지의 현 상황이었다. 처음에는 영국에서도 쉽게 듣던 지명이 자주 언급돼서 헷갈렸지만 곧 갈피를 잡을 수 있었다. 스미스가 말했다. "에식스 카운티에서는 정찰대나 민병대 조직을 네 개나 만들라는 명령이 떨어졌어요. 여섯 명으로 구성된 각 조직은 숲을 쑤석거리는 야만적인 원주민 인디언들을 찾아내는 일을 하죠. 내가 뉴잉글랜드로 오고 나서 첫 수확기에는 얼마나 무서웠는지 몰라요. 로스럽 사건••• 이후 거의 20년이 지났는데, 아직도 머리를 밀고 알록달록한 장

- 영국의 명예혁명 후 프랑스로 망명한 스튜어트가의 제임스 2세와 그 자손을 정통의 영국 군주로 지지한 정치 세력.
- •• 윌리엄 라우드(1573~1645). 영국 성공회의 캔터베리 대주교.

식을 쓰고 얼굴을 검게 칠한 인디언들이 나무 뒤에 숨어 있다가 소리 하나 내지 않고 조금씩 다가오는 꿈을 꾸곤 해요."

스미스의 딸 하나가 끼어들었다. "맞아요. 그리고 엄마, 그거 기억 안 나요? 해나 벤슨이 말했었잖아요. 자기 남편이 아무도 매복하지 못하게 하려고 디어브룩에 있는 집 근처 나무를 싹 다 잘라냈다고요. 그런데 어느 날 해 질 녘, 남편은 사업차 플리머스에 가고 다른 가족들은 모두 잠든 뒤 혼자 거실에 앉아 뜬금없이 쓰러져 있는 통나무 하나를 멍청히 보고 있었대요. 잠시 또 다른 생각을 하다 무심코 다시 쳐다봤는데, 통나무가 집 쪽으로 좀 더 다가온 것 같아 심장이 벌렁거렸다고 했죠. 처음에는 별로 동요하지 않았지만 눈을 감고 100까지 세고 나서 보니 어둠이 더 짙어졌고, 통나무도 확실히 더 가까워져 있어서 깜짝 놀랐다고 했어요. 그래서 얼른 뛰어가 문의 빗장을 걸고는 맏아들이 누워 있는 곳으로 달려갔죠. 맏아들인 일라이자는 당시 열여섯 살밖에 되지 않았지만, 어머니의 말을 듣곤 벌떡 일어나 아버지의 긴 오리 총을 꺼내 장전했어요. 그러더니 신께 목표한 바를 이룰 수 있게 해달라 기도하고는 통나무가 보이는 창가로 가서 총을 쐈어요. 감히 누구도 거기 무엇이 있었는지 확인할 엄두를 못 내

●●● 1675년 토머스 로스럽 대위와 그의 부하들이 숲에 매복해 있던 원주민들에게 피살당한 사건.

고 밤새 식구 전체가 성서를 읽고 기도를 드렸죠. 아침에 나가보니 통나무 옆으로 개울처럼 피가 흐르고 있었어요. 이윽고 환한 햇살이 통나무 쪽을 비쳤는데, 나무껍질로 온몸을 정교하게 변장한 인디언이 옆구리에 칼을 찬 채 누워 있었죠."

그런 얘기들은 여러 번 들어 익숙했지만 모두 숨을 죽이고 이야기에 심취했다. 또 다른 사람이 무서운 얘기를 시작했다.

"홀더니스 선장님, 선장님이 다녀간 후로 마블헤드에 해적들이 왔었어요. 가톨릭을 믿는 프랑스인 해적들이었는데, 그자들이 온 게 바로 지난겨울이었어요. 무슨 일이 생길지 몰라서 사람들은 집 안에 숨어 있었죠. 해적들이 사람들을 해변으로 끌고 왔어요. 틀림없이 배로 데려온 인질이었을 텐데, 그중에는 여자도 한 명 있었어요. 해적들은 인질을 강제로 내륙 습지로 끌고 갔어요. 이제 마블헤드 사람들은 모두 마차를 동원해놓고 총을 장전한 채 꼼짝 않고 있었죠. 거친 해적들이 육지에서 또 무슨 짓을 할지 모르니까요. 한밤중에 습지에서 목 놓아 우는 여자의 목소리가 들렸어요. '하나님! 제게 자비를 베풀어주소서! 저 사람들에게게서 저를 구해주세요. 오, 하나님!' 그 울부짖음을 들은 사람들은 하나같이 피가 얼어붙는 것 같았어요. 인근에 모인 사람 중엔 여러 해 동안 아무 소리도 듣지 못하고 자리보전만 하던 낸스 힉슨이란 할머니도 있었는데, 그 할머니가 갑자기 벌떡 일어서더니 소리쳤어요. 용기도 신념도 없는 마블헤드 사람들이 저 힘없는 여자 하나 구해주지 못한다면, 세상이 끝날 때까지 마블헤드 사람들과 그 자식들의 귀에 저 죽어가는 여자의 울음소리가 끊이지 않을 거라고 말이에요. 그 말을 마침과 동시에 할머니는 푹 쓰러져 죽었고, 해적들은 동트기 무섭게 마블헤드를 떠났답니다. 그러나 할머니의 예언대로 사람들의 귀에는 버려진 습지에서 들려오는 울음과 처절한 절규가 사라지지 않았어요. '하나님! 제게 자비를 베풀어주소서! 저 사람들에게서 저를 구해주세요. 오, 하나님!'"

엘더 호킨스가 깊고 굵은 목소리로 청교도의 위선을 통쾌하게 폭로한 새뮤얼 버틀러의 풍자시 〈휴디브래스〉의 한 대목을 읊듯 강한 비음을 섞어 말했다. "그래서 신실한 노이스 씨가 마블헤드에 금식을 명했고, '너희가 여기 내 형제 가운데 지극히 보잘것없는 사람 하나에게 한 것이 곧 내게 한 것이다'● 라는 심금을 울리는 말씀을 설파했지. 그러나 나는 가끔 해적들과 울부짖는 여자가 환상으로 보이는 것은 사탄 때문이 아니라, 신이 마블헤드 사람들의 믿음을 확인해서●● 그들에게 선고를 내리기 위함이 아니었을까 하는 생각이 들 때

● 〈마태복음〉 25장 40절, "그러면 임금은 '분명히 말한다. 너희가 여기 있는 형제 중에 가장 보잘것없는 사람 하나에게 해준 것이 바로 나에게 해준 것이다' 하고 말할 것이다" 참조.

●● 〈마태복음〉 7장 20절, "그러므로 너희는 그 행위를 보아 그들이 어떤 사람인지 알게 된다" 참조.

가 있어. 만약 그렇다면 적들이 크게 성공한 것일 테지. 극심한 고통 속에 있는 힘없는 여인을 도와주지 않고 버려두는 것은 분명 기독교인이 할 일이 아니었으니까."

스미스가 말했다. "하지만 엘더, 그건 환상이 아니었어요. 해변에 가서 가지를 부러뜨리고, 땅에 발자국을 남긴 것은 실제로 살아 있는 사람들이었잖아요."

"그 문제에 관해서라면, 힘센 사탄이 울부짖는 사자처럼 어슬렁거려도● 하찮은 일에 얽매이지 않고 자기 할 일을 해내야지. 적들이 많은 사람의 눈에 띄도록 이 버려진 땅을 헤맸지만, 실은 그게 영적인 거란 말이지. 난 이 레드 인디언들이 실은 우리가 성서에서 읽은 악의 무리라고 믿고 있다네. 그리고 그들은 캐나다에 있는 프랑스인, 끔찍한 가톨릭교도와 한통속임이 틀림없어. 프랑스인들이 인디언들에게 영국인의 머리 열두 개를 가져오면 엄청난 금을 준다고 했다는 소리도 내 들었지."

"참 기분 좋은 애기구나. 그렇지?" 홀더니스 선장이 로이스의 창백한 얼굴을 보고 말했다. "바퍼드에 있는 게 나았다고 생각하고 있겠지? 하지만 내 말을 들어봐. 악마는 겉으로 보는 것만큼 검진 않아.●●"

● 〈베드로전서〉 5장 8절, "정신을 바짝 차리고 깨어 있으십시오. 여러분의 원수인 악마가 으르렁대는 사자처럼 먹이를 찾아 돌아다닙니다" 참조.

"하! 또 시작이로군! 악마는 검어. 예로부터 있던 말일세. 그리고 이 인디언들도 만만찮게 검지." 엘더 호킨스가 말했다.

"그런데 그게 다 사실이에요?" 그 집 두 딸은 집중해서 노인의 말을 들었지만, 홀더니스 선장 옆에 있던 로이스는 노인이 장황하게 말을 늘어놓든 말든 선장에게 따로 물어보았다.

늙은 선장이 말했다. "넌 산 넘고 물 건너 위험이 많은 나라에 왔단다. 인디언은 백인을 싫어해. 다른 백인들이(북쪽으로 간 프랑스인들 말이다) 그들을 괴롭혔기 때문에, 아니면 영국인들이 정당한 보상도 없이 그들의 땅과 사냥터를 빼앗았기 때문에 잔인한 복수를 불러일으킨 것인지는 아무도 몰라. 그렇지만 얼굴을 검게 칠하고 숨어 있는 야만인이 있을지도 모르니 숲속 깊이 들어가는 건 안전하지 않고, 거주지에서 멀리 떨어진 곳에 집을 짓는 것도 섣부른 짓이야. 그리고 이 마을에서 저 마을로 여행하는 데는 큰 용기가 필요해. 사람들 말이, 인디언 족속은 난데없이 툭 튀어나와 영국인을 공격한대. 그리고 사탄과 결탁한 이교도의 땅에서 기독교인을 쫓아내려고 하지. 또, 해변은 모든 나라의 인간쓰레기 같은 해적들로 들끓고 있어. 그들은 뭍에 올라와서 마을을 약탈하고 유린하고 불태우고 파괴해. 두렵고 놀란 사람들은 위험하지 않은 것들까지 그렇다고 상상하지. 그러나 누가 알겠어? 성서에는

●● 어떤 악인도 소문만큼 나쁘지는 않다는 뜻의 프랑스 속담.

마법사와 마녀에 관한 이야기가 나오고, 버려진 곳의 사악한 무리가 가진 힘에 관한 얘기도 있어. 그리고 땅에서 살아가는 동안 얼마 안 되는 힘을 갖기 위해 영원히 영혼을 파는 사람들에 관한 이야기도 있지."

테이블 앞에 앉은 사람들은 모두 조용히 선장의 말을 듣고 있었다. 뚜렷한 이유 없이, 또 별 의미 없이 가끔 일어나는 우연한 침묵의 순간일 뿐이었다. 그러나 거기 있던 모든 사람은 이내 로이스가 낮은 목소리로 반응했던 말을 몇 달 지나지 않아 기억해낼 수밖에 없었다. 당시에는 오랜 친구인 선장이 하는 말을 듣고 순간적으로 한 말일 뿐이었지만.

"마녀들은 무시무시한 존재예요! 그런데 전 마녀들이 무서우면서도 좀 안됐더라고요. 제가 어렸을 때 바퍼드에 마녀가 한 명 있었어요. 어디에서 왔는지는 아무도 몰랐는데, 어느샌가 공유지 근처에 움막을 짓고 고양이와 함께 살았어요."(고양이 얘기가 나오자 엘더 호킨스는 머리를 오래도록 절레절레 저었다.) "사람들은 마녀를 두려워해서 마녀가 쐐기풀을 먹는지 오트밀 부스러기를 먹는지 확인조차 못 해봤어요. 마녀는 사람들의 눈을 피했고, 항상 혼자 중얼거렸어요. 사람들은 마녀가 자기 집 덤불에 덫을 놔 새와 토끼를 잡아먹는다고 생각했어요. 어쩌다 그런 일이 생겼는지 모르겠지만, 제가 네 살 되던 해 봄, 마을의 많은 사람이 병에 걸렸고 많은 가축이 죽었어요. 거기에 관해선 별로 아는 게 없어요. 아버지가 그런 얘길 하는 건 나쁘다고 하셨거든요. 하지만 한번 몹시 놀란 적은 있었어요. 어느 날 오후에 하녀가 젖을 짜러 가면서 절 데려갔어요. 에이번강이 굽이쳐 깊고 둥근 웅덩이가 된 목초지를 지나는데, 사람들이 꼼짝도 하지 않고 모여 있었어요. 숨죽이고 가만히 있는데도 시끄럽게 소리칠 때보다 심장박동이 더 빨라질 수 있다는 걸 그때 처음 알았죠. 사람들은 모두 물웅덩이를 바라보고 있었고, 하녀가 사람들의 어깨 너머로 무슨 일이 있는지 보여주려고 키 작은 절 들어 올려주었어요. 물속에는 해나가 있었어요. 풀어 헤친 흰머리가 어깨에서 넘실거렸고, 얼굴은 사람들이 던진 돌과 진흙으로 피범벅이 돼 있는 데다, 목에는 고양이가 묶여 있었어요. 전 그 끔찍한 광경을 보자마자 얼굴을 가렸어요. 사람들이 화난 표정으로 불쌍하고 힘없고 곤경에 빠진 노파를 노려보는 동안 노파와 제 눈이 마주쳤거든요. 노파가 절 보고는 울부짖었어요. '거기 하녀 팔에 안긴 목사님 딸! 네 아빠 날 구해줄 생각도 하지 않았어. 네가 커서 마녀가 되면 아무도 널 구해주지 않을 거야.' 아! 그 후로 여러 해 동안 잠들 때마다 그 말이 귓전을 울렸어요. 제가 그 물웅덩이에 있는 꿈도 꾸곤 했죠. 모두 저더러 마녀라며 증오의 눈빛을 보냈어요. 어느 땐 마녀의 검은 고양이가 다시 살아나 그 무서운 말들을 제게 반복하기도 했고요."

로이스가 말을 멈췄다. 스미스의 두 딸이 움찔하며 흥분한 로이스를 쳐다보았다. 로이스의 눈이 눈물로 그렁그렁했다.

엘더 호킨스가 고개를 젓고는 성서 구절을 중얼거렸다. 그때 기묘하고 음울한 대화가 마음에 들지 않았던 스미스가 분위기를 가볍게 바꿔보려고 이렇게 말했다. "보조개가 있는 상냥하고 예쁜 목사의 딸이 그 후로는 넋이 나간 적이 없겠죠, 홀더니스 선장님? 이 젊은 아가씨가 영국에서 어떻게 살았는지 당신이 얘기해줘요."

"네, 네, 보시다시피 누구도 거역하지 못할 매력을 지닌 이 아가씨한테 완전히 빠진 남자가 워릭셔에 하나 있는 것 같습니다." 홀더니스 선장이 대답했다.

그때 엘더 호킨스가 자리에서 일어섰다. 그러곤 테이블을 손으로 짚은 채 말했다. "형제님, 매력과 마법은 사악한 것인데, 그렇게 가볍게 얘기하면 어쩝니까? 나는 이 아가씨와 그것들이 아무 상관 없다고 믿습니다. 생각조차 하지 않아요. 하지만 그 얘기를 들으니 걱정되기는 합니다. 그 못된 마녀가 사탄에게서 어린 아가씨한테 치명적인 죄를 덮어씌울 힘을 받았을 수도 있어요. 그러니 헛소리 대신 우리 땅에 온 이 이방인을 위해 우리 모두 한마음으로 기도나 드립시다. 아가씨의 마음에서 모든 죄악이 사라지도록 우리 기도합시다."

"자, 그거야 해될 건 없지만 엘더 호킨스 씨, 이왕 하는 김에 우리 모두를 위해 기도해주세요. 우리 중에 로이스 바클리보다 면죄가 더 필요한 사람이 있을지도 모르고, 인간 전체를 위한 기도가 결코 나쁠 건 없으니까요."

홀더니스 선장은 볼일이 있어 며칠 동안 보스턴에 머물러야 했다. 그동안 로이스는 스미스와 함께 지내면서 장차 살게 될 집이 있는 곳에 대해 조금씩 알아갔다. 한편 로이스의 어머니가 죽기 전에 쓴 편지는 짬이 나는 대로 로이스를 데려갈 테니 그에 대한 준비를 미리 해뒀으면 한다는 홀더니스 선장의 말까지 더해져, 인편을 통해 외삼촌인 랠프 힉슨이 있는 세일럼으로 출발한 상태였다. 선장은 외삼촌의 손에 잘 넘겨줄 때까지는 로이스가 전적으로 자기 책임이라 여겼다. 세일럼으로 갈 시간이 다가오자 로이스는 한 지붕 아래에서 한동안 함께 지낸 정 많은 사람들과 헤어지는 게 너무 슬퍼서 스미스의 집이 눈에서 완전히 사라질 때까지 뒤를 돌아보았다. 결국 로이스는 홀더니스 선장과 함께 작고 낡은 시골 마차의 마부 옆자리에 몸을 구겨 실었다. 발밑에는 식량 바구니가 있었고, 뒤쪽에는 말먹이 주머니가 매달려 있었다. 세일럼까지는 꽤 여러 날을 가야 했고, 길이 매우 위험하다는 소문도 자자해서 쉬기 위해 마차를 멈추는 게 오히려 불리했다. 당시 영국은 길 사정이 별로 좋지 않았고, 그 후로도 오랫동안 마찬가지였다. 반면 미국은 숲을 개간해 바로 길을 내는 식이어서 길이 똑바르긴 했지만, 나무의 그루터기가 그대로 남아 있어 최대한 조심해서 말을 몰아야 했다. 바닥이 질퍽질퍽하거나 움푹 꺼진 곳에는 통나무가 가로질러 놓여 있었다. 아무도 모르게 숨어 있는 인디언들과 마주칠 수 있다는 두려움에 인근 마을의 사람들이 주기적으로 길 양쪽을 치우는데도 어둡고 깊은 숲이 수시로 모습을 드러냈다. 상상력이 풍부하거나 낯선 환경에 익숙하지 않은 여행자라면 특이한 색깔의 새가 울기만 해도 곧 얼굴을 검게 칠한 무서운 인디언이 고함치며 나타날 거라고 생각할 듯했다. 그러다 드디어 세일럼에 가까워졌다. 당시 세일럼은 보스턴과 비슷한 규모였고, 영국인의 눈에는 아무렇게나 지어진 집들이 예배당 주위에 모여 있거나 예배당을 여러 개 지을 계획이지만 일단 하나만 완성해 놓은 것처럼 보일 정도로 허술했다. 울타리 두 겹이 마을을 둘러싸고 있었고, 두 울타리 사이에 정원과 방목장이 있었다. 가축이 숲에 들어가 길을 잃어버리지 않게 하기 위한 것이었다.

그들을 태운 마차는 세일럼을 가로질러 랠프 힉슨의 집으로 가고 있었고, 마부는 기진맥진한 말들을 채찍으로 내려치며 내달리게 했다. 어느새 어른들은 하루의 고단함을 달래고, 아이들은 집 앞에서 노는 저녁이 됐다. 로이스는 아장아장 걷는 예쁜 아이한테 마음을 빼앗겨서 고개를 돌려 한참 동안 아이를 바라보았다. 아이가 나무 그루터기에 걸려 넘어져 울자 아이의 엄마가 놀라서 밖으로 뛰어나왔다. 걱정스러운 눈빛으로 바라보던 로이스는 여자와 눈이 마주쳤다. 로이스는 아이가 괜찮은지 물었지만 시끄러운 마차 바퀴 소리에 묻혀버렸다. 로이스도 그 문제를 오래 생각할 겨를이 없었다. 잠시 후 세일럼의 여느 집과 비슷한, 단단하고 멋진 목조 주택

앞에 마차가 멈춰 섰다. 마부는 그곳이 랠프 힉슨의 집이라고 말했다. 로이스는 마차 소리가 들리는데도 누구도 밖으로 나오지 않는다는 사실을 눈치채지 못했지만, 홀더니스 선장은 그 상황을 이상하게 생각했다. 늙은 선장이 로이스를 안아 마차에서 내려주었고, 두 사람은 영국 영주 저택의 홀만 한 큰 방으로 들어갔다. 스물서넛쯤 돼 보이는 키 크고 여윈 청년이 창문 옆 의자에 앉아 지는 해를 받으며 두꺼운 책을 읽고 있었다. 선장과 로이스가 들어왔는데도 청년은 일어나지 않았고, 까무잡잡하고 무표정한 얼굴에 반기는 기색 하나 없이 그저 조금 놀란 듯 그들을 올려다보았다. 여자는 아무도 없는 것 같았다. 홀더니스 선장이 잠시 멈춰 서서 말했다.

"여기가 랠프 힉슨 씨의 집입니까?"

"네……." 청년이 낮은 목소리로 느리게 대답했다. 그러고는 달리 아무 말도 덧붙이지 않았다.

"이쪽은 힉슨 씨의 조카인 로이스 바클리입니다." 선장이 로이스의 팔을 잡아끌며 말했다. 청년은 로이스를 훑듯이 찬찬히 살폈다. 그러더니 자리에서 일어나 읽고 있던 책의 페이지를 접고는 여전히 무심한 투로 말했다. "어머니를 불러오겠습니다. 어머니는 아시겠지요."

청년이 문을 열자 발간 난롯불 덕분에 따뜻하고 환한 분위기의 주방에서 여자 셋이 뭔가를 요리하는 게 보였다. 그 옆에는 쭈글쭈글하고 허리가 굽은 녹갈색 피부의 인디언 노파가 왔다 갔다 하며 다른 사람들에게 일일이 물건을 집어주고 있었다.

"어머니!" 어머니를 부른 청년은 두 사람에게 손짓한 뒤 다시 의자에 앉아 책으로 눈길을 돌렸다. 그러곤 이따금 짙은 눈썹 아래로 로이스를 슬쩍슬쩍 훔쳐보았다.

키 크고 덩치 큰 중년 여자가 주방에서 나와 낯선 이들을 탐문하듯 바라보았다.

"뉘신지." 안주인이 아들만큼 낮고 걸걸한 목소리로 말했다.

"남편 되시는 분이 여동생의 편지를 받지 않으셨나요? 제가 어제 아침 보스턴을 떠나 이곳으로 오는 일라이어스 웰컴이라는 사람 편에 편지를 보냈습니다만."

"남편에게 그런 편지는 오지 않았습니다. 남편은 건넌방에 앓아누워 있고요. 남편한테 오는 편지는 무조건 제 손을 거쳐 갑니다. 그러니 그런 편지가 오지 않았다고 분명히 말할 수 있지요. 남편의 여동생 바클리라면 전에는 헨리에타 힉슨이었고, 그 남편이 찰스 스튜어트에게 충성을 선서한 사람이잖아요. 신자들이 다 떠나자 생활고에……."

불친절한 반응에 심장이 차갑게 얼어붙는 것 같던 로이스는 아버지를 모욕하는 듯한 태도에 참지 못하고 불쑥 말을 내뱉었다. 스스로도 선장도 깜짝 놀랄 만큼 느닷없었다.

"말씀하신 그날 교회를 떠난 신자들이 있긴 해요. 하지만 그들만 신자는 아닙니다. 그리고 아무도 자기 생각만으로 다른 사람이 가진 신앙심의 한계를 정할 권리는 없어요."

"말 잘했어." 뜻밖의 발언에 놀란 선장이 감탄한 듯 로이스의 등을 두드려주었다.

로이스와 외숙모인 그레이스 힉슨은 아무 말 없이 눈 한 번 깜빡거리지 않고 잠시 서로를 응시했다. 곧 로이스의 얼굴이 붉으락푸르락해졌지만 그레이스 힉슨은 전혀 동요하지 않았다. 그러다 로이스의 눈에 눈물이 차올랐고, 그레이스 힉슨은 변함없이 건조한 눈으로 로이스를 빤히 쳐다보았다.

"어머니." 청년이 이 집에서 누구도 보여주지 않았던 재빠른 동작으로 자리에서 일어서며 말했다. "사촌이 처음 우리 집에 왔는데 그런 얘기를 하는 건 좋지 않네요. 신이 차차 사촌에게도 은혜를 내리시겠지요. 보스턴에서 이제 막 왔으니 사촌과 이 뱃사람에게는 휴식과 음식이 필요할 겁니다."

청년은 자기가 한 말의 결과에는 관심도 없다는 듯 다시 자리에 앉아 읽던 책에 몰두했다. 자신의 말 한마디가 엄한 어머니에게 어떻게 작용하는지 이미 아는 눈치였다. 청년의 말이 끝나자마자 그레이스 힉슨은 딱딱한 표정을 풀고 긴 나무 의자를 가리키며 말했다. "머내시의 말이 옳네. 여기 앉아요. 페이스와 네이티에게 곧 음식을 준비하라고 할게요. 그사이 나는 남편에게 여동생의 딸이라는 아가씨가 찾아왔다고 말해야겠네요."

부인은 부엌으로 가서 큰딸에게 지시를 내렸다(그 아가씨가 그 집 딸이란 걸 이제 알게 됐다). 페이스는 어머니의 말을 들으면서도 방금 도착한 이방인들은 거의 쳐다보지 않았고 무표정했다. 페이스의 얼굴색은 오빠인 머내시와 비슷했지만 이목구비는 더 반듯했다. 로이스는 자신과 선장을 재빨리 훑는 페이스의 눈이 크고 오묘해 보인다고 생각했다. 그리고 얼마 떨어지지 않은 곳에서 열두 살가량의 여자아이 하나가 다른 사람의 눈치를 살피면서도 온갖 버릇없고 위험한 행동을 하고 있었다. 아이는 제 어머니처럼 뻣뻣하고 키 크고 여위었고, 페이스처럼 나긋나긋하진 않아 보였다. 그 아이는 훔쳐보는 게 습관인지 사람들의 겨드랑이 아래로 고개를 내밀었다가 금세 다른 뭔가에 숨어 이쪽을 흘겨보곤 했다. 긴 여행에 지친 데다 푸대접에 마음이 상한 로이스와 홀더니스 선장은 아이의 행동에 얼굴이 찡그려질 정도로 짜증이 났다. 선장이 담배를 꺼내 질겅질겅 씹기 시작했다. 그러고는 곧 평상시의 유연함이 돌아왔는지 낮은 목소리로 로이스에게 말했다.

"빌어먹을 일라이어스 놈을 잡아야 해! 편지만 배달됐다면 네가 이런 대접을 받지는 않았을 거야. 허기만 달래고 나면, 내 바로 나가서 그놈을 찾아 편지를 가져올 거다. 그럼 오해가 다 풀릴 거야. 난 여자의 눈물이 제일 견디기 힘들단다. 그러니 너무 낙담하지 마라. 안 그래도 흔들리는 배에서 힘들고 배고팠을 텐데."

로이스는 눈물을 거두고 슬픈 생각을 떨치려 주변을 둘러보았다. 그러다 그윽한 눈빛으로 훔쳐보는 사촌 며내시와 눈이 마주쳤다. 쌀쌀맞은 시선은 아니었지만 불편했다. 특히 로이스와 눈을 마주치고도 시선을 거두지 않아 더 불안했다. 다행히 마침 외숙모가 외삼촌이 있는 안방으로 오라고 부르는 바람에 그 음울하고 과묵한 사촌의 끈질긴 관찰에서 벗어날 수 있었다.

외삼촌은 외숙모보다 훨씬 나이가 많았고, 병이 들어서인지 한층 더 늙어 보였다. 그에게는 외숙모가 지닌 강단이 없는 데다 늙고 병들어 이따금 아이 같아 보이기까지 했다. 그러나 천성은 다정한지 사라진 편지를 수배해 로이스가 조카임을 확인하기도 전에 침대에 누운 채 떨리는 팔을 내밀어 선선히 로이스를 환영했다.

"오! 외삼촌을 만나려고 바다 건너 이 먼 길을 왔구나. 내 누이 바클리가 널 보내줬어!"

로이스는 이제 영국의 집에는 자기를 기다리는 사람이 아무도 없다고 말했다. 사실 영국에는 집도 없고, 이제 지구상엔 아버지도 어머니도 없으며, 어머니가 외삼촌을 찾아가 함께 살기를 청하라는 유언을 남겼다는 얘기까지 모두 털어놓았다. 로이스는 감정이 격해지고 목이 메 여러 번 제대로 말을 잇지 못했는데, 이해가 느린 외삼촌은 몇 번이나 반복해서 확인한 후에야 로이스의 말을 겨우 이해했다. 그러고는 이 낯선 집에서 씩씩하게 다시 시작하겠다는 각오로 눈물을 참고 있는 로이스는 아랑곳하지 않고, 20년이 넘게 보지 못한 누이가 죽었다는 소식에 비통해하며 아이처럼 울었다. 로이스가 자제력을 발휘하는 데 무엇보다 도움을 준 것은 외숙모의 쌀쌀맞은 표정이었다. 뉴잉글랜드에서 나고 자란 그레이스 힉슨은 남편이 영국 출신이란 걸 약간 시기하고 질투했는데, 나이가 들면서 감상적이 된 남편이 부쩍 옛 시절을 농경하자 그런 경향은 더 심해졌다. 외삼촌은 망명할 수밖에 없었던 타당한 이유는 죄다 잊어버린 채 망명이 인생의 크나큰 실수였다며 후회했다. 외숙모가 말했다. "이봐요. 천수를 누리고 죽은 것이 이렇게 애달파하고 슬퍼할 일이에요? 당신 목숨이 누구 손에 달렸는지 잊은 거예요?"

옳은 말이지만 시의적절하지는 않았다. 로이스는 화난 표정을 숨기지 않고 외숙모를 올려다보았다. 외삼촌의 침대를 정리하면서도 계속해서 경멸 가득한 어조로 말하는 걸 들으니 한층 더 외숙모가 미웠다.

"이미 엎질러진 물인데 맨날 불평만 하는 걸 보면 사람들이 당신을 신앙 없는 사람으로 여길 거예요. 사실 당신은 나이만 많았지 유치하기 짝이 없잖아요. 우리 결혼할 때 당신이 뭐랬어요. 모든 걸 신에게 맡긴댔잖아요. 그런 말을 안 했으면 내가 당신하고 결혼했겠어요? 안 하지. 절대." 그러더니 로이스의 얼굴에서 못마땅해하는 기색을 읽고는 말했다. "너 그렇게 화난 표정으로 보지 마라. 난 이 모든 걸 알고도 본분을 다하고 있으니까. 그리고 일이나 신앙에 대해서 그레이스 힉슨에게 감히 조언할 사람은 아무도 없어. 신앙심 깊다는 코튼 매더 씨조차 나한테 배울 게 많다고 하셨다. 그러니 내 충고하는데 부디 겸손하게 굴어. 주님이 아론의 수염 위로 매일 좋은 기름이 흘러내리는 시온에 살게 하셨으니 널 개종시키는지 두고 보실 거다.●"

로이스는 자기도 모르게 지은 표정의 의미를 외숙모가 정확하게 해석해낸 걸 보고 부끄럽고 미안해졌다. 로이스는 낯선 사람이 예고 없이 들이닥치기 전에도 이미 외숙모가 여러 가지 일로 수많은 고통을 받았을 거라 생각하려 노력했고, 이런 오해의 기억이 곧 잊히기를 희망하면서 조금 전 숨김없이 감정을 드러냈던 스스로를 나무랐다. 그리고 최대한 마음을 누그러뜨린 채 외숙모의 명령에 따라 부드럽지만 떨리는 외삼촌의 손길을 대충 밀어내고 밤 인사를 한 뒤 바깥으로 걸어 나왔다. 다른 가족은 모두 인디언 하녀 네이티가 부엌에서 내온 케이크와 사슴 고기 스테이크를 저녁으로 먹을 준비를 하고 있었다. 로이스가 없는 동안 아무도 홀더니스 선장에게 말을 걸지 않은 것 같았다. 머내시는 무릎에 책을 올려

● 〈시편〉 133장 1~3절, "이다지도 좋을까, 이렇게 즐거울까! 형제들 모두 모여 한데 사는 일! 아론의 머리에서 수염 타고 흐르는, 옷깃으로 흘러내리는 향긋한 기름 같구나. 헤르몬산에서 시온산 줄기를 타고 굽이굽이 내리는 이슬 같구나. 그곳은 야훼께서 복을 내린 곳, 그 복은 영생이로다" 참조.

둔 채 환영이라도 보거나 꿈이라도 꾸듯 허공을 똑바로 응시하며 원래 있던 자리에 조용히 앉아 있었다. 페이스는 테이블 옆에 서서 조금도 서두르지 않고 네이티에게 이런저런 지시를 내리고 있었다. 프루던스는 주방과 거실 사이 문틀에 기대서서 왔다 갔다 하느라 바쁜 인디언 여인에게 계속 장난을 쳤다. 네이티는 잔뜩 화가 났지만, 참으려 애쓰는 것 같았다. 프루던스는 네이티가 화를 내든 말든 신나서 더 심한 장난을 치려고 기회를 엿보고 있었다. 식사가 시작되자 머내시가 오른팔을 들어 '식전 감사 기도'를 드렸다. 그러나 곧 관념적이고 영적인 축복을 기원하고 사탄과 싸울 힘을 구하며 불화살이 소멸하기를• 바라는 긴 기도로 이어졌다. 급기야 지금의 상황을 잊은 듯 자신의 아픈 영혼을 괴롭히는 병의 본질을 신 앞에 펼쳐놓고 지극히 개인적인 기원을 하는 듯한 느낌이 들었다. 보다못한 프루던스가 코트 자락을 잡아당기는 바람에 머내시는 현실로 돌아왔다. 머내시는 감았던 눈을 뜨고 화난 얼굴로 여동생을 노려보았다. 프루던스는 오빠를 놀리듯 얼굴을 찡그렸고, 머내시가 자리에 앉자 모두 따라 앉았다. 외숙모는 홀더니스 선장을 밖에서 재우는 것이 옳은 대접이 아니라고 여겼는지 거실 바닥에 잠자리를 마련해주었다. 밤새 필

• 〈에베소서〉 6장 16절. "손에는 언제나 믿음의 방패를 잡고 있어야 합니다. 그 방패로 여러분은 악마가 쏘는 불화살을 막아 꺼버릴 수 있을 것입니다" 참조.

요할 것에 대비해 성서와 네모난 술병도 테이블 위에 놓아두었다. 그리고 가족들은 마을 시계탑이 10시를 알리기도 전에 모든 관심과 시름과 유혹과 죄를 뒤로하고 잠에 빠져들었다.

선장은 눈을 뜨자마자 일라이어스와 사라진 편지를 찾으러 나갔다. 곧 선장은 태무심하게 편지를 가지고 있는 일라이어스를 만났다. 그는 편지가 몇 시간 빨리 가든 늦게 가든, 오늘 밤이나 내일 아침이나 그게 그거라고 생각하고 있었다. 그러다 최대한 빨리 편지를 배달하라 명한 사람이자 지금 보스턴에 있으리라 믿었던 사람에게 따귀를 맞고서야 자신의 잘못을 깨달았다.

마침내 랠프 힉슨이 로이스의 가장 가까운 친척이므로 그 집에 얹혀살 권리가 있음을 증명하는 편지가 배달됐고, 홀더니스 선장은 이제는 떠나도 되겠다며 안심했다.

"고향을 생각나게 하는 사람이 옆에 없어야 네가 여기에 마음을 붙이게 될 거야. 아니, 그것도 아니다. 헤어짐은 언제든 어려운 법이지. 그러니 어려울수록 빨리 해치워버리는 게 좋아. 마음 단단히 먹어. 다음 봄까지 잘 견디면 그때 내가 널 보러 올게. 또 누가 알아. 젊고 멋진 제분소 아들이 나랑 함께 올지. 그러니 그새를 못 참고 기도하는 청교도인과 결혼하진 마! 자, 자, 이제 나 갈게. 신의 가호가 함께하기를!"

그렇게 로이스는 뉴잉글랜드에 홀로 남겨졌다.

제2부

로이스가 이 가족 틈에서 제대로 자리 잡기란 여간 어려운 일이 아니었다. 외숙모의 애정은 좁고 강했다. 남편에 대한 사랑은(애초에도 있었는지 모르겠지만) 깡그리 타버린 지 오래였다. 남편에게 하는 행동은 의무감에서 나왔다. 그러나 그 의무감도 어린 군식구를 견딜 만큼 강하지는 못했다. 외숙모가 외삼촌을 돌보느라 수고를 아끼지 않을 때조차 보란 듯이 외삼촌에게 경멸 섞인 말들을 내뱉는 걸 보고 로이스는 마음속으로 피눈물을 흘렸다. 외삼촌에게 직접 충격을 주는 대신 이런 식으로 구시렁대는 게 차라리 다행이라고 생각했다. 외삼촌은 병이 깊은 나머지 끊임없이 비아냥거리는 외숙모의 말이나 태도에도 상처를 받지 않거나 무감각해진 것 같았다. 어쨌든 외삼촌은 음식과 육신의 평안을 외숙모에게 의존해야 했으므로 다른 건 크게 신경 쓰지 않는 듯했다. 심지어 로이스를 향한 애정도 금세 시들해져버렸다. 로이스가 자신의 베개를 요령 있게 잘 정돈해주고 입맛이 없을 때 맛있는 음식을 준비해줘서 좋아하기는 했지만, 더는 죽은 누이의 딸로 보지 않는 듯했다. 로이스는 그래도 외삼촌이 여전히 자기를 조금이라도 좋아해줘서 기뻤다. 외삼촌 말고는 가족 중 누구에게도 환영받지 못했다. 외숙모는 여러 이유로 로이스를 미심쩍어했다. 로이스가 처음 세일럼에 온 때부터 마뜩잖아했다. 그날 저녁 로이스의 얼굴에 드러난 반감이 그레이스의 기억 속에 여전히 남아 있었다. 그레이스가 이 영국 출신 아가씨에게 일찌감치 가진 편견은 (지금의) 신앙이나 국가에 대한 차별과 비슷했다. 당시 그 나라에서는 '가톨릭교의 교리'를 따르는 것을 미신적인 행위라 여겼고, 억압적이고 무종교적인 찰스 2세 가족을 섬기는 일을 비굴하다고 여겼다. 로이스는 이제 함께 살게 된 새 가족에게 자신이 자라면서 몸에 밴(정치적인 충성심뿐 아니라 종교적인 것까지 포함한) 오랜 신념을 지지해달라고 요구할 수 없었다. 외숙모와 머내시는 로이스가 가장 소중하게 여기는 모든 사고방식에 적극적이고 직접적인 반감을 품었고, 절대 공감할 수 없었다. 그런 와중에, 어쩌다 나온 말이었지만 로이스가 당시 영국이 겪었던 문제와 아버지의 교회를 언급하면서 왕은 잘못한 게 없다는 식의 이전 개념을 고수했으니 머내시가 못 견딜 정도로 화를 낸 건 어쩌면 당연한 일이었다. 로이스가 이런 식으로 말할 때마다 머내시는 평소처럼 책을 읽다 말고 벌떡 일어나 화가 난 채 혼잣말을 중얼거리며 방 안을 왔다 갔다 했다. 한번은 로이스 앞에 멈춰 서서 불같이 화를 내며 그렇게 바보 같은 말은 하지도 말라고 명령했다. 로이스가 영국과 관련해 크고 작은 지지의 발언을 할 때마다 사사건건 비꼬고 경멸하는 외숙모의 태도와는 완전히 달랐다. 적어도 외숙모는 로이스가 새로운 사상을 경험해서 더 잘 알게 될 때까지는 기다려주려 했고, 로이스의 마음이 조금씩 열리자 공연히 심한 말로 성질을 건드려 나쁜 마음을 먹지 않도록 노력하는 것 같았다. 그런가 하면 머내시는 화가 났지만, 로이스가 잘못 판단하는 게 진심으로 안됐다는 생각이 드는지 어떤 일이든 양면이 있을 수 있다며 로이스를 설득하고 나섰다. 자꾸 반대 의견만 내면 고인이 된 아버지에 대한 즐거운 추억을 배반하는 일이 될지도 모른다는 말까지 덧붙였다.

정확한 이유는 모르겠지만, 로이스는 자신에게 화를 내는 머내시가 본질적으로는 굉장히 친절하고 우호적인 사람이라고 느꼈다. 머내시는 집에 있는 시간이 거의 없었다. 집의 실질적인 가장으로서 농사를 짓고 물건을 거래해야 했기 때문이다. 그리고 농한기가 되면 근처 숲으로 사냥을 하러 갔다. 외숙모는 이웃들에게 아들의 호연지기를 자랑했고, 사냥의 위험에 개의치 않는 척했지만 머내시를 따로 불러 경고하고 나무라기도 했다. 로이스는 밖에 나가 산책하는 일이 거의 없었다. 가끔 집에 여자들이 하나도 없어서 심부름하러 나가야 할 때는 있었다. 그때 개간된 땅을 둘러싼 음산하고 어두운 숲을 두어 번 본 적 있었다. 바람이 거세게 부는 날이면 거대한 숲이 끊임없이 움직였고, 잣나무 가지를 휘감는 선명하고 장엄한 울부짖음이 세일럼의 거리로 들이닥쳤다. 이런저런 소문을 종합해보건대 마을을 둘러싼 이 오래된 숲에는 무시무시하고 이상한 짐승들이 득실댔고, 기독교인을 향한 피비린내 나는 책략을 세우고 어두운 곳에 매복해 있는 무시무시한 인디언도 있다고 했다. 그들은 표범처럼 얼굴을 검게 칠하고 머리를 밀었으며 민간신앙을 믿을 뿐 아니라 사특한 힘과도 결탁돼 있다고 했다.

늙은 인디언 하녀 네이티는 이따금 로이스와 페이스, 프루던스에게 인디언 마법사에 대한 얘기를 들려주었고, 그때마다 로이스는 간담이 서늘해졌다. 주로 어두워가는 저녁 무렵, 주방에서 요리하다 빵 반죽이 부풀어 오르기를 기다리며 모두의 얼굴이 난로의 선홍색 불빛을 받아 벌겋게 달아오른 틈을 타 몸을 웅크리고 앉은 네이티가 이야기를 시작하는 편이었다. 이 이야기들에는 사악한 자에게 주문을 제대로 걸기 위해서는 인간의 희생이 필요하다는 섬뜩하고 비밀스러운 연상 작용이 항상 동원됐다. 네이티는 어설픈 영어로 몸까지 떨어가며 열변을 토했는데, 자기를 억압하는 종족의 젊은 아가씨들에게 영향력을 발휘하고 있다는 생각에 자신도 모르게 기묘하고 은밀한 기쁨을 느꼈다. 평소에 그들은 네이티의 선조들이 소유한 사냥터에서 주인을 내쫓은 것도 모자라 인디언들을 노예보다는 조금 나은 사람 정도로 취급했으니 네이티에게는 이런 기회가 좋을 수밖에 없었다.

그런 얘기를 듣고 난 밤이면 로이스는 외숙모의 명령으로 마을 근처 목초지에서 소 떼를 데려오는 일에도 적지 않은 노력을 기울여야 했다. 혹시 인디언 마법사들을 섬긴다는 쌍두사가 블랙베리 덤불에서 나오지나 않을까 노심초사했다. 그 사악하고 교활하고 저주받은 짐승의 길고 구불구불한 몸통 양쪽 끝에 붙은 눈과 마주치면, 마법에 걸려 자기 신념과 종족을 영원히 포기한 채 인디언 남자를 찾아 숲속으로 들어가 그의 원형 천막 안에서 살게 해달라고 빌게 될지도 모를 일이었다. 또 네이티가 해준 얘기 중에는, 마법사가 땅에 마법을 부려놓는데 그 마법에 빠지는 사람은 천성이 바뀐다는 내용도 있었다. 이를테면 온화하고 사랑스러웠던 사람이 다른 사람들을 무자비하게 괴롭히는 데 희열을 느끼고 엄청난 고통을 일으키는 힘을 갖게 된다는 식이었다. 한번은 로이스와 단둘이 주방에 있던 네이티가 사실 프루던스가 그런 마법에 빠진 것 같다며 속삭였다. 그러면서 그 버릇없는 계집애가 꼬집어서 시커멓게 멍든 팔을 증거라며 보여주었다. 그 후 로이스는 프루던스에게 실제로 마법 능력이 있는 것 같아 두려웠다. 이런 얘기를 믿는 사람은 네이티나 어리고 상상력이 풍부한 아가씨들만이 아니었다. 지금은 그런 얘기를 웃어넘길 여유가 있지만, 당시에는 시기나 주인공이 비슷하고 뉴잉글랜드의 깊고 한적한 숲이라는 너무나 익숙한 배경이 등장하는 이러한 미신을 여느 미스터리들보다 더 믿지 않을 수 없었다. 위엄 있는 성직자들도 쌍두사나 마녀가 등장하는 이야기를 믿었을 뿐만 아니라 기도와 설교의 주제로 삼기도 했다. 비겁함은 모두를 잔인하게 만들었고, 흠잡을 데 없는 사람들이나 심지어 다른 사람들의 존경을 받는 사람들조차 미신에 사로잡힌 잔인한 박해자가 되어 사악한 세력과 동맹을 맺었다고 생각되는 사람들에게 조금도 자비를 베풀지 않았다.

외삼촌의 집에서 로이스가 가장 친하게 지내는 사람은 페이스였다. 둘은 나이가 얼추 비슷했고, 집안일도 나누어 맡았다. 둘은 그레이스 힉슨이 가장 신뢰하는 뻣뻣하고 늙은 하인 호세아가 버터를 만들도록 소 떼를 데려오는 역할을 교대로 맡았다. 그리고 로이스가 온 지 한 달도 지나지 않아 둘은 각각 커다란 양모용 물레와 좀 더 작은 아마용 물레를 가지게 됐다. 페이스는 의젓하고 조용했으며 좀처럼 기뻐하지 않았고 때로는 우울해 보이기까지 했다. 로이스는 오랫동안 그 이유가 궁금했다. 로이스는 페이스가 지쳐 보일 때면 기운을 북돋우기 위해 영국에서 살던 이야기를 해주곤 했다. 페이스는 신경 써서 들을 때도 있었지만 귓등으로 흘리며 멍하니 있을 때가 더 많았다. 과거를 그리워하는 것인지 미래를 꿈꾸는 것인지 알 수 없었다.

가끔 근엄하고 나이가 지긋한 목사들이 목회 활동을 하러 집으로 왔다. 그럴 때마다 그레이스 힉슨은 깨끗한 앞치마와 모자를 쓰고 열렬히 그들을 환영했고, 집에서 가장 좋은 물건들을 꺼내놓았다. 큰 성서를 가져왔고, 일하는 호세아와 네이티까지 불러 목사의 성서 강독과 말씀을 듣게 했다. 설교가 끝나면 목사는 오른손을 들어 올려 신의 가호가 필요한 모든 신자를 위해 기도했다. 그러고는 한 사람씩 앞으로 불러내 각자가 원하는 바를 듣고 개별적으로 기도를 해주곤 했다. 로이스는 이런 맞춤형 기도 방식에 깜짝 놀랐다. 목사는 집에 오자마자 외숙모와 꽤 오랫동안 비밀 얘기를 했고, '신실한 여인 그레이스 힉슨'을 통해 이 집에 대한 전반적인 정보를 얻는 것 같았다. 그러나 아쉽게도 그레이스 힉슨은 '그 나라의 잘못된 씨앗을 가져와 악의 나무로 자라게 하고 모든 더러운 생명체의 안식처가 되어주는, 바로 그 나라에서 온 여자애를 위한 기도'에는 거의 관심을 기울이지 않았다.

"난 우리 교회에서 했던 기도가 더 좋아." 어느 날 로이스가 페이스에게 말했다. "영국에서는 목사가 자기 언어로 기도할 수 없어. 그래서 오늘 아침 태파우 목사가 했던 것처럼 상황에 맞는 기도를 한답시고 신도들을 판단하지는 않아."

"난 태파우 목사 싫어!" 단호하게 말하는 페이스의 짙고 검은 눈에서 격정적인 빛이 새어 나왔다.

"왜? 나도 그런 기도는 싫지만 사람은 괜찮아 보이던데."

페이스는 계속 같은 말만 되풀이했다. "난 그 사람 싫어!"

로이스는 이 강하고 악한 감정이 애처로웠다. 페이스는 자기애가 강했고, 사랑받는다는 걸 확인하고 싶어 했으며, 타인의 사랑에 목말라하는 게 한눈에 보여서 안쓰러웠다. 그러나 무슨 말을 해줘야 할지 몰라서 당시에는 그냥 입을 다물었었다. 페이스 역시 말 한마디 없이 한풀이하듯 물레만 돌리다 실이 끊어지자 물레를 옆으로 밀어놓고는 방에서 나가버렸다.

그때 프루던스가 로이스 옆으로 슬그머니 다가왔다. 이 이상한 아이는 기분이 수시로 변했다. 사람을 어루만지듯 다정하게 속삭이나 싶다가도 다음 날엔 능청스럽고 조롱하는 듯했으며, 인간미가 없다 싶을 정도로 다른 사람의 고통이나 슬픔에 무감각했다.

"너 태파우 목사 기도 싫어?" 프루던스가 속삭였다.

로이스는 자기 말을 누가 엿들은 게 짜증났지만, 내뱉은 말을 취소할 수도 없고 취소하고 싶지도 않았다.

"영국에서 들었던 기도보단 못하다는 말이었어."

"엄마가 그러는데, 너네 나라에는 신을 섬기지 않는 사람들이 득실댄다며? 에, 그런 눈으로 보지 마. 내 말이 아니잖아. 나도 내가 기도를 하거나 태파우 목사의 기도를 듣는 게 그다지 마음에 들진 않아. 하지만 페이스가 목사를 못 견뎌 하는 이유는 따로 있지. 말해줄까, 로이스?"

"아니! 이유가 있으면 페이스가 직접 내게 말해주겠지."

"페이스한테 놀런 목사가 어디 갔는지 물어봐. 그럼 말해줄 거야. 페이스가 놀런 목사하고 둘이서 한 시간이나 엉엉 우는 걸 내가 봤거든."

"쉿, 조용히 해!" 로이스는 페이스가 그 이야기를 듣지 않았기를 바라며 입단속을 시켰다.

진실은 이랬다. 한두 해 전, 교단의 큰 지부인 세일럼 마을에서 큰 분쟁이 있었다. 더 폭력적이고, 결국 성공한 쪽의 수장이 태퍼우 목사였다. 이 싸움으로 상대적 소수파의 수장이었던 놀런 목사는 마을을 떠나야 했다. 그런데 페이스 힉슨이 온 마음을 다해 그를 사랑했다. 놀런 목사는 자기가 누군가의 연심을 불러일으켰다는 걸 몰랐고, 페이스의 가족은 소소한 감정 표현에는 무감해서 페이스가 어떤 기분인지 알아채지 못했다. 그러나 늙은 인디언 하녀 네이티만은 모든 걸 꿰뚫고 있었다. 네이티는 페이스가 왜 가족과 집안일과 매일 해야 할 일들, 심지어 종교적인 의식에까지 관심이 없어져버렸는지 페이스에게 직접 들은 것처럼 그 이유를 훤히 알고 있었다. 페이스가 태퍼우 목사를 가슴 깊숙이 증오한다는 것까지 읽어냈다. 네이티는 자기가 사랑하는 모든 백인 가운데 유독 페이스만 설교와 기도를 싫어하고, 장작더미에 숨어버릴 정도로 나이 든 목사를 피하는 까닭을 이해할 수 있었다. 미개하고 교육받지 않은 사람들은 사랑하는 대상을 종종 자신과 동일시해서 '내가 좋으면 내 개까지 사랑해줘' 대신 '네가 싫어하는 사람은 나도 싫어할 거야'라는 자세를 취해버린다. 게다가 네이티가 태파우 목사에게 가지는 감정은 페이스가 말없이 속으로 미워하는 것보다 훨씬 과장되기까지 했다.

페이스가 태파우 목사를 싫어하고 피하는 이유를 로이스는 한참이나 이해하지 못했다. 그러나 원하든 원하지 않든 프루던스가 말해준 '놀런'이라는 이름은 기억에 남았다. 로이스는 페이스가 점점 말이 없어지고 행동이 굼떠지는 이유를 추방당한 목사에 대한 감정과 연결해 이해해보려고 했다. 그건 사촌에 대한 호기심이라기보다는 연애사 자체에 흥미를 느끼는 소녀다운 관심 때문이었다. 그리고 로이스는 뒤에서 흉보는 것 같아 프루던스와 더는 페이스에 대한 이야기를 하지 않았는데, 그것 때문에 프루던스의 반감을 샀다.

가을이 다가오자 페이스는 점점 더 우울해하고 멍해졌다. 식욕을 잃었고, 안색이 창백해졌다. 검은 눈은 텅 비고 황폐해 보였다. 11월 초가 다가오고 있었다. 로이스는 무미건조한 분위기에 활기를 불어넣고 싶다는 선의로 페이스에게 영국의 관습에 대해 얘기해주었다. 거의 본능적으로 한 일이었지만, 어리석게도 그런 걸로는 당연히 미국 아가씨의 마음을 조금도 움직이지 못했다. 두 소녀는 회반죽을 칠하지 않은 창고이자 침실에서 잠 못 이룬 채 침대에 누워 있었다. 그날 밤에도 로이스는 페이스에 대한 연민으로 가슴이 아팠다. 페이스는 한참 동안 말없이 땅이 꺼져라 한숨만 쉬어댔다. 오래 묵은 슬픔이라 엉엉 울거나 화를 낼 수도 없었다. 로이스도 깜깜한 어둠 속에서 오랫동안 한숨 소리를 듣기만 했다. 저런 식으로 슬픔을 표현하기만 해도 답답한 가슴이 조금은 풀릴 거라 생각해 잠자코 있었다. 그러나 결국 페이스는 감정이 격해져 사지에 경련을 일으켰고, 로이스는 페이스가 관심을 가지든 말든 영국이라는 나라와 거기서 경험했던 일들에 대해 계속해서 이야기했다. 그러다 마침내 당시는 물론이고 그 후로도 오랫동안 영국에서 행해졌고, 스코틀랜드에서는 아직도 완전히 사라지지 않은 핼러윈의 관습까지 이야기가 이어졌다. 로이스는 핼러윈에 주로 했던 장난들에 대해 얘기해주었다. 영국의 아가씨들은 미래의 남편이 어떤 사람인지, 남편이 있기는 한지 알아보기 위해 설레는 마음으로 와자지껄 웃어가며 거울 앞에서 사과를 먹거나 종이에 액체를 떨어뜨리거나 대야에 물을 담아 그 위에 사과를 띄우거나 모닥불에 호두를 던지는 등의 놀이를 한다고 말했다. 그러자 그때까지 숨도 쉬지 않고 이야기를 듣던 페이스가 막막한 가슴에 한 줄기 희망의 빛이라도 든 것처럼 짧은 질문들을 퍼붓기 시작했다. 로이스는 그런 놀이를 하다 미래의 남편을 알게 된 사례를 들려주었다. 사실 로이스도 반신반의했지만 불쌍한 페이스의 기운을 북돋우고 싶어서 이야기를 멈추지 않았다.

갑자기 어두운 방구석에 놓인 바퀴 달린 침대에 누워 있던 프루던스가 몸을 일으켰다. 두 사람은 프루던스가 자는 줄 알았지만, 그들의 이야기를 계속 듣고 있었던 것이다.

"로이스는 밖으로 나가 개울가에서 사탄을 만나면 되겠네. 하지만 언니는 못 나가. 내가 엄마한테 이를 거거든. 태퍼우 목사님한테도 이를 거야. 로이스, 자꾸 그런 얘기 하지 마. 난 목숨이 위험해지는 거 싫어. 나 같으면 왼쪽 어깨 위로 들고 있는 사과를 누가 가져가도록 참고 있느니 결혼을 안 하고 말겠어." 프루던스는 상상만 해도 무서운지 비명을 질렀다. 페이스와 로이스는 흰 잠옷을 입은 채 달빛 비치는 방을 가로질러 프루던스에게 달려들었다. 그때, 비명을 들은 외숙모가 달려왔다.

"쉿! 아무 말도 하지 마!" 페이스가 힘주어 말했다.

"왜 그래?" 외숙모가 물었다. 로이스는 다 자기 잘못 같아서 입을 꾹 다물었다.

"쟤 쫓아내, 제발! 쟤 어깨, 왼쪽 어깨 위를 봐. 거기 악마가 있어. 지금 먹다 만 사과를 집으려고 팔을 내밀고 있어." 프루던스가 고함을 질렀다.

"프루던스가 지금 무슨 소릴 하는 거야?" 외숙모가 엄한 목소리로 말했다.

"잠꼬대하는 거예요. 프루던스, 입 다물어." 페이스가 말했다. 그러고는 동생을 세게 꼬집었고, 로이스는 자기 때문에 생긴 것 같은 소동을 어떻게든 진정시켜보려고 애썼다.

"프루던스, 조용히 하고 자러 가! 내가 잠들 때까지 옆에 있어줄게." 로이스가 말했다.

"안 돼. 싫어. 저리 가!" 프루던스는 처음엔 진짜 겁이 났지만 어느새 자기한테 관심이 집중되는 게 기쁜 나머지 더 놀란 척하며 흐느껴 울었다. "언니가 내 옆에 있어줘. 너, 영국에서 온 못된 마녀 말고!"

그래서 페이스가 동생 옆에 가 앉았고, 외숙모는 이 문제에 관해서는 아침에 다시 이야기하자며 불쾌하고 당혹스러운 표정으로 자기 방으로 돌아갔다. 로이스는 아침이 되면 다 잊히기만을 바라며 다시는 그런 얘기를 하지 않겠다고 다짐했다. 그러나 상황의 흐름을 완전히 뒤바꿀 일이 남은 밤 사이 일어나버렸다. 외숙모가 방을 비운 동안 외삼촌이 또 경기를 일으킨 것이다. 외삼촌도 프루던스의 끔찍한 비명 때문에 놀란 것인지는 아무도 모를 일이었다. 외숙모는 침대 옆에 피워둔 양초의 희미한 불빛만으로도 외삼촌에게 심각한 변화가 생겼음을 알았다. 힝힝거리는 말처럼 호흡이 불규칙했고, 임종이 가까워지고 있었다. 온 집안이 발칵 뒤집혔고, 의사의 처방과 갖은 민간요법이 다 동원됐다. 그러나 11월 말의 아침이 밝아오기 전, 외삼촌은 숨을 거두고 말았다.

다음 날 내내 가족들은 어두운 방에 앉아 있거나 조용히 움직였고, 말은 거의 하지 않은 채 잔뜩 숨을 죽였다. 머내시는 집에 머무르면서 아버지의 죽음을 애도했지만 감정은 거의 드러내지 않았다. 가장 비통해한 사람은 페이스였다. 그도 그럴 것이 페이스는 침울해 보이는 겉모습 아래 따뜻한 마음을 숨기고 있었고, 어머니가 외아들인 머내시를 각별히 아끼거나 막내인 프루던스를 귀여워했던 것과 달리 페이스에게는 아버지가 보여준 소극적인 다정함이 유일했기 때문이었다. 로이스도 사촌들만큼이나 슬펐다. 친절한 친구처럼 외삼촌에게 강하게 끌렸던 로이스는 부모님이 돌아가셨을 때 경험했던 오랜 슬픔이 되살아났다. 그러나 로이스에게는 마음껏 울시간도 공간도 없었다. 가까운 친척이 적극적으로 관여하기에는 예민한 많은 일이 로이스에게 맡겨졌다. 가족장의 슬픈 분위기에 맞춰 모두 옷을 갈아입어야 했고, 로이스는 외숙모의 엄한 지시 아래 모든 준비를 해야 했다.

장례식 하루 전날, 로이스는 난로에 넣을 땔감을 가지러 뜰로 나갔다. 별빛이 빛나는 숙연하고 아름다운 저녁이었는데, 갑자기 드넓은 우주에서 철저히 혼자라는 생각에 가슴이 아렸다. 결국 장작더미 뒤에 앉아 엉엉 서럽게 울었다.

그때 머내시가 갑자기 장작더미를 돌아 앞에 서는 바람에 로이스는 깜짝 놀랐다.

"로이스, 울었구나!"

"조금." 로이스는 짧게 대답한 뒤 얼른 일어나 땔감을 그러모았다. 늘 우울하고 냉담하기만 한 사촌에게 질문을 받는 게 두려웠다. 그런데 놀랍게도 머내시가 로이스의 팔에 손을 얹고는 말했다.

"잠깐만. 왜 울고 있었어?"

"몰라." 로이스는 아이처럼 대답했다. 그러자 또 눈물이 솟구쳤다.

"우리 아버지가 너한텐 참 다정하셨으니 슬픈 건 당연하지. 하지만 신은 뭐든 거둬 가면 열 배로 갚아주셔. 내가 아버지만큼 잘해줄게. 아니, 더 잘해줄게. 지금은 결혼에 대해 얘기하거나 결혼할 생각이 있는지 물어볼 시간이 아니라 참지만, 아버지 장례식이 끝나면 너한테 이 얘길 다시 하고 싶어."

로이스는 이제 두려움으로 온몸이 움츠러들었다. 이게 무슨 뜻이지? 로이스는 차라리 머내시가 바보처럼 운다고 화를 내는 게 훨씬 낫겠다고 생각했다.

로이스는 그 후 며칠 동안 두려움이 드러나지 않게 최대한 조심해가며 머내시를 피했다. 가끔은 이게 다 악몽일 거라고 생각했다. 영국에 애인이 없더라도, 세상에 다른 남자가 하나도 없더라도 로이스는 머내시를 남편감으로 생각하지 않을 것 같았다. 게다가 그때껏 머내시의 말과 행동에는 그런 낌새가 전혀 없었다. 그래서 로이스는 자신이 평소에 머내시를 어떻게 생각했었는지조차 제대로 판단이 서지 않았다. 머내시가 (아마) 선량하고 신앙심이 깊기는 하지만, 로이스는 천천히 무겁게 움직이는 검고 집요한 눈과 숱 많은 검은 머리, 거무튀튀하고 거친 피부를 비롯한 그의 모든 것이 싫었다. 장작더미 뒤에서 그런 말도 안 되는 소리를 들은 후로 머내시의 못생긴 외모와 꼴사나운 행동은 로이스를 늘 놀라게 했다.

로이스는 조만간 머내시가 이 문제에 관해 다시 언급할 때가 오리란 걸 알았다. 그러나 겁쟁이처럼 외숙모의 앞치마 끈에 매달려 어떻게든 그 순간을 미루려 했다. 분명 외숙모는 자기 외아들과 전혀 다른 생각을 할 게 뻔했으니까. 아닌 게 아니라 그레이스는 신앙심도 깊었지만 야망도 컸으므로 당연히 다른 생각을 하고 있었다. 그레이스는 세일럼 마을에서 일찌감치 땅을 사들여 큰 힘 들이지 않고 부자가 됐다. 형편이 점점 나아지는데도 지금보다 훨씬 적은 수입으로 살았던 때의 생활 방식을 고수했기에 경제적인 상황은 퍽 괜찮았다. 성격도 좋아서 많은 존경을 받고 있었다. 그들의 습관이나 행동을 입에 올릴 사람은 아무도 없었다. 모두의 눈에 그들은 당연히 정정당당하고 신실했다. 그래서 그레이스 힉슨은 머내시가 스스로 신붓감을 찾기 전에 자신이 적당한 사람을 골라야 하고, 그럴 자격이 충분하다고 생각했다. 그러나 세일럼에는 그레이스의 기준에 맞는 아가씨가 없었다. 그래서 남편이 죽은 지 얼마 안 됐지만, 내심 얼른 보스턴으로 가서 대표 목사님들과 그들의 수장 격인 훌륭한 코튼 매더 목사와 며느릿감에 대해 상담할 생각을 하고 있었다. 그들이라면 아들의 아내로 어울릴 참하고 마음가짐이 바른 아가씨를 신자들 중에서 골라줄 수 있을 듯했다. 외모가 참하고 신실해야 할 뿐 아니라 아이를 쑥쑥 잘 낳아야 하고 돈도 많아야 했다. 안 그러면 그레이스 힉슨이 아가씨를 업신여길 게 뻔했다. 실은 이런 신붓감이 한 명 있었고, 목사들도 승인했으므로 아들에게는 별 이견이 없으리라 기대했다. 그러니 로이스는 머내시와의 결혼 얘기를 외숙모가 싫어할 게 뻔하다고 생각했다.

어느 날 로이스는 이 문제에서 완전히 궁지에 몰리게 됐다. 머내시가 다들 온종일 걸릴 거라고 했던 일을 생각보다 일찍 끝낸 뒤 집으로 돌아왔을 때였다. 그는 집에 오자마자 로이스가 보고 싶은 마음에 여동생들이 실을 잣고 있는 거실부터 뒤져댔다. 열린 문 틈으로 보니 어머니가 뜨개질을 하고 있었고, 네이티는 주방에 있었다. 내성적인 성격의 머내시는 로이스가 어디 있는지 묻지 못하고 잠자코 찾아다니기 시작했다. 마침내 겨울을 나기 위해 과일과 채소를 저장해둔 큰 다락에서 로이스를 발견했다. 그레이스가 로이스를 그리로 보내 사과를 하나하나 살펴 당장 먹을 수 없을 정도로 상태가 안 좋은 것을 가려내도록 했던 것이다. 로이스는 허리를 굽히고 일에 열중하느라 머내시가 다가오는 걸 눈치채지 못했다. 그러다 고개를 들었는데, 머내시가 바로 코앞에 와 있었다. 로이스는 들고 있던 사과를 떨어뜨렸고, 창백해진 얼굴로 조용히 그를 마주보았다.

"로이스, 내가 아버지 장례식 때 했던 말 기억하지? 난 이제 이 집의 가장으로서 결혼할 때가 됐다고 생각해. 그리고 내 눈엔 너만큼 괜찮은 여자가 없어." 머내시가 로이스의 손을 잡으려 했다. 그러나 로이스는 아이처럼 고개를 절레절레 저으며 손을 뒤로 빼고는 울먹였다.

"머내시, 제발 나한테 이러지 마! 넌 이제 가장이니 결혼해야 하지만, 난 결혼하고 싶지 않아. 결혼하지 않을 거야."

"그렇게 말하니 더 좋네." 머내시는 약간 인상을 쓰면서도 최대한 감정을 억누른 채 말했다. "나도 결혼에 너무 적극적인 여자를 아내로 삼고 싶진 않아. 게다가 아버지 돌아가시고 얼마 안 돼 우리가 결혼하겠다고 하면 신자들도 입방아를 찧을 거야. 어쩌면 지금도 그럴 때는 아니지. 하지만 네 미래의 행복에 대한 문제니 마음을 정했으면 좋겠어. 시간을 두고 좀 더 깊이 생각해봐." 머내시는 다시 손을 내밀었다. 로이스가 이번에는 선선히 그 손을 잡았다.

"여기 온 후로 내게 친절하게 대해줘서 고마워, 머내시. 그걸 어떻게 갚아야 할지 모르겠어. 하지만 솔직히 난 널 친구로 좋아하지 아내로서 사랑할 수는 없어."

머내시가 로이스의 손을 뿌리쳤다. 눈빛이 험악했지만 로이스의 얼굴에서 눈을 떼지는 않았다. 그리고 로이스가 알아들을 수 없는 말을 중얼거렸다. 로이스는 몸이 떨렸지만 솟구치는 눈물을 억지로 참아가며 용기를 내 계속 말을 이었다.

"말이 나온 김에 다 얘기할게. 바퍼드에 있을 때 남자가 한 명 있었어. 제발 머내시, 그렇게 화내면 내가 말을 못 하잖아.

안 그래도 너한테 말하는 게 너무 어렵단 말이야. 그 사람이 나와 결혼하고 싶다고 했어. 그런데 난 가난했고, 그 사람 아버지도 우리 사이를 허락하지 않았어. 이제 난 누구와도 결혼하고 싶지 않지만, 만약 한다면 상대는……."

로이스는 말을 맺는 대신 얼굴을 붉혀 뜻을 전했다. 로이스를 바라보던 머내시의 시무룩하고 공허한 눈에 서서히 난폭한 기운이 모여들었다.

"사실 내가 계시를 받았어. 환영으로 그걸 봤기 때문에 확신하는 거야. 넌 다른 남자가 아니라 분명 내 배우자였어. 운명이 정해준 일을 거스를 순 없잖아. 몇 달 전에, 네가 오기 전까지만 해도 내 영혼에 가장 큰 기쁨을 선사하던 성서를 읽고 있을 때였어. 갑자기 책장에서 인쇄된 글자가 사라지더니 황금색과 붉은색으로 된 미지의 언어가 나타나 그 의미를 내 영혼에 속삭여줬어. '로이스와 결혼해! 로이스와 결혼해!' 하는 거였지. 그리고 아버지가 돌아가셨을 때 난 그게 끝의 시작이라는 걸 알았어. 로이스, 그건 신의 뜻이야. 넌 거기서 벗어날 수 없어." 그러더니 다시 로이스의 손을 잡아 가슴팍으로 당기려 했다. 그러나 이번에는 로이스가 기다렸다는 듯 몸을 피했다.

"머내시, 난 그게 신의 뜻이라고 인정할 수 없어. 너희 청교도인이 얘기하듯 내가 네 아내가 될 거라는 '계시'를 난 받지 못했어. 또 비록 내게 다른 기회가 없다 해도 난 너와 결혼할 수 없어. 널 남편으로 섬길 만큼 좋아하지 않기 때문이야. 하지만, 사촌…… 친절한 사촌으로는 널 아주 많이 좋아할 수 있어."

로이스는 말을 멈췄다. 머내시에게 고마움과 애정을 느끼지만, 결코 만나지 못하는 두 개의 평행선처럼 더 가까워지거나 깊어질 수 없음을 어떤 단어로 표현해야 할지 몰랐다.

그러나 머내시는 로이스를 아내로 삼아야 한다는 계시를 맹신한 나머지 이미 운명으로 정해진 일에 로이스가 저항한다고 생각했고, 불안해하기보다는 분노를 느꼈다. 그는 이 문제에 대해선 둘 중 누구도 선택의 여지가 없다고 설득하려 애썼다.

"분명 하나님의 목소리가 내게 말했어. '로이스와 결혼해'라고. 그래서 내가 답했지. '네, 주님.'"

"하지만 네가 말하는 그 목소리가 내게는 아무 말도 하지 않았어." 로이스가 대답했다.

"로이스, 곧 듣게 될 거야. 그러면 복종할 거지?"

"아니, 절대 그럴 수 없어!" 로이스가 재빨리 대답했다. "그걸 오래오래 생각하면 꿈이 현실이 될지도 모르지. 하지만 우격다짐으로 결혼할 수는 없어."

"로이스, 로이스, 네가 아직 뭘 몰라서 그래. 하지만 난 분명 선택받은 자들 중 한 명으로 흰 가운을 입은 널 봤어. 넌 아직 믿음이 약해서 순순히 따르지 못하겠지만, 계속 그렇지는 않을 거야. 네가 정해진 운명을 볼 수 있게 기도할게. 그리고 장애가 될 만한 것들은 내가 모조리 없애줄 거야."

"머내시! 머내시!" 머내시가 다락에서 나가려 하자 로이스는 울부짖으며 쫓아갔다. "돌아와! 아직 하고 싶은 말을 다 못했어. 머내시, 세상 어디에도 너와 결혼할 만큼 내가 널 사랑하게 만들거나 사랑 없이 너와 결혼하게 만들 수 있는 건 없어. 그리고 난 이제 제대로 너한테 말해야겠어. 이 일을 당장 끝내는 게 네게도 좋을 테니까."

잠시 충격으로 휘청거리던 머내시는 두 손을 들어 올리며 말했다.

"신이 너의 신성모독을 용서하시기를! 세상이 열리기 전부터 악행이 정해져 있었기에 '당신의 개 같은 종이 무엇이기에 이렇게 큰일을 행하오리까'● 라고 말하고는 바로 그 일을 행한 하자엘을 기억해, 로이스. 그러면 내가 미리 목격한 너의 길이 성도들 사이에서 펼쳐지지 않겠어?"

머내시가 다락에서 나갔다. 잠시 로이스는 그의 말이 실현될 것 같고, 아무리 힘겹고 운명을 거부하고 싶어도 결국은 머내시의 아내가 될 것만 같았다. 이런 상황이라면 많은 젊

● 〈열왕기하〉 8장 13절, "하자엘이 '소인은 개보다도 나을 것이 없는 몸입니다. 그런데 어찌 그렇게 엄청난 일을 저지른다고 하십니까?' 하고 말하자 엘리사는 이렇게 말하였다. '야훼께서 보여주신 환상 가운데서, 그대가 시리아의 왕임을 보았소'" 참조.

은 여자가 굴복해버릴 터였다. 특히 이전의 모든 관계에서 멀어졌고, 영국에서는 연락 한 줄 없으며, 남자가 모든 것을 책임지는 무겁고 단조로운 가족의 일원이 된 데다, 집안의 유일한 남자라는 이유로 영웅처럼 떠받들어지는 사람에게 일방적인 청혼을 받는다면 여자들 대부분은 자포자기할 수밖에 없을 것이었다. 더구나 당시에는 이런 생각을 하게 하는 요소가 많았다. 사람들은 일반적으로 좋은 영혼과 나쁜 영혼이 인간에게 직접 영향력을 발휘하며, 그것이 삶의 과정 중에 발견된다고 믿었다. 신의 인도로 많은 일이 생겨났다. 하나님의 말씀을 모르던 사람들이 성서를 펴기도 하고, 때가 되면 나뭇잎이 땅으로 떨어졌으며, 눈이 가닿는 첫 문장을 신이 정한 방향으로 여기도록 이끌기도 했다. 오랫동안 사막지대를 차지했던 악령들이 아직 추방되지 않은 채 만들어내는 설명할 수 없는 소리들도 들렸다. 사탄이 먹어치울 대상을 찾아다니는 이해하기 어렵고 이상한 광경들도 어렴풋하게 보였다. 그리고 긴 겨울이 시작되면 사람들을 홀리고 공포에 떨게 하는 이야기들이 입에서 입으로 은밀히 전해졌다. 일테면 세일럼은 겨울만 되면 눈이 잔뜩 쌓여 자급자족해야 하는 형편이라 길고 어두운 밤, 강추위를 피해 여러 종류의 물건들이 불빛이 희미한 방 안으로 들여져 켜켜이 쌓인다. 그리고 육중한 무게의 뭔가가 바닥을 누르며 지나가는 삐걱삐걱 소리가 들린다. 차마 밤에는 확인하지 못하고, 아침이 돼 그곳에 가보면 바뀐

것이라곤 없이 모두 제자리를 차지하고 있다. 매일 저녁 유령 같은 이상한 형태의 흰 안개가 창문 가까이 서서히 다가온다. 이뿐만이 아니다. 주변을 감싼 비밀스러운 숲에서 큰 나무가 툭툭 쓰러지는 소리나 평소였다면 백인 거주지에 절대 오지 않았을 인디언들이 야영지를 찾다 길을 잃었는지 주변을 서성거리며 내는 희미한 함성, 축사로 다가오는 야생동물의 굶주림에 찬 울부짖음도 들린다. 이 모든 것이 세일럼의 겨울, 특히 1691년에서 1692년이라는 기념비적인 시절을 보낸 많은 사람을 긴장하게 만들었고 공포에 떨게 했다. 특히 미국에서의 첫 겨울을 맞는 영국 아가씨에게는 더 끔찍하고 이상하고 무서운 나날이었다.

그리고 지금, 자기 아내가 될 운명이라 우기는 머내시에게 계속해서 시달린 로이스를 상상하면, 어린 아가씨에게 변함없이 단호하면서도 상냥한 태도를 유지한 채 저항할 용기와 기백이 더는 남아 있지 않으리란 것은 짐작할 수 있다. 로이스는 신경이 예민해져서 사소한 일에도 큰 충격을 받았다. 어찌 보면 큰일이 아닐 수 있지만, 당시 로이스는 며칠 동안 끝없이 불어닥친 눈보라로 한낮에도 어두침침한 방 안에만 갇혀 있었다는 사실을 기억해야 한다. 저녁이 다가오고 있었고, 맥 빠진 사람들 틈에서 장작불만 활활 타오르고 있었다. 작은 물레가 종일 단조롭게 윙윙 돌아간 끝에 가져다놓은 아마 껍질이 거의 바닥났다. 외숙모가 로이스에게 그나마 해가 조금이라도 남아 촛불이 필요 없을 때 얼른 저장실에 가서 아마 껍질을 더 가져다놓으라고 명령했다. 마지막 한 방울의 물까지 다 얼어붙는 이런 혹한기에 불에 잘 타는 물건이 가득 쌓인 집 안에서 촛불을 들고 다니는 건 위험한 일이었다. 로이스는 잔뜩 몸을 사린 채 저장실 계단으로 이어지는 긴 복도를 걸어갔다. 이곳이 바로 밤마다 이상한 소리가 들린다고 다들 쑥덕거리는 장소였다. 로이스는 용기를 짜내기 위해 가라앉은 목소리로 바퍼드의 교회에서 즐겨 부르곤 했던 찬송가를 부르기 시작했다.

"주께서 낮 동안 자비를 베푸셨으니 이 밤엔 제가 주를 찬송할 것입니다."●

근처에 개미 새끼 한 마리 보이지 않아 부른 거였는데, 아마 껍질을 가슴에 안고 몸을 돌리자마자 누군가(머내시였다) 바로 귓전에서 말하는 소리가 들렸다.

"아직 아무 소리도 듣지 못했어? 말해봐, 로이스! 내 귀에 '로이스와 결혼해'라며 밤낮없이 외치는 소리를 넌 진짜 아직 듣지 못한 거야?"

로이스는 약간 겁이 났지만 용기를 짜내 분명하게 말했다.

"응, 들리지 않았어! 그리고 앞으로도 그럴 일 없을 거야."

"그렇담 더 기다려야겠군." 머내시는 스스로에게 다짐하듯

● 토머스 켄(1637~1711)이 작사한 찬송가의 일부.

거칠게 대답했다. "하지만 결국 복종하게 될 거야. 결국."

마침내 길고 어둡고 지루한 겨울이 끝날 조짐을 보였다. 교구민들은 태파우 목사에게 힘을 실어주는 게 옳은 일인지 다시 한번 토론을 벌였다. 이 사안은 전에도 한 번 거론된 적이 있었다. 그때 태파우 목사에게 유리한 결론이 나왔고, 부목사까지 지명된 후로 몇 달 동안은 모든 것이 순조롭게 흘러갔다. 그러다 태파우 목사 같은 상대적으로 젊은 축에 속하고 신실한 사람도 어쩌면 악한 열정을 품을지 모른다는 생각이 노장파들 사이에서 생겨났다. 어찌 되었든 양편이 빠르게 형성됐다. 더 젊고 열정적인 쪽은 놀런 목사 편에 섰고, 나이 들고 온건한 다수는 노회하고 독단적인 태파우 목사에게 붙었다. 태파우 목사는 결혼식을 주관했고, 아이들에게 세례를 주었으니 마을 사람들에겐 말 그대로 '교회의 기둥'이었다. 그래서 놀런 목사는 페이스 힉슨뿐 아니라 많은 사람의 마음을 송두리째 빼앗은 채 세일럼을 떠났다. 그리고 페이스는 그 후로 확실히 전과는 다른 사람이 됐다.

그러나 1691년 크리스마스 무렵, 나이 많은 신자 한두 명이 죽고 젊은 사람 몇 명이 세일럼에 정착했다. 태파우 목사는 나이가 들어감에 따라, 좋게 말해 더 현명해져서 새로운 시도를 많이 했고, 놀런 목사도 확실히 전보다 나아진 환경에서 다시 일해보고자 세일럼으로 돌아올 계획이었다. 로이스는 페이스를 위해 이 모든 절차에 깊은 관심을 가졌는데, 누가 보더라도 페이스보다 로이스가 더 신경 쓰는 것 같았다. 놀런 목사의 귀환에 관한 얘기가 오가는 동안에도 페이스는 물레질하는 손길을 쉬지 않았고, 낯빛을 바꾸거나 갑작스러운 관심으로 눈을 치켜뜨지도 않았다. 네이티는 마음씨 곱고 인정 많은 로이스 외에는 아무도 관심조차 가지지 않을 페이스의 무모한 사랑 이야기에 이상한 비유를 곁들인 즉흥곡을 만들어 부르곤 했다. 로이스는 이미 프루던스의 말에서 힌트를 얻은 다음이라 네이티의 노래가 아니더라도 페이스의 깊은 한숨과 슬픔의 까닭을 알고 있었다. 가끔 네이티는 냄새조차 섬뜩한 옹기 냄비를 내려다보며 인디언 언어와 어설픈 영어가 섞인 이상한 주문을 외기도 했다. 한번은 거실에서 이 냄새를 맡은 외숙모가 갑자기 감탄해마지않으며 말했다.

"네이티가 또 뭔가를 빌고 있군. 네이티가 없었다면 우리한테 여러모로 해가 미쳤을 거야."

그 순간 페이스가 전에 없이 빠른 동작으로 무슨 말인가를 하며 네이티의 노래를 멈추게 하더니 외숙모가 주방에 들어가지 못하도록 막아섰다. 그러고는 두 방 사이에 있는 문을 닫고 네이티에게 항의하기 시작했다. 밖에서는 무슨 말을 하는지 전혀 들리지 않았다. 페이스와 네이티는 이 집 가족 중 누구보다 더 잘 통하고 서로 아끼는 사이였다. 로이스는 가끔 페이스와 네이티의 비밀 대화에 자기가 공연히 끼어들어 방해하는 것 같다고 느끼곤 했다. 그러나 동시에 로이스는 페이스를 좋아했고, 페이스 역시 엄마나 오빠, 여동생보다 자신을 더 좋아한다고 생각했다. 엄마와 오빠는 페이스가 입 밖에 내지 않는 감정에 관해선 관심이 없었고, 프루던스는 언니의 비밀을 알아내 놀려먹는 데만 골몰했었으니까.

어느 날 페이스와 네이티는 따로 비밀스러운 대화를 속삭이고 있었고, 로이스는 재봉틀 앞에 혼자 앉아 있었다. 로이스는 자기만 암묵적으로 배제된 듯한 느낌을 받았다. 그때 바깥문이 열리며 목사 같은 분위기가 물씬 풍기는 키 크고 얼굴이 흰 청년이 들어왔다. 로이스는 자리에서 일어나 페이스를 대신해 환영의 의미로 미소를 지었다. 그 사람은 며칠 동안 모두의 입에 오르내리고, 로이스가 알기로도 전날 도착할 예정이었던 놀런 목사가 분명했기 때문이었다.

놀런 목사는 일면식도 없는 사람의 환대에 약간 놀란 듯했다. 그도 그럴 것이 심각하고 엄숙하고 융통성 없고 무거운 분위기라고만 느꼈던 그 집 구성원 중 영국인 아가씨가 있다는 소리는 듣지 못했고, 이전에는 한 번도 지금처럼 볼우물이 들어가는 미소 띤 얼굴로 오래 알고 지낸 사람을 순수한 마음으로 맞는 듯한 환영을 받아본 적이 없었기 때문이었다. 로이스는 젊은 목사와 사촌 중 누군가는 아직 제대로 알아보지 못했을 수도 있지만, 서로를 생각하는 두 사람의 마음이 크게 다르지 않으리라 생각하고는 얼른 목사에게 의자를 권한 뒤 페이스를 부르러 갔다.

"페이스!" 로이스는 숨까지 헐떡이며 밝은 목소리로 사촌을 불렀다. "누가 왔는지 맞혀봐……. 아, 아냐." 이런 식으로 장난을 치기에는 너무 중요한 일임을 깨닫고 로이스는 바로 고쳐 말했다. "놀린 목사가 거실에 와 있어. 외숙모와 머내시를 불러달라더라. 외숙모는 태파우 목사님 예배당에 기도드리러 가셨고, 머내시는 없어." 로이스는 페이스에게 시간을 주기 위해 계속 말을 이었다. 얼굴이 새하얗게 질린 페이스가 네이티만 바라보고 있었기 때문이었다. 네이티는 특유의 날카롭고 교활한 눈빛으로 득의양양한 표정을 짓고 있었다.

로이스가 페이스의 머리를 쓰다듬고는 차고 흰 뺨에 키스하며 말했다. "얼른 가. 안 그러면 목사님이 왜 아무도 나와보지 않는지 궁금해하다 자기가 온 걸 다들 싫어한다고 생각할지도 몰라." 페이스는 아무 말 없이 거실로 들어가 문을 닫아버렸다. 이제 네이티와 로이스 둘만 남았다. 로이스는 자신에게 행운이 닥친 것처럼 기뻤다. 머내시의 거칠고 일방적이며 끈질긴 구혼과 외숙모의 냉대와 혼자라는 외로움 때문에 두려움이 점점 커지고 있었는데, 이 일로 모두 잊히는 듯했고, 기뻐서 춤이라도 출 수 있을 것 같았다. 네이티가 크게 웃더니 키들대며 혼잣말했다. "늙은 인디언 여자에겐 거대한 수수께끼가 있지. 늙은 인디언 여자는 여기저기 불려 다녀. 가라면 가고, 오라면 오지. 그러나 늙은 인디언 여자는……." 이 부분에서 네이티는 표정을 싹 바꾸고 자세를 가다듬었다. "늙은 인디언 여자는 바라는 걸 불러내는 방법을 알지. 늙은 인디언 여자는 말 한마디 안 했고, 당연히 백인 남자도 아무것도 못 들었어. 그런데도 백인 남자가 왔잖아." 그렇게 중얼거렸다.

거실의 상황은 로이스가 상상했던 것과 완전히 다르게 돌아가고 있었다. 페이스는 눈을 내리깐 채 별말 없이 평소보다 더 가만히 앉아 있었다. 눈치가 빠른 사람이라면 페이스의 손이 미세하게 떨리고, 이따금 몸 전체가 씰룩거린다는 걸 알아챘을 것이다. 그러나 놀런 목사는 이것을 잘 포착해내지 못했다. 사실 목사는 놀라움과 당혹스러움에 빠져 있었다. 일단 자기에게 육욕이 있다는 데 놀랐다. 놀런 목사는 이곳에 처음 들어섰을 때 자신을 반겨 맞고는 금세 사라진 예쁘고 낯선 사람이 누구인지 궁금했다. 그리고 자신이 신앙심 깊은 목사가 아닌 욕정을 가진 사내임에 당혹스러워했다. 이것은 놀런 목사가 최근에 겪고 있는 딜레마이기도 했다. 세일럼에서는 예로부터 목사가 다른 사람들과 함께 어떤 가정을 방문하는 '모닝 콜' 때에 그 집 지붕 아래 깃들어 사는 가족의 영원한 행복을 위해 기도하는 것이 관례였다. 이제 이 기도에는 각자의 성격과 기쁨, 슬픔, 결핍, 주변에 있는 모든 사람의 결점까지 언급하도록 돼 있었다. 그래서 놀런 목사는 페이스와 단둘이 있으면서도 이 모든 내용을 포함해 처음 본 아가씨의 성격으로 추측되는 것까지 빼놓지 않고 기도해야 했다. 기도는 자연스럽지 않았고, 목사는 더듬더듬 어색하게 기도를 마처야 했다. 놀런 목사는 지금 느끼는 감정이 놀라움인지 당혹스러움인지 몰라 잠시 우물쭈물하다가 갑자기 용기를 내 여느 때처럼 또 한 번 기도를 제안하고, 가족을 모두 불러오게 함으로써 난관을 극복했다. 로이스는 다소곳하고 예의 바르게 걸어왔고, 네이티는 아무것도 모르는 척 웃음기 하나 없는 냉정하고 무뚝뚝한 태도로 와서 섰다. 놀런 목사는 각자의 생각에 빠져 있는 세 사람을 불러 세운 뒤 가운데 무릎을 꿇었다. 여기에서는 비록 감정을 숨기고 있지만 놀런 목사는 선량하고 신앙심 깊은 사람이었고, 나중에 재판에 회부됐을 때도 용감하게 자기 역할을 했다. 그리고 놀런 목사가 극심한 박해를 당하기 전까지는 모든 젊은이가 그에게 인간적인 환상을 품곤 했는데, 오늘날의 우리는 그런 환상이 결코 죄가 아님을 알고 있다. 이제 목사는 자신이 영적으로 시험에 들었다고 느끼면서도 기도를 듣는 사람 모두가 자신을 위해 축원해주고 있다고 느낄 수 있도록 성심성의껏 기도했다. 네이티조차 기도문 중에서 자기가 알고 있는 몇 문장을(명사와 동사가 제대로 맞지 않았지만) 열심히 웅얼거렸다. 그만큼 평소와는 다른 신앙심이 생겨날 것 같은 분위기였다. 로이스 역시 태파우 목사의 특별 기도로는 느낄 수 없었던 위로와 힘을 받고는 자리에서 일어났다. 그러나 페이스는 거의 발작을 일으킬 정도로 크게 흐느낄 뿐 일어날 생각을 하지 않았고, 긴 나무 의자 위에 팔을 쭉 뻗고는 몸을 기댔다. 로이스와 놀런 목사가 잠시 서로를 마주 보았다. 그때 로이스가 말했다.

"목사님, 이제 가시는 게 좋겠습니다. 페이스가 한동안 몸이 좋지 않았는데 오늘 너무 기운을 많이 쓴 것 같아요. 안정을 취하는 게 좋겠어요."

놀런 목사는 고개 숙여 인사하고는 집을 떠났지만, 잠시 후 다시 돌아왔다. 안으로 들어오지 않고 반쯤 문을 연 채로 서서 말했다.

"뭘 하나 물어보고 싶어 돌아왔습니다. 혹시 오늘 밤에 힉슨 양이 어떤지 여쭤보러 다시 와도 될까요?"

그때 페이스는 조금 전보다 더 크게 울고 있어서 이 말을 듣지 못했다.

"로이스, 목사님을 왜 내보냈어? 내가 좀 더 적극적이어야 했어. 얼마 만에 본 거였는데."

페이스가 얼굴을 가린 채 말해서 로이스는 정확히 알아들을 수 없었다. 로이스는 방금 한 말을 다시 물어보기 위해 페이스가 엎드려 있는 나무 의자 옆으로 고개를 숙였다. 그러나 순간 질투심에 눈이 먼 페이스가 로이스를 힘껏 밀었고, 로이스는 딱딱하고 뾰족한 나무 의자의 모서리에 부딪혔다. 로이스의 눈에 금세 눈물이 차올랐다. 뺨에 멍이 든 것보다 항상 다정하고 따뜻하게 대했던 사촌에게 이런 대접을 받은 것이 놀랍고 속상해서 아이처럼 화가 났다. 그러나 놀런 목사의 기도가 여전히 귓전을 맴돌았고, 귀한 말씀을 가슴에 새기지 못

하는 자신이 부끄러웠다. 로이스는 다시 용기를 내 페이스를 안기 위해 몸을 굽히려다 조용히 옆에 서서 기다렸다. 그러다 밖에서 들리는 발소리에 페이스가 벌떡 일어나 주방으로 뛰어 들어가버렸고, 로이스 혼자 남았다. 그때 누군가 안으로 들어섰다. 사냥에서 막 돌아온 머내시였다. 그는 이웃 청년들과 어울리느라 이틀 동안 집을 비웠었다. 은둔을 일삼는 머내시를 밖으로 불러낼 수 있는 일은 사냥뿐이었다. 머내시는 로이스가 혼자 있는 것을 보자마자 문간에서 발걸음을 멈췄다. 로이스는 최근 어떻게든 머내시를 피하고 있었다.

"어머니는 어딨어?"

"태파우 목사님의 기도 모임에 가셨어. 프루던스도 데리고. 페이스는 여기 있다 좀 전에 나갔는데, 내가 불러올게." 로이스가 주방으로 가려고 하자 머내시가 로이스를 가로막았다.

"로이스, 나 더는 못 기다려. 계시가 더 분명해졌고, 내 시야는 점점 맑아지고 있어. 어젯밤만 해도 숲에서 캠핑을 하는데 꿈인 듯 생시인 듯 환영이 보였어. 환영 속 영혼이 너한테 드레스 두 벌을 내밀었어. 하나는 신부를 상징하는 흰색이었고, 다른 하나는 검은색과 빨간색이 섞인 거였어. 그건 무참한 죽음을 의미하는 거야. 네가 검은색과 빨간색으로 된 걸 고르니 영혼이 내게 말했어. '이리 와봐!' 그래서 나는 시키는 대로 그리로 갔지. 넌 그 목소리를 귀 기울여 듣고도 내 아내가 되지 않으려 했고, 정해진 운명대로 내 손으로 직접 검은색과 빨간색이 섞인 옷을 네게 입혔어. 네가 시체가 된 지 사흘째 됐을 때 그 드레스가 땅에 떨어졌어. 자, 로이스, 이제 제대로 들어! 내 사촌 로이스, 난 환영으로 이미 봤어. 내 영혼은 네게 정착했어. 난 널 흔쾌히 받아들일 거야."

머내시는 격정적일 정도로 진심이었다. 그의 표현대로 그게 계시든 뭐든 완전히 그걸 믿었고, 이 믿음은 로이스에 내한 맹목적인 사랑으로 나타났다. 이번만큼은 로이스도 머내시의 진심을 느꼈고, 방금 페이스한테서 느꼈던 거부감과는 확실히 달랐다. 머내시가 평소처럼 거칠지만 애처롭고 아련한 느낌으로 로이스의 손을 잡았다.

"그 목소리가 내게 말했어. '로이스와 결혼해!'라고." 로이스는 처음 머내시가 결혼에 관해 얘기를 꺼낸 이후로 여러 번 거절 의사를 밝혔지만, 이번만큼은 그 어느 때보다 더 논리적으로 머내시를 설득해야겠다고 마음먹고 있었다. 그때 외숙모와 프루던스가 복도를 거쳐 방으로 들어왔다. 기도를 마치고 뒷길로 돌아 들어오는 바람에 둘은 그들이 다가오는 소리를 듣지 못했다.

머내시는 몸을 움직이지도 뒤를 돌아보지도 않았다. 자기가 한 말의 효과를 확인하려는 듯 로이스만 뚫어져라 쳐다보았다. 외숙모가 얼른 옆으로 와서 튼튼한 오른팔을 들어 머내시와 로이스가 맞잡은 손을 후려쳤다.

"이거 무슨 의미지?" 외숙모는 움푹 들어간 눈으로 노기를 뿜으며 자기 아들이 아닌 로이스에게 따지고 들었다.

로이스는 머내시가 대답해주기를 기다렸다. 불과 몇 분 전까지 머내시는 이 문제에 관한 한 최근 그 어느 때보다 더 부드럽고 덜 위협적이었으므로 그를 화나게 하고 싶지 않았다. 그러나 머내시는 아무 말이 없었고, 외숙모는 화를 내며 대답을 기다리고 있었다.

로이스는 생각했다. '어쨌든 외숙모가 얘기를 꺼냈을 때라면 머내시의 마음을 돌릴 수 있을 거야.'

"머내시가 저와 결혼하고 싶어 해요." 로이스가 말했다.

"너!" 외숙모는 몹시 경멸하듯 로이스 쪽으로 주먹을 휘둘렀다. 그러자 드디어 머내시가 나섰다.

"네! 그건 운명이에요. 계시를 받았어요. 영혼이 로이스를 제 아내로 보내주었어요."

"영혼! 그럼 악의 영혼이겠지! 선한 영혼이라면 이곳 출신의 믿음 좋은 아가씨를 네게 골라줬을 거야. 이 애 같은 이방인에다 주교제를 옹호하는 여자애 말고. 로이스, 우리가 널 거둬주고 먹여줬더니 이렇게 멋지게 갚는구나!"

"외숙모, 사실 저도 거절할 만큼 거절했어요. 제가 자기 사람이 될 수 없다는 걸 알려주려고 할 수 있는 건 다 했어요. 머내시도 알아요. 심지어 그 이야기까지 했어요." 로이스는 얼굴이 붉어졌지만 한 번에 모든 말을 다 해야겠다고 결심했다. "전 우리 고향 마을에 결혼을 약속한 거나 다름없는 남자가 있어요. 그게 아니어도 지금 결혼할 마음이 없어요."

"차라리 개종이나 부활을 바라지! 어떻게 아가씨 입으로 결혼이라는 꼴사나운 말을 해. 머내시에게는 내가 따로 잘 알아듣게 이야기할 거다. 하여간 네가 사실을 말한 거라면, 부디 쟤앞길에 걸리적거리지 마라. 너 요즘 너무 자주 선을 넘더라."

로이스는 부당한 비난에 속이 부글부글 끓었다. 그동안 자기가 머내시를 얼마나 두려워하고 피했는데 이런 말을 듣다니. 로이스는 외숙모의 말이 사실이 아니라는 걸 증명해달라고 요구하듯 머내시를 쳐다보았다. 그러나 머내시는 여전히 자기주장만 했다.

"어머니, 들어보세요! 로이스와 결혼하지 않으면 쟤와 나는 둘 다 1년 안에 죽어요. 전 별로 살고 싶은 마음이 없어요. 어머니도 아시다시피 이전에 저 죽으려 했었잖아요." 이 부분에서 외숙모는 몸서리를 치더니 잠시 과거의 끔찍했던 기억을 되새기느라 감정을 억눌렀다. "하지만 로이스를 아내로 맞게되면 전 살 수 있어요. 그리고 로이스도 다른 것들 때문에 해를 입지 않을 거고요. 그런 계시가 날마다 제게 더 선명해져요. 그런데 제가 과연 선택받을 수 있을지 알고 싶어 하는 순간 모든 게 어두워져버려요. 자유의지와 선지식의 수수께끼는 신이 아니라 사탄이 고안해낸 건가봐요."

"맙소사, 아들아! 사탄은 지금도 신도들 사이에서 활개를 치고 있어. 어쨌든 그런 낡고 골치 아픈 문제는 그만 생각해!

다시 조바심을 내기보다는 차라리 로이스를 아내로 삼아버리는 게 낫겠다. 나는 전혀 마음에 들지 않는다만."

"안 돼, 머내시. 난 널 사촌으로는 좋아하지만 네 아내가 될 순 없어. 외숙모, 머내시의 마음을 돌리기가 저 정도로 쉽지 않아요. 좀 전에도 말했지만 전 결혼한다면 영국에서 결혼을 약속한 사람과 할 거예요."

"떽, 그런 소리 마라! 내가 죽은 남편을 대신해 네 후견인을 맡고 있다. 넌 네가 대단해서 널 꽉 붙잡으려 한다고 생각할지 모르겠다만, 그건 아니다. 네가 가치 있는 게 아니라 쟤 마음이 또 어수선해지면 그때 널 머내시의 약으로 쓸 수 있을까 해서 놔두려는 거야. 안 그래도 그런 조짐이 있어서."

이 말에 그간 이해할 수 없었던 머내시의 태도가 상당 부분 설명되는 듯했다. 만약 로이스가 현대의 의사 같은 사람이었다면, 사촌 자매들에게도 비슷한 기질이 있다는 사실을 알아챘을 것이다. 프루던스는 장난을 치다가도 터무니없이 기뻐하는 등 다른 사람보다 감정의 변화가 조금 부자연스러웠고, 페이스는 짝사랑의 열병을 지나치게 심하게 앓았으니까. 그러나 눈치 빠른 로이스도 아직 전혀 모르는 게 있었으니 놀런 목사에 대한 페이스의 애정은 응답을 받기는커녕 상대에게 가닿지도 않았다는 사실이었다.

사실 놀런 목사는 자주 그 집에 와서 가족들과 오래 시간을 보냈지만 페이스를 특별히 더 주목하지는 않았다. 로이스는 이걸 눈치챘고 안타까워했다. 네이티도 그걸 알고 분개했다. 페이스는 한참 후에야 서서히 알아챘고, 로이스 대신 네이티에게서 공감과 위로를 얻었다.

"목사님은 날 좋아하지 않아. 내 몸 전체를 로이스의 새끼손가락만큼도 좋아하지 않는 것 같아." 페이스가 질투로 고통스러워하며 칭얼거리듯 말했다.

"조용히, 조용히, 초원의 작은 새! 늙은 새가 이끼와 깃털을 다 가지고 있는데 작은 새가 어떻게 둥지를 지을 수 있겠어요? 이럴 때 인디언들은 늙은 새를 멀리 날려 보낼 방법을 찾을 때까지 기다리지요." 네이티는 이런 수상한 위로를 페이스에게 건네곤 했다.

외숙모는 머내시의 이상한 행동이 로이스에게 심한 고통을 주지 않도록 머내시를 각별히 살폈다. 그러나 머내시는 가끔 외숙모의 감시에서 벗어났고, 기회가 생길 때마다 로이스를 찾아가 결혼하자며 여전히 애원했다. 로이스에게 사랑을 맹세할 때도 있었지만, 그보다는 계시와 끔찍한 미래를 예언했다는 그 목소리에 관해 열변을 토할 때가 더 많았다.

우리는 이제 힉슨 가족의 좁은 울타리 너머 세일럼에서 벌어진 사건들을 다뤄야 하지만, 그 사건에서 일부를 담당한 사람들의 미래에 영향을 미치는 점들만 간단하게 이야기하고 지나갈까 한다. 세일럼 마을에서는 이 이야기가 시작되기 이전, 지혜롭고 건전한 조언을 해주던 덕망 있는 지도층이 순식간에 거의 다 죽어버렸다. 원시적이고 작은 공동체의 우두머리들이 서둘러 차례차례 무덤으로 가다시피 했으므로 사람들은 아직도 충격에서 제대로 헤어나지 못하고 있었다. 그들은 아버지로서 사랑받았고, 판관으로서 존경받았다. 그들을 잃고 나서 나타난 첫 번째 부작용은 태퍼우 목사와 놀런 목사 사이에 일어난 거센 알력이었다. 그 일의 상처는 곧 아물었지만 놀런 목사가 세일럼에 돌아온 지 몇 주 지나지 않아 다시 갈등이 불거졌고, 그때까지 우정이나 친족 관계로 결속돼 있던 사람들 사이에 균열이 생겼다. 힉슨 가족에게도 곧 이런 조짐이 나타났다. 그레이스 힉슨은 나이 많은 목사의 더 비관적인 교리를 열렬히 신봉했는가 하면, 힘은 없지만 열정적인 페이스는 놀런 목사의 옹호자였다. 머내시는 점점 자신만의 환상에 빠져 예언의 능력을 신봉하다보니 밖에서 일어나는 일에는 상대적으로 무관심했고, 그의 환영을 실현하거나 심신의 건강을 위해 오랫동안 숙고했던 교리에 대해서도 설명하지 않았다. 한편 프루던스는 사람들이 가장 이의를 제기할 만한 견해를 옹호함으로써 모두를 화나게 했고, 자기가 하는 말이 어떤 결과를 가져올지 의식도 하지 않은 채 소문을 전혀 믿지 않거나 소문을 듣고 분개할 것 같은 사람을 골라 시시콜콜한 소문들을 전했다. 신도들 사이의 분열은 주 의회에까지 이어졌고, 각 파벌에서는 상대편 목사와 그를 지지하는 쪽이 투쟁에서 패배하리라 기대했다.

마을이 전반적으로 이런 상황이던 2월 말의 어느 날, 그레이스 힉슨은 태파우 목사의 집에서 열린 주간 기도회를 마치고 돌아왔다. 보통 때도 그렇지만 이날은 더욱 흥분한 모습이었다. 그레이스는 집에 들어오자마자 자리를 잡고 앉아 몸을 앞뒤로 흔들며 기도했다. 페이스와 로이스는 이 뜻밖의 행동에 놀라 물레질을 멈추고 잠시 할 말을 잃은 채 그레이스를 바라보았다. 이윽고 페이스가 일어나 말했다.

"어머니, 왜 그러세요? 무슨 안 좋은 일이라도 있었어요?"

그레이스의 강인하고 완고해 보이는 얼굴이 새파랗게 질렸고, 공포에 질린 눈에서 굵은 눈물방울이 뺨으로 흘러내렸다.

그레이스는 편하고 익숙한 삶의 감각을 되찾기 위해 힘겹게 노력한 끝에 겨우 정신이 돌아온 듯 어렴사리 입을 열었다.

"악마야, 악마! 딸들아, 사탄이 우리 가까이에 와 있단다. 좀 전에 사탄이 순진한 아이 둘을 괴롭히는 걸 봤어. 고대 유대•에서 사탄이 그곳 사람들을 힘들게 했던 것처럼 말이야. 헤스터와 애비게일 태파우가 사탄과 그의 추종자들 때문에 몸을 뒤틀며 경련을 일으켰어. 차마 생각도 하기 싫을 만큼 끔찍하더라. 아버지인 신실한 태파우 목사가 간곡히 기도를 드리기 시작하자 애들이 들짐승처럼 울부짖었어. 사탄이 우리 가운데 활개를 치고 있는 게 분명해. 애들은 사탄이 우리

• 고대 팔레스타인 남부에 있던 유대인의 왕국.

틈에 있는 것처럼 계속 우리를 향해 소리를 질러댔어. 애비게일은 흑인으로 가장한 사탄이 내 바로 뒤에 서 있다고 외치더구나. 그 소리에 돌아보니 실제로 그림자 비슷한 게 있다가 사라졌어. 온몸에 식은땀이 흐르더라. 사탄이 지금도 어디에 있을지 모른다. 페이스, 짚으로 문틈을 막아라."

"사탄이 벌써 들어와 있다면, 짚으로 막으면 오히려 나가기 힘들지 않을까요?" 프루던스가 물었다.

그레이스는 그 질문을 못 들었는지 계속 몸을 떨며 기도하다가 다시 말을 이었다.

"태파우 대목사 말이, 어젯밤에 마치 덩치 큰 사람이 강한 힘에 의해 질질 끌려오는 듯한 소리가 들리더란다. 그게 목사님 침실 문에 부딪혔는데, 목사님이 그때 열정적이고 큰 목소리로 기도하지 않았다면 안까지 들어왔을 거라더라. 목사님의 기도를 듣고 그게 비명을 지르는데, 머리카락이 다 곤두서더란다. 오늘 아침에 확인해보니 집에 있는 그릇들이 다 깨진 채 부엌 바닥에 쌓여 있었다는구나. 그리고 목사님이 아침 식사 기도를 시작하자마자 애비게일과 헤스터가 마치 누군가 꼬집기라도 한 듯 울음을 터뜨리더란다. 주여, 우리 모두에게 은총을 내리소서! 사탄이 활개를 치고 있는 게 분명해."

"바퍼드에서 들었던 이야기들과 비슷한 것 같아요." 로이스가 공포로 숨을 헐떡이며 말했다.

페이스는 덜 놀란 것 같아 보였는데, 태파우 목사가 너무 미워서 목사나 목사 가족에게 닥친 불운을 안타까워할 여지가 없었다.

저녁 무렵 놀런 목사가 왔다. 평소 태파우 목사에게 마음이 기울어 있던 그레이스 힉슨은 그동안에도 놀런 목사의 방문을 가까스로 견뎌내며 겨우 말을 섞는 정도였고, 이런저런 생각에 골몰하느라 자신의 가장 큰 미덕 중 하나인 환대를 해주지 못했다. 그러나 오늘은 세일럼에 새로운 공포가 발생했다는 걸 알게 되기도 했고, 사탄에 맞서는 교회 수비대(혹은 청교도가 교회 수비대와 같다고 여기는 조직)의 일원이기도 한 놀런 목사가 나타나자 평소와 달리 반색하며 그를 반겼다.

놀런 목사는 그날 일어난 일에 기가 눌린 것 같았다. 처음에는 가만히 앉아 곰곰이 생각할 수 있다는 것만으로도 다행이라 여기는 듯했지만, 그 집 사람들이 무슨 말이라도 해주기를 간절히 기다리자 비로소 입을 열었다.

"오늘 같은 날이 다시는 없기를 기도합니다. 우리 주 예수 그리스도가 돼지 떼에게서 쫓아낸 악마들이● 다시 이 땅에 들어오게 된 것 같습니다. 비록 우리에게 고통을 주는 길 잃은 영혼일 뿐이겠지만, 우리가 신의 백성으로 여겼던 사람 중

● 〈마태복음〉 8장 32절, "예수께서 '가라' 하고 명령하시자 마귀들은 나와서 돼지들 속으로 들어갔다. 그러자 돼지 떼는 온통 비탈을 내리 달려 바다에 떨어져 물속에 빠져 죽었다" 참조.

누군가가 잠시 다른 사람들을 괴롭힐 사악한 힘을 얻기 위해 사탄에게 영혼을 팔았을까봐 두렵습니다. 오늘 엘더 셰링엄은 가족이 교회에 올 때 몰고 오던 명마를 잃었습니다."

로이스가 말했다. "말이 그냥 아파서 죽은 걸 수도 있잖아요."

"그렇습니다. 하지만 엘더 셰링엄이 말을 잃은 슬픔에 잠겨 집에 들어갔는데 쥐 한 마리가 튀어나오는 바람에 놀라 쓰러질 뻔한 일까지 있었습니다. 이전에는 그런 일이 한 번도 없었거든요. 그리고 엘더가 신발을 벗어 쥐를 내리쳤더니 쥐가 고통을 당한 인간처럼 울고는 화염과 연기에 아랑곳하지 않고 곧바로 굴뚝 위로 올라가버렸습니다."

귀를 쫑긋 세운 채 이야기를 듣던 머내시는 이야기가 끝나자 가슴을 세게 치고는 악령의 힘으로부터 구제해달라며 큰 소리로 기도했다. 이제 인근에서 가장 용감하고 대담한 사냥꾼인 머내시는 저녁 내내 틈날 때마다 극도의 공포를 온몸으로 표현해가며 기도하고 또 기도했다. 가족 모두가 집안일은 엄두도 못 내고 공포에 떨었다. 페이스와 로이스는 반목하기 전처럼 서로 팔짱을 끼고 바짝 붙어 앉아 있었다. 프루던스는 어머니와 목사가 증언한 생명체가 어떤 식으로 사람들을 괴롭혔는지 불안한 목소리로 계속 질문해댔다. 그레이스가 놀런 목사에게 가족을 위해 기도해달라고 간청하자 목사는 이 집에서는 부디 용서받지 못할 죄, 즉 마법의 죄를 저지르는 사람이 아무도 없기를 열정적으로 기원해주었다.

제3부

  우리는 '마법의 죄'에 관한 책을 읽고 상상하는 것만으로 감히 그것이 만들어내는 공포를 실감하지 못한다. 다만 온갖 충동적이거나 익숙하지 않은 행동, 모든 사소한 신경병, 갖 가지 통증과 고통이 만연했는데, 이런 증상은 주변 사람들의 눈에만 발견되는 게 아니라 그걸 직접 겪거나 다른 사람에게 겪도록 만드는 사람 자신도 자각할 수 있었다. 그 또는 그녀(성인 여성 또는 여자아이가 가장 흔한 대상이었다)는 특이한 음식을 먹고 싶어 했고(별난 행동 등을 했을 수도 있다), 손을 부들부들 떨었으며, 발을 움직이지 못하거나 다리에 쥐가 났다. 이 런 양상을 보이는 사람들은 당장 무시무시한 질문을 떠올렸다. '내 신심이 부족해 정체 모를 악마에게 고통받는 것도 싫은데, 악마가 더 큰 힘으로 내 영혼을 침범해 나로 하여금 혐오스러운 범죄를 저지르게 하면 어쩌지?' 처음에는 무슨 일이 일어날 것 같다는 생각에 그저 두렵기만 했지만, 점점 상상력은 변질되었다. 공포심은 가장 사랑하는 사람까지 피하게 했고, 누가 그런 일을 겪을지 모른다는 점에서 더욱 사람들을 두렵게 했다. 친구나 다름없는 오빠나 언니가 가장 무시무시한 악령과 한통속이 돼 불가사의하고 치명적인 힘을 발휘할지도 모르는 일이었다. 그런 경우, 한때는 사랑받았지만 이제는 사악하고 타락한 영혼이 깃든 세속의 몸을 포기하는 것이 신성한 의무로 여겨졌다. 하지만 죽음이 두려워서 허위자백과 회개를 하기도 했다. 그러면 마녀라는 악한 생명체는 어떻게 세상 밖으로 나와 온갖 방식으로 인간을 고문하고 부패하게 만들었을까. 마녀와 마법에 공포를 느끼는 더 무지하지만 단순한 사람들은 이참에 자신을 어떤 식으로든 불쾌하게 만든 사람들에게 의식적이든 무의식적이든 복수하고 싶은 욕망을 갖게 됐다. 증거가 초자연적인 성격을 띠면 그릇됨을 입증할 방법이 없었다. 그래서 이런 논쟁이 생겼다. '네겐 자연적인 힘밖에 없지만, 내겐 초자연적인 힘이 있어. 넌 마법에 의해 벌어진 범죄를 비난함으로써 초자연적인 것이 존재한다고 인정한 거나 다름없어. 넌 자연적인 힘의 한계를 알지 못하는데 어떻게 초자연의 정의를 내릴 수 있지? 이를테면 내 몸은 한밤중에 조용히 누워 깊은 잠에 빠져 있지만, 내 머릿속에 든 사탄은 의식이 철저히 깨어 있는 상태로 마녀와 마법사와 회합을 벌이고 있어. 내 영혼은 사탄을 자기 왕으로 인식하지 못한 채 그런 행동을 목격하기 때문에 나는 내 몸속에 있는 그들에게 고문당하는 거야. 겉모습은 침대에서 조용히 잠든 나 자신과 흡사하지만, 나는 모르는 거지. 마법의 가능성을 인정하면 내 증거를 부인할 수 없을 거야.' 마법을 목격하는 사람은 그 사실을 믿거나 믿지 않음에 따라 증거를 옳게 혹은 그르게 제시할 수 있었다. 그러나 거기에 복수라는 어마어마하게 무서운 힘이 더해진다는 걸 알아야 했다. 복수심이 끔찍한 공포를 더 널리 퍼뜨리는 데 일조했다. 죽음이 두려운 사람들은 용서를 약속받고는 자신에게 덧씌워진 상상의 혐의를 실제로 저질렀다고 자백해버렸다. 그런가 하면 몇몇 겁 많고 유약한 사람은 자신이 나쁜 짓을 저질렀다고 상상함으로써 스스로 유죄임을 믿기도 했다.

로이스는 페이스와 함께 물레를 돌리고 있었다. 둘 다 항간의 소문을 마음속으로 되뇌느라 말이 없었다. 이윽고 로이스가 먼저 말을 꺼냈다.

"페이스, 이 나라는 마녀 색출자인 매슈 홉킨스 장군 시대의 영국보다 훨씬 더 상황이 안 좋아. 난 모든 사람이 무서워지고 있어. 어느 땐 네이티도 무서워!"

페이스가 약간 창백해진 얼굴로 물었다.

"왜? 뭐 때문에 네이티를 믿지 못하는 거야?"

"내 안에서 그런 공포가 생기면 스스로 몹시 부끄러워. 하지만 너도 알겠지만, 처음 여기 왔을 때 내 눈에는 네이티의 얼굴색이나 생김새가 좀 낯설었어. 그리고 네이티는 세례도 받지 않았고, 사람들이 얘기하는 인디언 마법사와도 관련이 있는 것 같아서 말이야. 난 가끔 네이티가 불에 어떤 물질을 섞어 넣는지, 혼자 중얼거리는 주문이 무슨 뜻인지 궁금할 때가 있어. 한번은 어두울 때 태파우 목사님 집 바로 옆에서 네이티가 목사님의 하인인 호타와 함께 있는 걸 봤거든. 마침 목사님 집에서 그 난리가 났다는 소문이 돌기 바로 직전이어서 네이티도 그 일에 관계있지 않을까 의심스러웠어."

페이스는 생각에 잠긴 듯 미동도 없이 앉아 있더니 마침내 이렇게 말했다.

"설사 네이티에게 너나 내가 가진 것 이상의 힘이 있대도 나쁜 데 쓰지는 못할 거야. 네이티는 적어도 자기가 좋아하는 상대에게 악한 짓을 할 사람은 아니야."

"그렇담 다행이지만, 그래도 조금은 걱정돼. 네이티에게 보통 이상의 힘이 있다면, 내가 네이티에게 나쁜 짓을 하지 않았어도, 아니 네이티가 내게 나쁜 감정을 가질 이유가 없다 해도 난 무서워. 하지만 그런 힘은 오직 나쁜 무리한테서 받는 거니까 네이티가 자기를 공격하는 사람들에게만 그 힘을 쓴다면 네 말이 증명되겠지."

"왜 그러지 않을 거라고 생각해?" 페이스가 눈을 치켜뜨고는 로이스에게 맹렬한 눈빛을 쏘아댔다.

로이스는 페이스의 시선을 피하며 말했다. "우린 악의를 가지고 우리를 이용하는 사람들을 위해 기도하고, 우리를 박해하는 사람들에게 도움이 되게 하라고 배웠어. 그러나 네이티는 세례를 받지 않았잖아. 나라면 네이티가 놀던 목사에게 세례를 받도록 할 것 같아. 그러면 네이티가 사탄의 유혹에서 벗어날 수 있을 테니까."

페이스가 약간 깔보듯 되물었다. "넌 유혹에 넘어간 적 없어? 너도 세례를 제대로 받지는 않은 것 같은데 말이야."

"맞아. 난 자주 몹시 나쁜 짓을 해. 그러나 성령을 보지 않았다면 더 나쁜 짓을 했을지도 몰라." 로이스가 슬픈 목소리로 대답했다.

둘은 잠시 또 말이 없었다.

페이스가 말했다. "로이스, 전혀 악의 없이 묻는 말인데, 넌 생생한 축복이 내일이라도 당장 내리기를 바라는 마음으로 목사님들의 모호하고 막연한 말들에 현혹되어 미래를 모두 포기하는 것 같지 않니? 난 천국으로 가는 불확실한 기회를 기꺼이 포기할 수 있는 지금의 행복도 있다고 생각해."

"페이스, 페이스!" 로이스가 겁에 질려 페이스의 입을 가로막은 뒤 주위를 둘러보며 울부짖었다. "쉿! 누가 듣고 있을지 몰라. 그런 말 하다간 사탄의 손아귀에 들어가게 될지도 모른다고."

그러나 페이스는 로이스의 손을 옆으로 밀어내고는 말했다. "로이스, 난 하늘을 믿는 것만큼 사탄도 믿어. 둘 다 존재하겠지. 그러나 둘 다 너무 멀리 있어서 설명할 수 없어. 태퍼우 목사의 집에서 벌어진 이 모든 소동 때문에 왜 내가 살아 있는 사람에게 할 말을 못 해야 해. 난 너한테 비밀을 말해줄 거야."

"안 돼!" 겁에 질린 로이스가 말했다. "비밀이 뭐든 난 안 들을래. 페이스, 내가 널 위해 할 수 있는 걸 다 할게. 어떤 식으로든. 그러나 지금은 경건하고 소박하고 엄격한 범위 안에서 내 삶과 생각을 유지해갈 거야. 난 숨겨진 비밀에 뭘 거는 게 두려워."

"겁 많은 쫄보 같으니. 네가 내 말을 들으면 두려움이 완전히 사라지지는 않더라도 덜 무서웠을지 모르는데 안타깝네." 로이스는 페이스를 다른 주제로 끌고 가려 은근슬쩍 노력했지만, 페이스는 그 이상 한마디도 하지 않았다.

마법에 관한 소문은 언덕 사이에 울려 퍼지는 천둥의 메아리 같았다. 문제의 사건은 태퍼우 목사의 집에서 일어났다. 목사의 어린 두 딸이 맨 먼저 마법에 걸린 것으로 추정됐다. 그러나 그건 시작일 뿐이었다. 마을 여기저기에서 마법 때문에 고통받는 사람들이 속출했다. 피해자로 추정되는 사람이 없는 집은 거의 없었다. 많은 가정에서 복수하겠다는 위협의 소리가 터져 나왔다. 희생자를 만들어낸 고통에 대한 공포와 수수께끼로 분노는 기세가 꺾이지 않고 깊어졌다.

마침내 태퍼우 목사는 단식과 기도를 엄수한 뒤 인근에 사는 목사들과 신자들을 자신의 집으로 초대해 함께 엄숙한 종교의식을 드려 두 딸뿐만 아니라 비슷한 고통을 받는 사람들을 구제하기로 했다. 그러자 세일럼 사람들 모두가 목사의 집으로 몰려들었다. 모두의 얼굴에 흥분한 기색이 역력했다. 대개 공포와 간절함이 서린 표정이었지만, 무슨 일이 생기면 바로 잔인하게 돌변할 게 뻔해 보였다.

기도 중에 목사의 막내딸 헤스터 태파우가 경련을 일으켰다. 연거푸 발작을 일으키며 내지르는 비명이 울고불고 악쓰는 신자들의 소리에 섞였다. 잠시 후 발작이 멈추고 헤스터의 증상이 조금 누그러졌다. 주위에 있던 사람들도 어느새 지쳐서 숨을 헐떡이고 있을 때, 태파우 목사가 헤스터를 향해 오른손을 들어 올려 성부와 성자와 성신의 이름으로 딸에게 고통을 주는 사람이 누구인지 말하라고 명령했다. 죽음과 같은 정적이 흘렀다. 그 자리에 모인 수백 명 중에서 누구 하나 옴짝달싹하지 않았다. 헤스터가 마지못해 겨우 몸을 돌려 인디언 하녀인 호타의 이름을 웅얼거렸다. 호타도 다른 사람들만큼 이 일에 커다란 관심을 가지고 그 자리에 와 있었다. 사실 호타는 헤스터에게 민간요법을 해주는 데만 정신이 팔려 있었다. 그러다 주변에 있는 모든 사람이 비난하고 경멸하는 투로 자기 이름을 외치자 겁에 질려 꼼짝도 하지 못한 채 가만히 서 있었다. 사람들은 당황한 나머지 죄가 없는데도 죄를 지은 것처럼 창백한 얼굴로 와들와들 떨고 있는 호타에게 금방이라도 달려들어 사지를 찢어놓을 듯한 기세였다. 그러나 낯빛이 어둡고 수척해진 태파우 목사가 최대한 몸을 곧게 펴고는 사람들에게 진정하고 뒤로 물러나라는 신호를 보냈다. 그러고는 즉각적인 응징은 정당하거나 신중한 처벌이 아니니 판결이나 자백의 기회를 줘보자고 사람들을 설득했다. 목사는 만약 호타가 자백한다면, 호타를 마녀로 지목한 헤스터의 고통이 조금 나아지리라 기대했다. 사람들은 호타를 공권력의 영역으로 넘기기 전에 우선 태파우 목사와 그의 형제 목사들에게 맡겨 사탄과 맞서 싸우도록 해야 한다고 했다. 태파우 목사의 말에는 설득력이 있었다. 두렵고 이해하기 힘든 고통에 노출된 자식들을 지켜보며 자기 아이들뿐 아니라 모든 사람을 고통에서 해방시켜줄 열쇠가 자신의 손에 달려 있다고 믿는 아버지의 진심에서 우러난 말이기 때문이었다. 신도들은 만족하지 못하면서도 목사의 길고 열정적인 기도를 들었다. 그사이 불행한 호타는 기도가 은혜로운 구세주의 말씀으로 끝나가고 있는데도 얼른 풀려나 먹잇감으로 돌진하기를 기다리는 블러드하운드처럼 자신을 노려보는 두 남자에게 포박과 감시를 당하고 있었다.

이 광경을 지켜보던 로이스는 속이 울렁거리고 몸이 떨렸다. 사람들의 어리석은 행동과 미신을 이해할 수 없었고, 죄지은 사람에게 보이는 엄청난 증오와 혐오가 무서웠다. 로이스는 창백한 얼굴로 눈을 내리깔고서 외숙모와 사촌들을 따라 밖으로 나갔다. 그레이스 힉슨은 죄지은 자를 찾아냈다는 승리감에 크게 안도하며 집으로 향했다. 머내시는 이 모든 과정을 예언의 실현으로 받아들였고, 프루던스는 처음 본 신기한 장면에 흥분해서 분위기에 어울리지 않게 쾌활해졌다. 페이스만이 자신의 의지와 상관없이 불안하고 불편해 보였다.

"나는 헤스터 태파우랑 나이가 비슷해. 걔는 9월생이고, 난 10월생이야." 프루던스가 말했다.

"그게 뭔 상관이야?" 페이스가 쏘아붙였다.

"상관이야 없지. 그런데 근엄한 목사님들이 모두 걔를 위해 멀리서 와서 기도해주고 있잖아. 보스턴에서 온 사람도 있대. 모두 걜 위해서. 봤지? 걔가 막 꿈지락거리니까 헤닉 씨는 머리를 잡아주고, 홀브룩 부인은 더 잘 보려고 의자 위에 올라가고 그랬잖아. 나는 얼마나 오래 비틀거려야 대단한 목사님들이 제대로 봐줄까? 그게 다 목사 딸이라 그런 거 아냐. 걘 이제 완전히 잘난 체할 거고, 사람들은 아무도 걔한테 뭐라고 안 할 거야. 페이스 언니! 호타가 진짜 걜 홀렸을까? 지난번에 내가 태파우 목사님 집에 갔을 때 호타가 나한테 옥수수 케이크를 줬었거든. 내 눈엔 다른 사람들보다 더 마음씨가 좋아 보였어. 근데 마녀라니!"

페이스는 집에 얼른 도착하고 싶어 할 뿐 프루던스의 말에는 관심도 가지지 않는 것 같았다. 로이스도 페이스와 함께 발걸음을 재촉했다. 머내시가 자기 어머니와 나란히 걷고 있었고, 로이스는 계속 그를 피했기 때문에 최근 페이스가 자신을 애써 피하려 한다는 걸 알면서도 억지로 페이스에게 엉겨붙었다.

그날 저녁, 호타가 스스로 마녀임을 인정했다는 소식이 세일럼에 퍼졌다. 네이티가 처음 그 소식을 듣고는 그레이스 힉슨과 딸들이 모여 있는 방으로 뛰어 들어와 울부짖었다. "제발, 제발, 내 말 좀 들어주세요! 잘못한 것 하나 없고, 그저 마님과 가족들을 위해 일만 한 가련한 인디언 네이티를 보살펴주세요! 호타가 사악하고 나쁜 마녀라고 자기 입으로 말했대요. 오, 저는! 저는!" 그러고는 페이스에게 몸을 숙여 낮고 절망적인 목소리로 무슨 말인가를 했다. 로이스에게는 '고문'이라는 단어밖에 들리지 않았다. 페이스는 네이티가 하는 말을 다 듣고는 얼굴이 새파랗게 질린 채 네이티와 앞서거니 뒤서거니 해가며 주방으로 들어갔다.

곧 그레이스 힉슨이 이웃을 만나러 나갔다 돌아왔다. 그렇게 신실한 여인이 소문이나 캐고 다녔다고 말할 순 없겠고, 사실 이웃과 나눈 대화의 주제가 너무 심각하고 중대한 것이어서 가벼운 단어로는 설명할 길이 없었다. 소문은 보통 누군가 자신과 전혀 상관없는 험담을 시시콜콜 떠들고, 또 다른 누군가가 그것을 열심히 듣는 과정에서 만들어진다. 그러나 이번에는 사소한 사실과 말이 모두 중요했고, 그 끝은 너무 섬뜩했으며, 이런 은밀한 말들이 때로는 비극적이고 중요한 내용으로 커질 위험이 있었다. 태파우 목사 가족과 관련한 정보가 하나도 빠짐없이 소문으로 걸려 나왔다. 그 집 개가 아무리 달래도 말을 듣지 않고 밤새도록 짖었고, 그 집 젖소는 송아지를 낳고 두 달 만에 젖이 말라버렸으며, 어느 날 아침 목사가 주기도문을 외려는데 몇 분이 지나도록 기억이 나지 않아 당황한 나머지 구절 하나를 통째로 빼먹었다는 것에서부터 아이들의 이상한 병이 어떤 전조를 보였고, 지금은 어떻게 해석되고 이해되는지 등등이 그레이스 힉슨과 친구들 사이에서 오간 대화의 주된 내용이었다. 마침내 사람들 사이에서 논쟁이 일어났다. 이런 불가사의한 일들 중 어디까지가 태파우 목사 탓일까? 그리고 만약 목사에게 죄가 있어 이런 일이 생긴 거라면 목사는 과연 어떤 죄를 지은 것일까? 상당한 의견 차이가 있었지만 토론 자체를 불쾌해하지는 않았다. 왜냐하면 그들 중 자기 가족이 큰 곤란에 처한 사람은 없었고, 그건 곧 그들이 아무런 죄를 짓지 않았다는 증거라 여겼던 것이다. 이런 대화가 오가는 동안 한 사람이 거리에서 들어오며 호타가 모든 걸 자백했다는 소식을 전했다. 호타는 사탄이 준 작고 빨간 책에 서명했고, 불경한 의식에 참석했으며, 허공을 날아 뉴버리 폭포까지 갔다고 시인했으니 사실상 연장자들과 판관들이 일찍이 영국 마녀들이 고백한 죄목을 주의 깊게 읽고 호타에게 질문하려고 메모해두었던 모든 내용에 다 동의한 셈이었다. 호타가 인정한 항목은 더 많았지만, 다른 것들은 상대적으로 덜 중요했고 영적인 힘보다는 세속적인 속임수의 속성이 강한 것들이었다. 일테면 호타는 어떤 끈을 세심하게 조절해 태파우 목사의 집에 있는 모든 그릇이 아래로 떨어지거나 흔들리게 만들었다고 얘기했지만, 그처럼 쉽게 이해할 수 있는 행동들은 잘못되긴 했을지언정 지탄할 거리는 아니었다. 누군가는 그러한 행동도 사탄이 유도한 거라고 말했지만, 사람들은 신성모독적인 의식이나 초자연적인 이동 같은 얘기를 더 듣고 싶어 했다. 소식을 전해준 사람은 당초 호타가 자기 죄를 인정하면 목숨을 부지하게 해준다는 약속을 받고 자백까지 했지만, 결국 다음 날 아침에 참수당하게 됐다는 말을 남겼다. 처음 발견된 마녀를 일벌백계하는 게 좋고, 인디언이고 종교가 없는 호타의 목숨쯤이야 공동체에도 큰 손실이 아니기 때문에 그런 결정이 난 거였다. 이에 그레이스 힉슨이 목소리를 높였다. 인디언이든 영국인이든, 종교가 있든 없든, 유다처럼 그리스도를 배반한 뒤 사탄이 돼버렸든 마녀들은 모두 지구상에서 종적을 감추게 해야 옳다고 주장했다. 그레이스는 오히려 영국인이 처음 마녀임이 밝혀져서 사악한 죄에 오염되면 종교가 있는 사람도 용서 없이 오른손이 잘리고 오른쪽 눈이 뽑힌다는 본보기가 돼주면 좋겠다고 엄중한 태도로 말했다. 소식을 전한 사람은 그레이스의 말이 곧 입증될 것이라고 했다. 소문에 따르면 호타가 마녀로 지목한 사람 중에는 세일럼에서 가장 신앙심이 깊은 가족이 포함돼 있었다. 호타는 악령의 의식에 참가한 불경한 세례교인 틈에서 그들을 보았다고 증언했다. 그레이스는 신실한 사람이라면 시험을 잘 견뎌내서 사람들 사이에 죄를 퍼뜨리기보다는 사람들을 사랑으로 충만해지게 할 것이라 장담했다. 그레이스는 짐승의 무참한 죽음을 보는 것마저 꺼려했지만, 그렇다고 다음 날 아침 저주받은 사람을 몰아내는 대열에 끼지 못할 정도는 아니었다.

평소와 달리 그레이스 힉슨은 밖에서 들은 내용의 상당 부분을 가족들에게 말해주었다. 이는 그레이스가 그 문제에 관해 얼마나 흥분했는지 보여주는 증거였고, 그런 기운은 가족들에게 여러 형태로 전파됐다. 페이스는 호타가 실제로 그렇게 끔찍하고 불가사의한 행동을 했는지 이해할 수 없어 소문 중에 이상한 부분을 꼬치꼬치 캐물어가며 거실과 주방을 왔다 갔다 하는 등 안절부절못했다.

로이스는 그런 일이 일어날 수 있다는 것만으로도 두려워서 온몸을 부들부들 떨었다. 이따금 로이스는 신에게 버림받고 모든 이의 미움을 사서 죽을 운명에 처한 여자를 동정했다. 자기는 평화롭고 행복한 내일을 기대하며 일가친척 틈에 앉아 따뜻하고 안온한 난롯불을 쬐고 있는데, 호타는 어두운 감옥의 차가운 벽에 갇혀 자기편 하나 없이 외롭게 공포에 떨 생각을 하니 안쓰럽기 그지없었다. 그렇다고 사탄의 혐오스러운 공범자들에게 공감할 수는 없어서 자선을 베풀고 싶어 하는 자신의 마음을 용서해달라고 신께 기도했다. 그러다 다시 구세주의 온유한 영혼을 기억해내고는 그 정도 연민은 느껴도 되지 않을까 고민했고, 끝내는 무엇이 옳고 그른지 헷갈려서 모든 생명체와 사건을 관장하는 신께서 알아서 모든 걸 처분해주시기를 간청했다.

프루던스는 마치 재미있는 이야기라도 들은 양 여전히 밝기만 했고, 어머니가 해준 이야기 이상을 궁금해했으며, 특히 다음 날 아침 처형장에 함께 가게 해달라고 졸랐다. 로이스는 프루던스의 잔혹하고 간절한 표정을 보고 몸이 오그라들었다. 그레이스조차 딸의 집착에 당혹스럽고 불안해했다.

"안 돼. 더는 조르지 마라! 안 데려갈 거야. 어린애들이 볼 만한 광경이 아니야. 나는 거기에 간다는 생각만 해도 기분이 언짢아. 그렇지만 기독교인으로서 악마를 응징하는 신의 역할에 찬성한다는 뜻을 보여주기 위해 어쩔 수 없이 가는 거지. 넌 가면 안 돼. 자꾸 조르면 때려버릴 거야."

"머내시 오빠가 그러는데, 자백하게 하려고 태파우 목사가 호타를 엄청 때렸대."프루던스가 대화의 주제를 바꾸려는 듯 말했다.

아버지가 영국에서 가져다준 큰 성서를 열심히 읽고 있던 머내시가 고개를 들었다. 프루던스가 하는 말을 다 듣지는 못했지만, 자기 이름이 언급되는 건 들은 모양이었다. 옆에 있던 사람들이 머내시의 휘둥그레진 눈과 핏기 없는 얼굴을 보고 깜짝 놀랐다. 그러나 오히려 머내시는 사람들의 표정 때문에 화가 난 것 같았다.

"왜 날 그런 식으로 보지?" 머내시가 물었다. 화나고 초조한 말투였다. 그레이스가 서둘러 대답했다.

"네가 해준 말을 프루던스가 좀 전에 우리한테 전했거든. 태파우 목사가 마녀 호타를 때려서 자기 손을 더럽혔다고 말이야. 넌 어떤 사악한 생각에 사로잡혀 있는 거니? 우리한테 얘기해. 공연히 인간의 본성을 알아보겠다고 혼자 끙끙거리지 말고."

"제가 공부하는 건 인간에 대한 앎이 아니라 신의 말이에요. 그래서 마법이 일으키는 죄의 본질과 성령에 위배되는 용서받지 못할 죄에 관해선 알 만큼 알아요. 가끔 사악한 생각과 행동을 촉발하는 미묘한 느낌이 전해지는 걸 느끼곤 스스로에게 물어봐요. '이게 마법의 힘 아닐까?' 그러곤 넌더리가 나면서 제가 하는 모든 행동과 말이 혐오스러워져요. 그런데도 악한 생명체는 저를 지배해서 제가 싫어하고 무서워하는 걸 말하고 행동하게 만들어요. 어머니는 왜 하필 제가 마법의 정확한 본질을 배우려고 안간힘을 쓰는지, 신의 말씀을 연구하려고 하는지 궁금하신가요? 제가 말 그대로 악마에 씌었을 때 어머니가 보셔서 알 텐데요."

머내시가 침착하고 슬프게, 그러나 확신에 찬 어조로 말했다. 그레이스가 자리에서 일어나 머내시를 위로하려 했다.

"아들아, 네가 악마의 사주를 받았다고 의심할 만한 행동을 하거나 말하는 걸 본 사람은 아무도 없어. 물론 네가 잠시 정신을 못 차리는 걸 우리가 봤지만, 넌 어둠의 힘을 갈망하느라 정신을 놓쳤다기보다는 금지된 장소에서 신의 뜻을 찾았던 거야. 그러나 이미 지나간 일이다. 네 앞엔 미래가 놓여 있어. 마녀나 마법의 힘에 지배받는다는 생각은 하지 마라. 내가 네 앞에서 그 얘길 하는 게 아니었어. 로이스를 불러와서 네 옆에 앉아 함께 얘기하게 해야겠다."

로이스가 우울해하는 머내시를 진심으로 위로하며 진정시키려 애썼지만, 불현듯 이러다가 결국 그의 아내가 돼버리는 게 아닐까 하는 생각에 움찔했다. 로이스가 다정하게 달래기만 해도 머내시의 마음이 진정되는 것을 보고 외숙모가 번번이 놀란다는 것을 로이스도 잘 알고 있었다.

머내시가 로이스의 손을 잡았다.

"네 손을 잡을 수 있게 해줘. 그러면 내게 도움이 돼. 아, 로이스, 네 옆에 있으면 내 모든 시름을 잊게 돼. 내게는 끊임없이 보이는 계시를 넌 끝내 못 보는 걸까?"

"난 아무것도 느껴지지 않아." 로이스가 부드럽게 이어 말했다. "어쨌든 지금은 그 생각을 하지 마. 자, 숲의 어떤 땅에 둘러싸여 있고 싶은지 말해줘. 거기엔 어떤 종류의 나무가 자라?"

로이스는 이런 식으로 현실에 관련한 단순한 질문을 해가며 머내시가 실용적인 감각을 되찾게 도와주었다. 머내시는 가족 기도 시간이 다가올 때까지 로이스와 이런저런 얘기를 이어갔다. 당시에는 기도 시간이 이른 편이었다. 가장인 머내시가 기도를 이끌었다. 남편이 죽은 후로 그레이스가 늘 머내시에게 맡기고 싶어 하던 일이었다. 그날 밤 머내시는 즉흥 기도를 시작했는데, 거칠고 연결되지 않은 파편처럼 이리저리 튀었다. 머내시 주위에 꿇어앉은 가족들은 기도가 멈추지 않을 것 같다고 생각하기 시작했다. 몇 분이 지나고, 어느새 이십오 분을 지나가는데 속마음을 털어놓는 자신만을 위한 기도는 더 강하고 거칠어져만 갔다. 마침내 그레이스가 일어나 로이스의 손을 잡았다. 그레이스는 하프를 연주하는 양치기 다윗이 왕좌에 앉은 사울 왕을 낫게 하는 것●과 비슷한 능력이 로이스에게 있어서 머내시에게 영향을 미치리라 믿었다. 그레이스는 로이스를 머내시 쪽으로 끌어당겼다. 머내시는 식구들과 마주한 채 무릎을 꿇고 앉아 눈을 위로 치켜뜨고 있었는데, 상처 입은 영혼 탓에 얼굴이 고통으로 일그러져 있었다.

"여기 로이스가 있어." 그레이스가 다정하게 말했다. "잰

● 〈사무엘상〉 16장 16절, "부디 소인들에게 명하여 수금을 잘 타는 사람을 구해 오도록 하십시오. 하느님께서 임금님께 악령을 내리실 때마다 그로 하여금 수금을 타게 하시면 마음이 개운해지실 것입니다" 참조.

어디 안 가고 여기 있을 거야."(로이스의 뺨 위로 눈물이 흘러넘쳤다.) "일어나라. 그리고 걱정 말고 마저 기도를 끝내."

그러나 머내시는 로이스가 다가오자 벌떡 일어나 한쪽으로 뛰어갔다.

"어머니, 로이스를 데려가세요! 절 시험에 들게 하지 말고요! 로이스는 내게 사악한 생각을 하게 해요. 신 앞에 있을 때도 로이스는 내게 신의 존재를 무색하게 만들어요. 로이스는 빛의 천사가 아니에요. 안 그러면 이럴 리가 없잖아요. 로이스와 결혼하라는 계시가 날 혼란스럽게 해요. 기도할 때도 그 소리가 들려요. 물렀거라! 로이스를 데려가요!"

로이스가 놀라고 겁에 질려 뒷걸음치지 않았다면, 머내시의 손에 맞았을 것이다. 그레이스도 당황하기는 했지만 겁나지는 않았다. 전에도 이런 적이 있어서 아들이 발작을 일으킬 때 어떻게 해야 하는지 알고 있었다.

"가거라, 로이스! 전에는 페이스를 보고 저러더니 이젠 머내시가 너를 보면 화를 내는구나. 머내시는 내가 책임질 테니 넌 어서 가!"

로이스는 서둘러 방으로 뛰어가 총에 맞아 숨을 헐떡이는 짐승처럼 침대에 몸을 던졌다. 페이스가 발을 질질 끌며 천천히 로이스의 뒤를 따라왔다.

"로이스, 너 내 부탁 좀 들어줄래? 대단한 일은 아니야. 해 뜨기 전에 일어나서 내가 쓴 편지를 놀런 목사님 숙소에 좀 전해줄 수 있어? 내가 직접 하려 했는데, 어머니가 오라고 하셔서 호타가 교수형당할 때까지는 붙들려 있을 것 같아. 그 편지에 죽고 사는 문제가 달려 있어. 놀런 목사님이 어디에 계실지 모르겠지만 찾아서 편지를 전해줘. 그리고 목사님이 편지를 다 읽을 때까지 기다렸다가 목사님의 답을 듣고 와줘."

"네이티한테 부탁하면 안 돼?" 로이스가 물었다.

"안 돼!" 페이스가 화를 내며 말했다. "왜 네이티여야 해?"

로이스는 대답하지 않았다. 페이스의 마음속에 섬광처럼 의심이 스쳐 지나갔다. 전에는 한 번도 그런 느낌을 가진 적이 없었다.

"로이스! 네가 무슨 생각 하는지 알겠어. 너 이 편지를 전해주고 싶지 않은 거지?"

"가져다줄게. 죽고 사는 문제라며?" 로이스가 다시 고분고분하게 말했다.

"맞아!" 페이스가 완전히 달라진 목소리로 말했다. 그러곤 잠시 생각해보더니 덧붙였다. "집이 조용해지자마자 내가 해야 할 말을 써서 이 궤 위에 놔둘게. 그럼 날이 완전히 밝기 전, 아직 뭐든 행동에 옮길 시간이 있을 때 네가 그걸 가져다주면 돼. 그러겠다고 약속해줘."

"응, 약속할게." 로이스가 말했다. 페이스는 로이스가 아무리 내키지 않아도 해야 할 일은 반드시 하는 사람이란 걸 잘 알았다.

페이스는 편지를 써서 궤 위에 놓아두었다. 로이스는 동이 트기 전에 일어났고, 페이스는 평생 한 번도 꼭 감고 자본 적 없는 눈을 반쯤 뜨고 몰래 로이스를 지켜보았다. 로이스가 망토를 입고 모자를 쓴 뒤 방에서 나가자마자 페이스도 벌떡 일어나 그레이스에게 갈 준비를 했다. 그레이스도 이미 일어나 부스럭거리는 소리를 냈다. 거리에는 아무도 없었지만, 이 끔찍한 날 아침에 세일럼 사람들은 거의 다 자리를 털고 일어나 있었다. 서둘러 마련된 교수대의 검은 그림자가 거리로 드리워져 섬뜩한 느낌이 더했다. 이제 로이스는 감옥을 지나쳐야 했다. 불투명한 창문을 통해 공포에 찬 여인의 울음소리와 무수한 발소리가 새어 나왔다. 정신이 아득해지면서 기절할 것 같았지만, 놀런 목사가 묵고 있는 과붓집으로 발걸음을 재촉했다. 목사는 이미 일어나 밖에 나가고 없었다. 주인 말로는 감옥에 간 것 같다고 했다. 페이스가 "죽고 사는 문제"라고 했던 게 기억나 그곳으로 가지 않을 수 없었다. 왔던 길을 되짚어가다 막 그 건물에 도착할 때쯤 어두운 그림자 때문에 더욱 을씨년스러운 감옥 정문으로 목사가 나오는 게 보였다. 로이스는 심부름의 목적이 뭔지 몰랐지만, 페이스의 편지를 건넨 뒤 목사가 대답을 내놓을 때까지 옆에 서서 조용히 기다려야 했다. 목사의 표정은 무겁고 슬퍼 보였다. 목사는 편지를 뜯어보지 않고 손에 감추고는 깊은 생각에 빠졌다. 마침내 목사가 입을 열었지만, 로이스에게 하는 말이 아니라 혼잣말에 가까웠다.

"맙소사! 그럼 이 무서운 환상에 사로잡힌 여자는 죽게 되는 겁니까? 그런 거칠고 끔찍한 자백을 이끌어낸 건 환상이 틀림없고, 환상일 수밖에 없습니다. 바클리 양, 저는 곧 죽을 운명의 인디언 여자가 있는 곳에 다녀왔습니다. 여자는 하늘에서 불을 내릴 만한 죄를 지었다고 억지로 자백했는데도 형 집행이 멈추지 않자 어젯밤에야 자신이 배신당했다는 걸 알게 됐습니다. 저는 무력한 인간의 격정적인 분노가 어떻게 광기로 바뀌는지 직접 목격했습니다. 밤사이 여자가 문지기에게 더 많은 내용을 폭로해 오늘 아침 제 간담을 서늘하게 했습니다. 제 생각엔 여자가 마지막 형벌이라도 피하기 위해 다른 죄까지 자백하려 했던 게 아닌가 싶습니다. 마치 자기가 한 말의 10분의 1이라도 사실이면, 누군가 자신을 살려줄지도 모른다고 생각해 무턱대고 아무 말이나 쏟아내는 것 같았습니다. 저렇게 광기 어린 상태로 죽음을 맞게 하다니요! 어떻게 하면 좋을까요?"

"그러나 성서에서는 마녀를 살려두지 말라 하셨잖아요."● 로이스가 천천히 말했다.

"맞습니다. 그러나 하나님의 백성이 기도로 은총을 얻어낼

● 〈출애굽기〉 22장 17절, "요술쟁이 여인은 살려두지 못한다" 참조.

때까지 재고를 요청해야 합니다. 누군가 저 불쌍한 여자를 위해 기도해줄 겁니다. 당신도 분명 그러시겠지요, 바클리 양?" 목사가 의심스럽다는 투로 말했다.

"그 여자를 위해 밤에도 여러 차례 기도했어요." 로이스가 낮은 목소리로 말했다. "지금도 제 온 마음을 다해 기도하고 있어요. 여자를 죽이기로 결정한 모양이지만, 저라면 여자를 신에게서 버림받게 하지 않을 거예요. 참, 목사님, 제 사촌이 쓴 편지를 읽지 않으셨잖아요. 페이스가 화급히 답을 받아 오라고 했거든요."

목사는 여전히 지체했다. 여자에게서 들은 끔찍한 자백을 생각하고 있는 것 같았다. 그 자백이 모두 사실이라면 아름다운 지구는 엄청나게 오염된 장소이고, 그곳에서 벗어나 신 앞에 선 사람들이 사는 순백의 땅으로 가려면 죽음을 각오해야 할 것 같았다.

문득 고개를 들어 위를 올려다보는 로이스의 순수하고 진지한 얼굴에 목사의 눈길이 가닿았다. 그 순간 선량한 페이스가 마음속에 떠올랐고, 목사는 페이스가 옆에 없음을 다행으로 여겼다.

목사는 로이스와 열 살 정도밖에 차이 나지 않았지만, 아버지와 비슷한 마음으로 로이스의 어깨에 손을 얹고는 몸을 앞으로 살짝 굽힌 뒤 반쯤은 자신에게 말하듯 속삭였다. "바클리 양, 당신이 내게 좋은 영향을 미쳤습니다."

"제가요?" 로이스가 얼떨떨해하며 말했다. "제가 좋은 영향을요? 어떻게요?"

"당신의 존재 자체로요. 아, 오히려 신께 감사해야겠습니다. 내 영혼이 이렇게 불안정한 순간에 당신을 내게 보내주셨으니까요."

바로 그때, 벼락을 맞은 듯한 표정의 페이스가 그들 앞에 와서 섰다. 페이스의 화난 표정을 보자 로이스는 죄책감이 들었다. 목사에게 편지를 읽으라고 충분히 재촉하지 않았으니 죽고 사는 문제가 달린 부탁을 이렇게 지체한 데 분노하며 자신을 노려보는 것이 당연하다고 생각했다. 로이스는 과붓집에서 놀런 목사를 만나지 못해 감옥까지 올 수밖에 없었다고 설명했다. 그러나 페이스는 냉혹하고 경멸 어린 투로 반응했다.

"로이스, 넌 잠자코 있어! 너와 놀런 목사가 즐겁게 얘기 나누고 있었단 걸 척 보면 알아. 내 부탁을 소홀히 한 것 때문에 화난 게 아냐. 내 마음이 변했어. 목사님, 제 편지 돌려주세요. 그건 노파의 목숨에 대한 좋지 않은 내용이었어요. 그게 젊은 아가씨의 사랑과 비교나 되겠어요?"

로이스는 그 말을 들으면서도 질투에 눈먼 페이스가 자기와 놀런 목사 사이에 사랑이라는 감정이 존재한다고 의심하는 게 선뜻 이해되지 않았다. 그런 가능성은 상상도 해본 적 없었다. 로이스는 목사를 숭배에 가깝게 존경했다. 아니, 페이스의 장래 남편으로서 그를 좋아했다. 로이스는 페이스가 자신이 그런 엄청난 배신을 저질렀다고 믿는 것에 놀라 휘둥그레진 눈으로 페이스의 노여움에 찬 얼굴을 바라보았다. 그 순간 비밀의 베일이 벗겨져 새파랗게 질린 목사의 얼굴을 페이스가 보지 않았다면, 로이스의 진지하고 무해한 순수함이 페이스에게도 전해졌을 것이다. 페이스가 목사의 손에서 편지를 낚아채고는 말했다.

"마녀 따위 교수형당하라지! 내가 무슨 상관이야! 호타가 태파우 목사의 딸들에게 마력과 술법으로 해를 끼친 건 맞잖아. 죽게 내버려둬. 그리고 다른 마녀들도 두 눈 똑똑히 뜨고 지켜보게 해. 마법의 종류가 어디 한두 가지겠어? 로이스, 너 놀란 목사와 그만 노닥거리고 나랑 아침 먹으러 돌아가는 게 좋지 않겠어?"

로이스는 페이스의 질투 어린 빈정거림에 위축되지 않았다. 그 날 선 말은 염두에 두지 않기로 하고 늘 하던 대로 목사에게 손을 내밀어 작별 인사를 청했다. 목사는 잠시 망설이다 로이스의 손을 잡고 악수했다. 그 태도는 페이스를 폭발하게 할 만큼 정성스러웠다. 페이스는 입술을 꽉 깨물고 복수심에 불타는 눈으로 이 모든 것을 지켜보며 기다렸다. 그러고는 인사 한마디 없이 로이스의 팔뚝을 꽉 부여잡고는 질질 끌다시피 집으로 데려갔다.

그날 아침의 계획은 이랬다. 그레이스 힉슨과 머내시는 독실하고 경건한 가족의 대표로서 세일럼에서 처음 거행되는 마녀 처형식에 참석할 예정이었다. 다른 사람은 모두 인디언 마녀 호타가 이 세상을 하직했음을 알리는 낮은 종소리가 울릴 때까지 나다니는 게 엄격히 금지됐다. 처형이 끝나면 세일럼의 모든 주민이 모여 엄숙한 기도회를 열기로 돼 있었다. 악마와 그의 종들을 몰아내기 위한 노력에 일조하기 위해 다른 지역의 목사들도 멀리서 와 있었다. 그레이스 힉슨은 거대한 예배당이 가득 찰 게 뻔하므로 페이스와 로이스가 집에 돌아오자마자 프루던스에게 얼른 그곳으로 가서 자리 잡을 준비를 하라고 재촉했다. 그레이스는 머지않아 보게 될 장면을 예상하고는 어지러운 마음에 평소보다 더 서두르고 횡설수설했다. 가장 깔끔한 옷을 입고 있었지만 얼굴빛은 음울하고 창백했으며, 다른 생각의 여지를 없애려고 집안일에 관해 쉴 새 없이 떠들어댔다. 머내시는 그레이스 옆에 뻣뻣한 자세로 서 있었다. 머내시 역시 교회에 갈 때 입는 깨끗한 옷을 차려입고 있었다. 머내시의 얼굴도 평소보다 창백했지만, 환상에 사로잡힌 사람처럼 약간 멍하고 넋이 빠진 듯한 표정이었다. 페이스가 여전히 로이스의 팔을 꽉 붙잡은 채 집에 들어서자 머내시가 변함없이 몽롱한 표정으로 다가와 미소 지었다. 머내시의 태도가 이상해서 그레이스조차 말을 멈추고 아들을 유심히 살폈다. 머내시는 그레이스와 그 친구들이 일컫는 '예언적 계시'로 가기 직전의 흥분 상태에 있었다. 머내시는 아주 낮은 목소리로 말을 시작하더니 점점 목소리에 힘을 실었다.

"산 넘고 물 건너에 있는 뷸라•라는 땅은 얼마나 아름다운지 몰라! 천사들이 그녀를 기절한 사람처럼 팔에 기대게 하고는 그곳으로 데리고 가지. 그들은 죽음의 검은 그림자를 키스로 날려버리고, 그녀를 양의 발치에 내려놓지. 그녀가 자신을 죽음으로 내몬 사람들을 위해 그곳에서 맹세하는 소리가 들려. 오, 로이스! 날 위해서도 기도해줘. 날 위해서, 비참한 날 위해!"

머내시가 사촌의 이름을 입에 올리자 모두 로이스를 돌아보았다. 그의 환상은 로이스와 관련 있었던 것이다! 로이스는 깜짝 놀란 채 사람들 틈에 서 있었지만 두려워하거나 낭패하는 것 같지는 않았다. 맨 먼저 입을 연 사람은 로이스였다.

"저라고 생각하지 마세요. 머내시의 말은 사실일 수도, 아닐 수도 있어요. 머내시에게 예언하는 능력이 있든 없든 저는 여전히 신의 뜻을 따릅니다. 게다가 모든 것이 끝나는 곳에서 저도 끝난다는 말 못 들으셨어요? 머내시와 머내시가 필요로 하는 것들을 생각해주세요! 저 힘든 과정을 겪고 빠져나오려면 머내시가 얼마나 어렵고 지치겠어요."

그러고는 머내시가 산만해진 의식을 그러모으느라 지치고 황망한 상태로 앉아 있는 사이, 로이스는 아직 손을 떨고 있

● '결혼한 여자'라는 뜻으로 이스라엘의 빛나는 미래를 상징한다. 〈이사야〉 62장 4절 참조.

는 외숙모를 도와 머내시에게 필요한 음식을 가져다주려고 바삐 움직였다.

프루던스도 얼른 상황이 진정돼 빨리 출발할 수 있도록 열심히 손을 보탰다. 그러나 페이스는 멀찌감치 서서 격노한 눈으로 말없이 이 모든 상황을 지켜보고 있었다.

식구들이 하기 싫은 일을 어쩔 수 없이 하러 나가자마자 페이스도 방에서 나갔다. 음식을 맛보지도, 음료수에 입을 대지도 않은 채였다. 실제로 모두의 마음이 편치 않았다. 페이스가 위층으로 올라가자마자 프루던스는 로이스가 망토와 모자를 던져둔 나무 의자로 달려갔다.

"로이스, 목도리랑 망토 좀 빌려줘. 여자가 교수형당하는 거 한 번도 본 적 없거든. 난 내가 왜 거기 가면 안 되는지 모르겠어. 사람들 끄트머리에 서 있으면 아무도 모를 테고, 엄마가 오기 전에 집에 오면 감쪽같을 거야."

"그렇게 안 될 수도 있어. 만약 들키면 외숙모가 정말 불쾌해하실 거야. 프루던스, 난 네가 꼭 그런 장면을 보려 하는 이유를 모르겠어." 로이스는 프루던스가 가져가지 못하게 망토를 꽉 붙잡았다.

둘이 실랑이하는 소리를 들었는지 페이스가 돌아왔다. 페이스는 치명적인 미소를 짓고 있었다.

"프루던스, 포기해. 재랑 더는 싸우지 마. 잰 이 세상에서 성공을 얻었고, 우린 재의 노예에 불과하니까."

"아, 페이스." 로이스는 망토를 잡고 있던 손을 놓고, 표정과 목소리를 싹 바꾼 채 뒤를 돌아보았다. "내가 뭘 어쨌다고 그런 얘기를 해? 난 너희를 친자매처럼 아끼고 사랑해."

프루던스가 기회를 놓치지 않고 얼른 망토를 가져가 걸쳤다. 프루던스가 입기에는 너무 컸지만 몸을 숨기기에는 안성맞춤이라고 생각하는 것 같았다. 그러나 문 쪽으로 걷다가 긴 망토 자락에 걸려 넘어지는 바람에 팔에 심한 멍이 들고 말았다.

"다음번에 마녀의 물건을 만질 때는 좀 조심해." 자기 말을 스스로도 믿지 않지만, 가슴 시린 질투로 온 세상과 반목하게 된 페이스가 말했다. 프루던스가 멍이 든 팔을 문지르며 로이스를 슬쩍 쳐다보았다.

"마녀 로이스! 마녀 로이스!" 유치한 표정을 짓던 프루던스는 끝내 로이스를 그렇게 놀렸다.

"쉿, 프루던스! 그런 무서운 얘기는 하지 마! 어디 팔 좀 보자. 다친 건 안됐지만, 그 덕분에 어머니 말을 듣게 됐으니 다행이네."

"휘이, 휘이!" 프루던스가 로이스에게서 몸을 빼내며 페이스에게 말했다. "언니, 난 솔직히 쟤가 무서워. 언니가 나랑 쟤 사이에 있어줘. 안 그러면 내가 쟤한테 의자를 던질지도 몰라."

페이스는 동생의 두려움을 누그러뜨릴 생각은 하지 않고

사악한 미소만 지었다. 바로 그때 종이 울리기 시작했다. 인디언 마녀 호타가 죽었다는 신호였다. 로이스는 두 손으로 얼굴을 가렸다. 페이스도 조금 전보다 더 사색이 된 얼굴로 한숨을 쉬며 말했다. "불쌍한 호타! 하지만 지금으로선 차라리 죽는 게 나을지도 몰라!"

프루던스만이 그 장엄하고 단조로운 소리에 전혀 무감해 보였다. 프루던스의 관심사는 오로지 어떻게 하면 지금 당장 무시무시한 사촌 앞을 벗어나 거리에서 그 광경을 보고, 그에 대한 소식을 들을까 하는 것이었다. 프루던스는 바로 위층으로 뛰어 올라가 자기 망토를 꺼내 입었다. 그러고는 다시 내려와 미처 기도를 끝내지도 않은 로이스를 지나쳐 얼른 예배당으로 가는 사람들 틈에 섞여 들었다. 페이스와 로이스도 한참 뒤에 그곳으로 갔지만, 각자 걸음을 했다. 로이스는 노골적으로 자신을 피하는 페이스에게 함께 가자는 말도 못 하고 비탄에 잠긴 채 천천히 뒤를 따라갔다. 그날 아침 일어난 많은 일 때문에 소리 없는 눈물이 뺨 위로 흘렀다.

예배당은 숨 막힐 정도로 복잡했고, 끼어들 틈을 찾지 못한 사람들이 문 주변을 에워싸고 있었다. 앞뒤로 서 있던 페이스와 로이스는 속속 도착하는 더 많은 사람에게 떠밀려 건물 중앙까지 들어갔다. 앉을 자리는 없었지만 서 있기에는 충분했다. 제네바 밴드●를 하고 가운을 입은 목사 두 명이 설교단 가운데를 차지했고, 그 주위로 비슷하게 차려입은 다른 목사

몇몇이 보조 역할을 하고 있었다. 처형장에서 일찌감치 도착한 그레이스 힉슨과 머내시는 지정 좌석에 단정하게 앉아 있었다. 표정만으로도 인디언 마녀의 교수형에 참석했던 사람을 가려낼 수 있을 것 같았다. 그들은 잔뜩 겁에 질렸다가 맥이 풀린 모습이었다. 그런가 하면 처형장에 가지 않았던 사람들은 하나같이 안절부절못했고, 흥분한 기색을 띠고 계속 안으로 쏟아져 들어왔다. 사람들은 설교단에 태파우 목사와 함께 서 있는 낯선 목사가 세일럼에서 마녀들을 몰아내는 데 일조하고자 보스턴에서 먼 길을 마다 않고 달려온 코튼 매더라며 수군거렸다.

이제 관례대로 태파우 목사가 즉흥 기도를 시작했다. 불과 며칠 전까지 자기 가족이었던 이의 피비린내 나는 처형에 동의한 사람답게 목사의 기도는 거칠고 두서없었다. 신에게 단죄를 청할 범죄 때문에 지독하게 고통받은 딸들의 아버지다운 폭력성과 열정도 엿보였다. 태파우 목사는 기도를 마치고 탈진하듯 주저앉았다. 뒤이어 코튼 매더 목사가 앞으로 나섰다. 매더 목사는 앞선 기도와는 대조적인 차분한 모습으로 몇 마디의 기도만 했다. 앞에 모인 수많은 사람에게 조용히 뭔가를 따지듯, 그러나 카이사르가 살해된 뒤 안토니우스가 로마인들에게 연설할 때 썼던 기술을 동원해서 해야 할 말을 조

● 목 앞에 늘어뜨리는 흰 천. 원래 칼뱅파 목사가 사용했다.

리 있게 해나갔다. 매더 목사가 한 말 중 일부는 글로 남겨져 오늘날까지 이어지고 있다. 그런 범죄의 존재를 의심하는 '신앙 없는 사두개파'● 사람들을 언급하며 매더 목사가 말했다. "거룩한 성서에 조롱과 야유를 퍼붓고 인간 사회의 관습법을 비난하는 사람들은 스스로를 의심하지 않고 확신하지만, 여러분은 신실한 태파우 목사의 아이들이 고통을 당한 뒤 어리고 연약한 입으로 진실을 드러냄으로써 악마가 가장 잔인한 방식으로 여러분 이웃에 침투했다는 사실을 알고 신의 선함을 흠모하게 되었습니다. 신께 간청드리오니 불과 4년 전에 보스턴에서 그랬던 것처럼 사악한 자들의 힘이 제한되고, 그들의 간사한 술책이 멀리 퍼져나가지 않게 되기를 바랍니다. 당시 저는 신의 도움으로 신앙심 깊고 축복받은 굿윈 씨의 네 아이에게 씌워진 사탄의 힘을 풀어주는 변변찮은 역할을 했었습니다. 그 네 아이는 아일랜드 마녀의 마법에 걸렸었는데, 그들이 겪은 고통은 이루 다 형용하기 어렵습니다. 그들은 개처럼 짖었고, 고양이처럼 가르릉댔습니다. 네, 거위처럼 난 적도 있고, 팔을 새처럼 휘저어가며 엄청난 속도로 땅에 발 한 번 대지 않고 6미터나 움직이기도 했습니다. 또 마녀의 술수 때문에 움직일 때마다 절뚝거려야 할 때도 있었습니다. 마녀는 보이지 않는 사슬로 사지를 묶거나 올가미를 던져 그

● 기원전 200년부터 기원후 100년 무렵에 활동한 유대교의 한 종파.

들을 거의 숨 막혀 죽을 지경에 이르게 하기도 했습니다. 특히 한번은 마법에 씐 여자에게 가마솥 같은 열기를 가해 주변이 알맞게 시원하고 쾌적한데도 비지땀을 흘리게 하는 것을 본 적도 있습니다. 그 밖에도 많은 사례가 있지만 긴 애기는 힘드실 듯하니 사탄이 마법에 씐 여인을 제어했다는 사실만 증명하겠습니다. 한 가지 매우 주목할 점은 악령이 마법에 걸린 여인에게 예수 안에서 진실을 말하는 어떤 경전이나 종교 서적도 읽지 못하게 만들었다는 사실입니다. 가톨릭 서적은 읽을 수 있었지만, 제가 준 교리 문답서는 보지도 듣지도 못했습니다. 여인은 영국 국교회 고위 성직자의 기도서를 좋아했습니다. 그 기도서는 영어로 된 조악한 로마 미사 전례서에 불과합니다. 여인은 고통을 당하는 중에도 누군가 손에 그 기도서를 쥐여주면 그것만으로 큰 위안을 받았습니다. 그리고 기억하세요. 악마와 한통속이 된 여인은 주기도문을 읽지 못했습니다. 저는 여인을 집으로 데려갔고, 마르틴 루터 박사가 했던 것처럼 악마와 씨름을 하고 악마를 골탕 먹였습니다. 그러다 우리 식구들을 불러 기도했는데, 악마에게 장악당한 여인이 지독하게 귀에 거슬리는 노래를 부르고, 휘파람을 불고, 소리를 질렀습니다."

바로 이때 날카롭고 선명한 휘파람 소리가 모두의 귀를 가르며 지나갔다. 매더 목사는 잠시 말을 멈췄다.

"이곳에도 사탄이 있군요. 서로를 보세요!"이제 매더 목사는 현재 일어난 상황과 위협적인 적에 맞서 열정적으로 기도하기 시작했다. 그러나 아무도 기도에 주의를 기울이지 않았다. 저렇게 불길하고 섬뜩한 휘파람 소리가 어디에서 나오는지 모두 주변을 둘러보기에 여념이 없었다. 사람들 틈에서 또다시 휘파람 소리가 들렸다. 곧 건물 모퉁이가 부산해졌고, 무슨 이유에서인지 서너 명이 옆으로 몸을 트는가 싶더니 이내 통로를 빽빽이 채우던 사람들이 두 남자가 지나갈 수 있게 길을 내주었다. 그들은 간질 발작을 일으킨 사람처럼 경련하며 통나무처럼 뻣뻣해진 프루던스 힉슨을 앞으로 데려와 목사들 사이에 내려놓았다. 그레이스가 온몸이 비틀린 딸아이를 보고 울부짖으며 달려왔다. 매더 목사는 그런 장면에 익숙한 사람답게 아이한테서 악마를 몰아내기 위해 당장 설교단에서 내려와 프루던스를 내려다보았다. 사람들은 아무 소리도 내지 못하고 공포에 질린 채 서로를 밀어댔다. 마침내 프루던스의 몸과 얼굴이 악마에게 짓밟힌 듯 한 차례 심하게 뒤틀렸고, 얼마 후 격렬한 몸짓이 서서히 잦아들자 구경꾼들은 참았던 숨을 터뜨렸다. 그러면서도 사악한 휘파람이 또 들리지 않는지 귀를 기울였고, 사탄이 등 뒤에서 다음 희생양을 고르고 있을지 모른다는 공포에 질려 주변을 두리번거렸다.

　한편 매더 목사와 태퍼우 목사, 또 다른 목사 한두 명은 프루던스에게 주님의 이름을 걸고, 방금 사람들이 목격한 고통을 겪게 만든 마녀가 누구인지 말해보라며 종용했다. 프루던스는 지친 목소리로 나직이 어떤 이름을 속삭였다. 사람들에게는 그 소리가 들리지 않았다. 태파우 목사가 경악해서 주춤하는 사이, 그게 누구의 이름인지 모르는 매더 목사가 크고 냉정한 목소리로 소리쳤다.

"이 불쌍한 아이에게 마법을 건 사람은 로이스 바클리라는데, 누군지 아십니까?"

사람들은 나지막이 웅얼거리면서도 행동으로 대답을 대신했다. 수많은 사람이 누가 먼저랄 것 없이 로이스 바클리에게서 최대한 멀찍이 떨어져서는 놀라움과 공포에 찬 표정으로 로이스를 바라보았다. 일 분 전만 해도 있을 수 없을 것 같던 공간에 로이스만 덩그러니 서 있었고, 모두 증오와 두려움이 가득한 눈으로 로이스를 쏘아보았다. 로이스는 말문이 막혀버린 사람처럼 아무 말 못 하고 서 있었다. 로이스가 마녀라니! 신과 사람들이 보는 데서 마녀로 지목받다니! 로이스는 부드럽고 혈색 좋은 얼굴이 순식간에 쪼그라들며 창백해졌고, 말 한마디 하지 못한 채 겁에 질려 휘둥그레진 눈으로 매더 목사만 바라보았다.

누군가가 말했다. "저 사람은 신앙이 깊은 그레이스 힉슨의 가족입니다." 로이스는 그 말이 자기한테 유리할지 어떨지 판단이 서지 않았다. 아니, 그런 건 생각도 하지 않았다. 그 자리에 와 있는 누구도 로이스에 관해 알지 못했다. 로이스는 어린 시절 고향인 바퍼드에서 보았던 은빛의 에이번강과 웅덩이에 빠졌던 여자가 생각났다. 그녀는 마녀였고, 이제 로이스의 눈앞에 그 여자의 운명이 생생히 그려졌다. 이윽고 종이가 바스락거리는 소리가 들리더니 주변이 소란스러워졌다. 곧 마을의 치안판사들이 설교단 가까이에서 목사들과 뭔가를 상의했다. 드디어 매더 목사가 다시 사람들 앞에 섰다.

"오늘 아침에 교수형당한 인디언 여인이 사탄 숭배 모임에서 만났다는 몇 사람의 이름을 확인해주었습니다. 그러나 거기에 로이스 바클리라는 이름은 없었습니다. 비록 우리가 어떤 사람의 이름을……."

잠시 회의를 하더니 매더 목사가 말을 이었다.

"마녀로 지목받은 로이스 바클리를 고통받는 불쌍한 주의 자식 가까이 데려오세요."

로이스를 프루던스가 누워 있는 곳으로 데려가기 위해 사람들이 달려왔다. 그러나 로이스는 스스로 앞으로 걸어 나갔다.

"프루던스." 로이스는 그날 참석했던 사람들이 나중에 자식들에게 두고두고 얘기하게 할 만큼 심금을 울리는 부드러운 목소리로 말했다. "내가 너한테 안 좋은 말이라도 했니? 아니면 앙갚음이라도 했어? 말해봐, 동생아! 너 방금 네가 무슨 말을 했는지도 모르지, 그렇지?"

그러나 프루던스는 로이스가 다가오자 또다시 마법에 걸린 듯 온몸을 비틀며 고함을 질렀다.

"저리 좀 데려가요. 멀리 데려가주세요! 마녀예요! 로이스는 오늘 아침에도 날 넘어뜨려서 팔에 멍이 들게 만든 마녀라고요!" 그러더니 자기 말을 증명하듯 팔을 내보였다. 팔은 심하게 멍들어 있었다.

"프루던스, 난 네 옆에 있지도 않았어!" 로이스가 억울함을 호소했다. 그러나 그것마저 사악한 힘의 새로운 증거로 여겨질 뿐이었다.

로이스는 정신이 혼미해지기 시작했다. '마녀 로이스! 내가 모든 사람이 혐오하는 마녀라고?' 그러나 로이스는 정신을 집중하기 위해 안간힘을 쓰며 한 번 더 항변했다.

"외숙모." 로이스의 부름에 그레이스가 앞으로 나왔다. "제가 마녀예요, 외숙모?" 외숙모는 비록 상냥하지는 않지만 평소 단호하고 가차 없으며, 진실함 그 자체여서 만약 외숙모가 그렇다고 말해버리면 마녀가 될 수밖에 없으리라 생각했다.

그레이스 힉슨이 마지못해 로이스를 마주했다.

'넌 우리 가족의 영원한 오점이다.' 그레이스는 마음속으로 그렇게 생각했다.

"네가 마녀인지 아닌지는 신이 판단할 문제다. 내가 아니라."

"아아, 아아!" 로이스는 한탄했다. 페이스를 쳐다봤지만, 음울한 표정으로 애써 눈길을 피하는 걸 보니 좋은 말을 기대하긴 어려울 것 같았다. 종교에 대한 숭배와 사적인 감정이 뒤섞여 있던 예배당이 순식간에 분노로 들끓었다. 그리고 로이스가 서 있던 곳에서 뒤로 물러난 사람들이 다시 로이스를 압박해오면서, 그 어리고 외로운 아가씨를 잡아 감옥으로 보낼 준비를 하고 있었다. 대놓고 격한 반응을 보이는 사람은 프루던스 하나뿐이었지만, 이제 로이스의 친구였을지도 모르고 친구여야 했던 사람들까지 모두 그녀를 싫어하거나 그녀에게 무관심했다. 프루던스는 계속 로이스가 자기한테 악의적인 주문을 걸었다며 비명을 질러댔고, 사람들에게 로이스를 멀리 보내버리라며 악을 썼다. 그리고 로이스가 당황스럽고 어이없다는 표정으로 그쪽을 볼 때마다 프루던스는 실제로 경련을 일으켰다. 여기저기에서 소녀와 여인들이 프루던스와 똑같은 경련성 발작을 일으키며 이상한 울음을 터뜨렸는데, 다들 전날 밤 호타의 입에서 흘러나온 명단과 마법에 대해 과할 정도로 잔인하게 몰아붙이며 동요했던 사람들이었다. 그들은 호타가 마녀라고 지목한 사람들을 다 까발리라고 요구했고, 얼른 법대로 처리하라고 주장했다. 그 외에 고통받는 사람들에게 큰 관심이 없는 무리는 코튼 매더 목사의 기도와 훈계를 다시 듣기 위해 무릎을 꿇었고 자신의 안전을 위해 기도했다.

그때 머내시는 어디에 있었고, 어떤 반응을 보였었을까? 신을 숭배하러 온 사람들 모두가 로이스에게 격렬한 비난을 보낸 것 같지만, 옆 사람의 무모함을 경계하고 질책하는 최소한의 분위기는 남아 있었다. 짐작대로 머내시는 로이스에게 가기 위해 안간힘을 썼지만, 그레이스가 모든 수단과 방법을 동원해 아들을 막고 있었다. 그레이스는 머내시의 광기가 드러남으로써 그때껏 애써 쌓아둔 좋은 평판이 깨질까봐 노심초사하고 있었고, 로이스도 그걸 잘 알고 있었다. 머내시가 계시를 듣고 환영을 봤다고 주장했을 때도 그레이스는 가족 이외의 누구도 머내시의 그런 모습을 보지 못하게 하려고 온갖 노력을 다 했었다. 그래서 이성보다 감성의 지배를 받는 사람들이 긴장감으로 창백하게 뒤틀린 머내시의 얼굴을 보자마자 그레이스는 그들에게 머내시의 상태를 들키지 않으려고 최선을 다하고 있었다. 그러나 그레이스가 아무리 힘쓰고 윽박질러도 소용없었다. 순식간에 로이스 옆으로 달려간 머내시는 흥분에 들떠 모호한 말을 더듬더듬 내뱉었다. 그러나 머내시의 그런 노력은 냉정한 판관들에게 아무런 영향을 주지 못했고, 흥분한 군중에게는 오히려 불에 기름을 끼얹는 효과를 가져왔다.

"마녀를 감옥으로!" "마녀들을 싹 다 찾아내라!" "죄악이 이미 모든 가정에 퍼졌다!" "우리 가운데 사탄이 있다!" "싹 다 잡아서 살려주지 마라!" 코튼 매더 목사가 로이스의 죄목을 담아 소리 높여 기도했지만 아무도 듣지 않았다. 모두 로이스가 눈앞에서 사라지는 것을 두려워하듯 로이스를 지키기에만 혈안이 돼 있었다. 로이스는 사납고 낯선 사내들에게 붙잡힌 채 하얗게 질린 얼굴로 덜덜 떨었고, 이따금 눈을 크게 뜨고는 혹시 자신을 측은하게 여겨줄 사람이 없는지 살펴보았다. 그러나 수백 명 중에서 그런 얼굴은 좀처럼 보이지 않았다. 어떤 사람은 로이스를 묶을 끈을 가져오고, 또 어떤 사람은 새로운 혐의를 찾아내기 위해 프루던스에게 하찮은 질문을 퍼붓는 사이, 머내시가 한 번 더 변론할 기회를 얻었다. 머내시가 코튼 매더 목사에게 말했다. "목사님, 로이스가 마녀인지 아닌지는 계시의 형태로 이미 제게 예고됐었습니다. 목사님, 로이스의 운명은 이미 정해졌습니다. 그렇다면 로이스가 무슨 짓을 했든 자유의지로 한 일이 아닌데, 저 여인을 처벌할 수 있겠습니까?"

"이보게." 매더 목사가 설교단에서 몸을 굽혀 머내시를 엄하게 내려다보며 말했다. "조심하게! 자넨 지금 신성모독을 저지르고 있어."

"상관없습니다. 로이스 바클리가 마녀인지 아닌지 다시 말하겠습니다. 만약 마녀라면, 로이스도 미리 그런 운명을 알게 됐을 겁니다. 왜냐하면 저는 지난 몇 달 동안 저주받은 마녀로서 저 여인이 죽는 환영을 봤습니다. 그리고 로이스가 그걸 피할 방법이 하나밖에 없다는 환청도 들었습니다. 로이스, 네가 알고 있는 바로 그 목소리야." 머내시는 흥분해서 이리저리 돌아다니기 시작했다. 그러나 정신을 바짝 차리려고 애쓰고 있었다. 자신이 무너지면 로이스를 처벌해선 안 된다는 논리를 펼 기회도 사라질 터였다. 그는 더 나은 방법을 찾으려 노력했고, 온 마음을 다해 간청했다. 만약 로이스가 마녀라면 자신에게 계시로 보였을 것이고, 계시는 미리 알려주고자 하는 바가 있다는 것이며, 미리 뭔가를 알게 하는 것은 아무런 자유가 주어지지 않았다는 얘기이고, 자유가 없으니 자유의지를 발휘하지도 못했을 거라는 게 머내시의 논리였다. 즉 로이스는 자신의 의지로 어떤 일을 한 게 아니니 그로 인해 처벌받아선 안 된다고 말하려 했다.

머내시는 자신이 매 순간 흥분하고 있다는 걸 자각하지 못한 채 심하다 싶을 만큼 자의적인 견해를 내놓았다. 상상력에 의지하기보다는 예리하고 절박한 태도를 유지하려 했다. 불과 삼십 분 전까지 옳은 소리만 하는 사람으로 숭상받던 매더 목사조차 신자들이 보는 앞에서 머내시의 논리에 밀리고 있다고 느꼈다. 매더 목사는 스스로를 다잡았다. '용기 잃지 마, 코튼 매더! 상대의 눈빛이 무시무시한 것 같지만 어느새 자신을 잃었는지 흔들리기 시작했고, 말의 일관성도 떨어지고 있으며, 혼자만 알 수 있는 내용을 폭로함으로써 논거도 빈약해지고 있어. 그는 이제 한계에 도달했어. 신성모독의 단계에 들어간 거야. 신도들이여, 모두 일어나 신성모독하는 사람에게 비난과 공포의 소리를 내주십시오.' 어느 정도 정리가 됐는지 매더 목사는 음산한 미소를 지었고, 사람들은 주변의 반응과 상관없이 계속 울분을 토해내는 머내시에게 돌을 던질 준비를 했다.

"잠깐, 잠깐만요!" 그레이스 힉슨이 뛰어들었다. 아들의 목숨이 경각에 달렸다고 느꼈는지 그동안 점잖은 가정의 수치라 여겨 다른 사람에게는 애써 숨겨왔던 외아들의 이해하기 힘든 상태를 까발리기로 했다. "아들한테 손대지 마세요! 저 애는 지금 자기가 무슨 말을 하고 있는지도 모릅니다. 발작을 일으킨 거예요. 신 앞에 진실을 말하겠습니다. 아들, 제 외아들은 미쳤습니다."

그 소리를 들은 사람들이 아연실색했다. 그들과 크게 어울리진 않았지만 가까이에서 조용한 일상을 살아왔고, 난해한 이론서를 잘 이해해 존경받았으며, 그 분야에서 가장 학식이 높은 목사들과 토론까지 하는 진중한 젊은이가 지금 세상에 자신과 로이스만 존재하는 것처럼 거친 말을 쏟아내는 남자와 같은 사람인지 의심스럽던 사람들은 이제야 해답을 알게 됐다. 머내시 역시 희생양이었던 것이다. 사탄의 힘이 이 정도로 대단하구나! 순진한 아가씨의 모습을 한 악마가 술수를 써서 머내시 힉슨의 영혼까지 조종했던 것이다. 그런 말이 입에서 입으로 퍼졌다. 그레이스 힉슨이 그걸 놓칠 리 없었다. 그것이야말로 수치심을 치유해주는 발삼 향 같았다. 고집 세고 맹목적인 그레이스는 이 영국인 아가씨가 세일럼에 도착하기 오래전부터 아들의 행동이 이상했고, 자주 우울해했으며, 폭력적이었다는 사실은 애써 잊었다. 심지어 가슴 깊은 곳에서조차 인정하려 하지 않았다. 그레이스는 오래전 머내시가 자살을 시도한 이유도 짐작할 수 있었다. 머내시는 열병에서 회복해가고 있었고, 건강도 그런대로 괜찮았지만, 섬망은 완전히 사라지지 않은 상태였다. 그래도 최근 비교적 상태가 양호했던 머내시가 로이스가 온 후로 얼마나 자주 고집을 부렸던가! 얼마나 비이성적인 행동과 말을 했던가! 기분은 또 얼마나 자주 오락가락했던가! 로이스와 결혼하라는 계시를 받았다며 얼마나 말도 안 되는 소리를 해댔던가! 애정의 충동을 못 이겨 얼마나 쫓아다니며 로이스에게 집착했던가! 그러나 만약 머내시가 마법에 걸려 실제로 고통받은 거라면 그는 미치지 않은 거고, 그에게 덧씌워진 주문만 풀리면 마을에서 지녔던 영광스러운 지위를 되찾을 수 있을 터였다. 그래서 그레이스는 그게 사실이라고 자기암시를 했고, 다른 사람들에게도 로이스 바클리가 머내시와 프루던스에게 마법을 걸었다고 생각하게 만들려고 노력했다. 이 믿음의 결과 로이스는 어떻게 해볼 기회도 없이 재판을 받게 됐다. 만약 로이스가 마녀라면 자백하고, 다른 사람들에게 마녀라는 것을 보여주고, 회개하고, 가장 잔인한 대접을 받으며 사람들의 눈을 피해 수치스러운 삶을 살게 될 것이다. 그게 아니라면 뻔뻔스럽게 자기 죄를 부정해가며 교수대 위에서 죽어야 할 터였다.

이제 사람들은 로이스를 기독교 신도들에게서 떼어내 감옥으로 끌고 가 재판을 기다리게 했다. 분명 '끌고 갔다'고 해야 맞는다. 로이스는 어디든 고분고분 따라갈 생각이었지만, 지금은 누군가의 손에 끌려갈 수밖에 없을 만큼 기진맥진한 상태였다. 로이스는 사탄과 공모해 머내시에게 이상행동을 하게 만든 공범자로 지목돼 군중의 미움을 샀고, 우물에 돌을 던져 두꺼비를 죽게 만든 철없는 소년보다 못한 대접을 받았다.

의식을 완전히 되찾은 로이스는 자기가 어둡고 네모난 방 안의 딱딱하고 짧은 침대에 누워 있다는 사실을 알게 됐다. 도시의 감옥이라는 걸 쉽게 짐작할 수 있었다. 가로세로 2미터 정도 되는 방의 벽면은 모두 돌로 돼 있었고, 머리 위 높은 곳에 쇠창살로 된 틈이 있어서 그곳을 통해 빛과 공기가 들어왔다. 기절했다 한참 만에 서서히 깨어난 불쌍한 아가씨에게 그 방은 너무 어둡고 적막했다. 로이스는 기절할 때 생긴 고통을 누가 살펴봐주면 좋겠다고 생각했다. 삶을 움켜쥐려고 노력해야 했지만, 의지가 생기지 않았다. 처음 로이스는 그곳이 어딘지, 어쩌다 그곳으로 오게 됐는지 이해할 수 없었다. 이해하고 싶지도 않았다. 그저 가만히 누워서 사정없이 뛰는 맥박이 진정되기를 기다렸다. 로이스는 다시 눈을 꼭 감았다. 서서히 예배당에서의 장면이 기억나면서 눈앞에 그림이 그려졌다. 더럽고 혐오스러운 무언가를 보듯 자신에게 다가오던 증오 가득한 수많은 눈빛이 선명히 떠올랐다(이 이야기를 읽는 19세기의 당신은, 200년 전 로이스 바클리에게 마법이 정말 끔찍한 죄였다는 것을 기억해야 한다). 심장과 뇌에 각인된 사람들의 표정이 로이스로서도 이해가 됐다. 오, 신이시여! 사탄이 로이스와 로이스의 의지에 끔찍한 힘을 발휘했다는 게 사실일까? 정말 귀신이 들려서 마녀가 됐는데, 본인이 아직 그걸 알아채지 못하는 걸까? 로이스는 그와 관련해 들은 모든 내용을 생생히 기억했다. 한밤중에 사탄을 불러들여 행한다던 무시무시한 의식들, 이웃들과 프루던스의 뻔뻔함, 외숙모의 고압적인 태도, 머내시의 끈질기고도 비정상적인 문제 제기를 떠올렸다. 그리고 페이스의 부당한 태도에 분개했던 것도 기억났다. 그날 아침 일인데도 아주 먼 옛날 이야기 같았다. 지독하게 악한 힘이 그들과 로이스에게 나쁜 생각과 사악한 행동을 하게 만들고, 세상에 저주를 퍼붓게 만들었을까? 그런 생각들이 혼자 버려진 불쌍한 아가씨의 머릿속을 헤집고 돌아다녔다. 수많은 상상 끝에 로이스는 초조해지기 시작했다. 이게 뭐지? 갑자기 다리에서 쇠의 무게가 느껴졌다. 옥지기 말로는 '3킬로그램에 불과'하다지만, 상상의 바다를 헤매던 로이스에게는 정신이 번쩍 들게 할 만큼 무겁고 아팠다. 로이스는 쇠를 들어 올리다 찢어진 스타킹과 멍든 손목을 발견하고는 자신의 처지가 너무 불쌍해서 서럽게 울기 시작했다. 그러자 사람들은 로이스가 감옥에서 탈출할 방법을 찾는 거라며 두려워했다. 맙소사, 초자연적인 힘에 관해 아무것도 모르는 로이스로선 전혀 불가능한 일이었다. 오히려 무거운 쇠 덕분에 망상에서 깨어나고 의식도 돌아온 셈이었다.

로이스는 결코 깊은 감옥에서 도망쳐 나갈 수 없을 것 같았다. 누군가가 도와주지 않는 한 자연적이든 초자연적이든 탈출할 방법은 없었다. 그리고 모두가 공황에 빠진 시기에는 사람이 베풀 수 있는 자비를 기대하기 어려웠다. 로이스는 그런 건 없다고 생각했다. 이성보다는 본능으로 알았다. 사람이 극심한 공포에 처하면 비겁하면서도 잔인해진다. 그런데도 로이스는 쇠사슬에 묶였다는 사실을 알아채고는 처음으로 실컷 울고 또 울었다. 평소에 나쁜 생각을 하지 않은 건 아니지만, 그걸 절대 말이나 행동으로 옮기진 않았는데 그런 자신을 같은 인간들이 미워하고 두려워한다는 것이 너무 잔인하고 지나치다고 생각했다. 지금도 로이스는 자기를 나가게만 해준다면 집에 있는 모든 식구를 사랑할 수 있을 것 같았다. 그래, 비록 프루던스가 공개적으로 혐의를 제기하고 외숙모와 페이스가 사실대로 증언해주지 않아서 지금 같은 곤경에 처했지만, 여기서 나가게만 해준다면 다 괜찮아질 듯했다. 그들은 과연 로이스를 보러 와줄까? 적어도 몇 달 동안 매일 같은 빵을 나눠 먹은 가족이라는 생각으로 로이스를 보러 와서는 프루던스를 아프게 하고 머내시의 마음을 혼란스럽게 한 것이 사실인지 물어봐주기라도 할까?

그러나 끝내 아무도 오지 않았다. 누군가 문을 열고 빵과 물을 밀어 넣어주기는 했지만, 그게 로이스의 손에 닿을 위치에 놓였는지 확인도 하지 않고 황급히 문을 닫고 가버렸다. 어쩌면 그런 물리적인 조건은 마녀에게 크게 중요하지 않다고 여겼을지도 모른다. 로이스는 한참 만에 빵과 물을 손에 넣었다. 유아기에 느꼈던 본능적인 허기가 아직 남아 있었는 지 바닥에 길게 드러누워 안간힘을 쓴 덕분이었다. 빵을 조금 뜯어 먹고 나자 날이 저물었고, 로이스는 누워서 잠이나 청하 기로 했다. 그전에 저녁 찬송을 불렀고, 그 노랫소리는 옥지 기의 귀에도 들렸다.

"오늘 밤, 신이시여, 빛의 축복을 주심에
당신께 영광을 돌리옵니다!"

옥지기의 둔한 머리로는 축복할 일이 없는데도 감사를 드 린다는 게 이해되지 않았다. 로이스가 정말 마녀라면, 그렇게 끔찍한 일로 창피를 당한 날 찬양할 수는 없을 것 같았다. 그 러니 만약 마녀가 아니라면…… 옥지기는 이 지점에서 갑자기 생각을 멈추려고 도리질했다. 로이스는 무릎을 꿇은 채 한 단 락이 넘어갈 때마다 잠시 쉬어가며 천천히 주기도문을 외웠 다. 그러다 발목을 보고는 다시 눈물이 차올랐다. 발목이 아파 서가 아니라 이런 대접을 받을 만큼 사람들이 자신을 미워한 다는 게 서러워서였다. 로이스는 겨우 잠이 들었다.

다음 날 로이스는 마법 관련 죄를 법률적으로, 그리고 공적 으로 추궁당하기 위해 해손 판사와 커윈 판사 앞으로 끌려갔 다. 같은 혐의를 받은 다른 사람들도 로이스와 함께 있었다. 죄인들이 끌려 나오자 혐오에 찬 군중은 고래고래 소리를 질러댔다. 태파우 목사의 두 딸과 프루던스, 그 또래의 소녀 한 두 명이 마법에 걸린 피해자 자격으로 그 자리에 와 있었다. 죄인들은 판사들에게서 2, 3미터 떨어진 곳에 섰고, 고소인들 은 판사들과 죄인들 사이에 자리했다. 그런 다음 죄인들은 판 사 바로 앞에 와서 서라는 명령을 받았다. 로이스는 아이처럼 순순히 모든 명령에 따랐지만, 얼굴이 일그러질 정도로 심하 게 화나거나 딱딱한 표정의 사람들은 얼굴을 바꿀 생각을 조 금도 하지 않았다. 해손 판사가 옥지기들에게 로이스의 손을 하나씩 잡고 있으라 명령했고, 로이스에게는 자기를 계속 쳐 다보게 했다. 만약 로이스가 프루던스를 본다면, 프루던스가 발작을 일으키거나 울부짖어서 순식간에 심하게 다칠 수 있 다고 생각해 내려진 조치였다. 잔인한 군중 틈에 측은지심을 지닌 사람이 있었다면, 슬픔을 머금은 창백한 얼굴로 회색 눈 을 살며시 들어 올려 해손 판사의 엄한 얼굴을 응시한 채 순 순히 명령에 따르는 젊고 예쁜 영국 아가씨에게 일말의 연민 을 느꼈을 것이다. 마을 사람들은 아무 말 없이 숨 가쁜 시간 을 견디고 있었다. 다 함께 주기도문을 외울 차례였다. 로이 스도 주기도문을 외웠다. 그러나 전날 밤 감옥에서 혼자 했던 것처럼 "우리가 우리에게 죄지은 자를 사하여준 것같이 우 리 죄를 사하여주시옵고"라는 구절을 외우기 전에 잠시 멈추 었다. 이렇게 머뭇거리는 순간 사람들은 마치 그걸 기다렸다 는 듯 모두 로이스에게 마녀라고 소리를 질러댔다. 소란이 잦

아들자 판사가 프루던스 힉슨에게 앞으로 나오라고 명령했다. 로이스는 한 명이라도 익숙한 얼굴을 볼 수 있기를 바라며 고개를 한쪽으로 약간 돌려보았다. 그러다 로이스와 눈이 마주친 프루던스는 몸이 꽁꽁 얼어붙었고, 질문에 대답하기는커녕 말 한마디 하지 못했다. 그러자 판사들은 프루던스가 마법에 걸려 입이 얼어붙었다고 단정적으로 말했다. 몇몇 사람이 프루던스를 뒤에서 안은 채 억지로 로이스를 만지게 하려 했다. 그렇게 해야 마법이 치료된다고 생각하는 것 같았다. 그러나 프루던스는 세 걸음 정도 걸어가다 말고 발버둥을 쳐 사람들의 손에서 벗어나더니 발작을 일으키듯 온몸을 비틀며 쓰러졌고, 비명을 지르며 로이스에게 어서 와서 자기를 고통에서 구해달라고 간청했다. 곧 모든 소녀가(목격자의 표현을 빌리자면) "돼지처럼 쓰러져" 로이스와 또 다른 죄수들에게 소리를 질러댔다. 로이스와 죄수들은 손을 옆으로 뻗은 채 서 있으라는 명령을 받았다. 사람들은 마녀들의 몸이 십자가의 형태로 돼 있으면 사악한 힘을 잃으리라고 생각했다. 곧 로이스는 평상시와 다른 자세 때문에 지쳐서 힘이 다 빠져나가는 것 같았지만, 눈물과 땀이 뺨 위로 흘러넘칠 때까지 참을성 있게 그 자세를 유지했다. 그러다 나무 칸막이에 잠시 머리를 기대도 되겠냐고 낮은 목소리로 애원하듯 물어보았다. 그러나 해손 판사는 로이스에겐 다른 사람에게 고통을 줄 만큼의 힘이 있으니 그 정도는 견뎌내야 한다고 말했다. 로이스는 약하게 한숨을 쉬고는 계속 견뎠고, 로이스와 다른 죄인들에 대한 사람들의 원성은 점점 커져갔다. 의식을 잃지 않는 유일한 방법은 지금의 고통과 위험에서 다른 데로 관심을 돌리는 것밖에 없었다. 로이스는 기억나는 대로 신에 대한 믿음을 표현하는 찬송가 구절을 외우기 시작했다. 마침내 로이스는 다시 감옥으로 보내졌고, 마법을 부린 죄로 교수형이 신고됐다는 사실을 어렴풋이 인지했다. 이런 운명 앞에서 로이스가 울음을 터뜨리는지 확인하기 위해 많은 사람이 로이스를 눈여겨 보았다. 마녀들은 울지 않는다는 속설이 있었기에 울 힘이라도 있었다면, 로이스는 상황을 유리하게 만들기 위해서라도 울며 간청해봤을 것이다. 그러나 로이스는 너무 지쳐서 죽을 힘도 없었다. 사람들의 증오에 찬 외침과 잔인한 눈빛에서 벗어나 지금 이 순간 감옥 침대에 한번 누울 수 있다면 더 바랄 게 없었다. 그래서 로이스는 말 한마디, 눈물 한 줄기 없이 감옥으로 다시 끌려갔다.

좀 쉬고 나니 생각할 힘과 고통이 동시에 되살아났다. 정녕 이대로 죽게 되는 걸까? 며칠 전까지만 해도 로이스 바클리는 지극히 건강하고, 젊고, 언제나처럼 사랑과 희망에 가득 찬 열여덟 살의 아가씨가 아니었던가! 집, 로이스의 진짜 집이 있는 바퍼드 사람들은 이걸 어떻게 생각할까? 그곳에서는 모두가 로이스를 사랑했다. 로이스는 온종일 에이번강가의 목초지에서 노래하며 즐겁게 시간을 보냈다. 왜 어머니와 아버지는 일찍 돌아가셔서 아무도 원치 않고, 아무도 보살펴주지 않으며, 이제 마녀로 몰아 어이없이 죽게 하려는 사람들만 있는 잔인한 뉴잉글랜드로 오게 만들었을까? 이제 다시는 친절을 보여줄 사람은 만나지 못할 것이다. 이제 다시는! 지금 휴 루시는 새봄이 오면 로이스를 데려와 아내로 삼겠다던 다짐을 생각하며 즐겁게 살고 있을까? 어쩌면 로이스를 잊었을지도 모른다. 일주일 전만 해도 로이스는 이렇게 휴 루시를 믿지 못하는 자신이 못마땅했다. 그러나 이제는 모든 사람의 선의를 의심하게 됐다. 주변 사람들이 하나같이 잔혹하며 가차 없기만 하니까.

로이스는 돌아서서 연인을 의심한 자신에게 화를 내며 스스로를 세게 때리는 시늉을 했다. 오, 휴 루시만 있다면! 오, 그와 같이 있을 수만 있다면! 그라면 로이스를 죽게 내버려두지 않고 분노에 찬 사람들한테서 빼내 가슴팍에 안고는 바퍼드의 옛집으로 데려다줄 텐데. 어쩌면 그는 배를 타고 넓고 푸른 바다를 건너 매 순간 로이스에게 조금씩 가까워지고 있고, 결국 너무 늦지 않게 이곳에 당도할지도 몰랐다.

그런 생각들이 밤새도록 로이스의 머릿속에서 엎치락뒤치락했고, 결국 로이스는 정신이 오락가락하는 가운데 삶에 집착하며 죽지 않게 해달라고 미친 듯이 기도했다. 적어도 아직은 아니라고, 자기는 너무 어리다고 항변했다.

다음 날 아침 늦게 태퍼우 목사와 마을의 연장자들이 로이스를 깊은 잠에서 깨웠다. 로이스는 밤새도록 울며불며 몸을 떨다가 아침 해가 격자 모양의 쇠창살 사이로 비치자 마음이 조금 누그러져 겨우 잠들었었는데, 태파우 목사 때문에 깨버린 것이었다.

"일어나!" 목사는 로이스가 사악한 힘을 가졌다고 믿어 의심치 않았으므로 대놓고 로이스에게 함부로 대했다. "대낮이야."

"여기가 어디죠?" 하나같이 나무라는 듯한 눈길로 자신을 내려다보는 얼굴들을 보고 어안이 벙벙해진 로이스가 물었다.

"넌 마녀로 판명돼서 세일럼 감옥에 있다."

"아! 맞아요. 잠시 잊었네요." 로이스가 머리를 떨구며 한탄했다.

"틀림없이 밤새 사악한 짓거리를 해서 아침 되니 지치고 제정신이 아닌 게지." 로이스가 못 들을 줄 알고 누군가 목소리를 낮춰 속삭였다. 로이스는 말없이 눈길로만 그 사람을 나무랐다.

태파우 목사가 말했다. "우린 네가 저지른 수없이 많은 죄를 자백받으려고 왔다."

"제가 저지른 수없이 많은 죄요!" 로이스가 고개를 저으며 목사의 말을 되풀이했다.

"그래, 네가 마법을 써서 저지른 죄 말이다. 만약 자백한다면 길르앗의 향유가 있을 게다."•

로이스의 파리하고 위축된 모습에 연민을 느낀 연장자 한 명이 만약 자백하고 회개한다면, 그리고 속죄한다면 목숨을 부지하게 될지도 모른다고 말했다.

섬광이 로이스의 푹 꺼지고 흐린 눈을 파고들었다. 살 수 있을지도 모른다고? 그럴 힘이 있어? 맙소사, 휴 루시가 빨리 이리로 와서 평화로운 새집으로 영원히 데려가게 될지 누가 알아! 오, 그럼 죽지 않고 살아만 있으면, 일말의 희망은 있다. 그러나 마음먹고 연습해볼 새도 없이 이번에도 진실이 입에서 튀어나왔다.

"전 마녀가 아니에요."

그러자 저항할 생각은 꿈에도 하지 않고 오로지 앞으로 닥칠 일을 무력하게나마 그려보는 로이스의 눈을 태파우 목사가 가려버렸다. 사람들이 서로 귓속말하며 천천히 감옥으로 들어왔다. 그러고는 누군가가 로이스의 손을 들어 올려 근처에 있는 무언가를 만지게 했다. 곧 고통에 찬 신음이 들리는가 싶더니 프루던스가 익숙한 목소리로 비명을 지르며 발작을 일으키다 다른 곳으로 옮겨지는 소리까지 들렸다. 로이스는 자신의 죄에 의문을 제기한 판사가 있어 다른 시험이 필요했던 모양이라고 생각했다. 이제 로이스는 적들에게 둘러싸여 위험에 처한 끔찍한 꿈을 꾸고 있는 게 분명하다고 생

● 〈예레미야〉 8장 22절, "길르앗에 약이 떨어질 리 없고 의사가 없을 리 없는데, 어찌하여 내 딸, 이 백성의 상처를 치료하지 못합니까?" 참조.

각하며 침대에 털썩 주저앉았다. 공기가 답답해진 걸 보니 감옥 안에 많은 사람이 와서 낮은 목소리로 계속 열변을 토하고 있는 것 같았다. 로이스는 정신이 몽롱했고, 굳이 형벌의 단서가 될 만한 말을 알아내려 노력하지 않았다. 하지만 한두 단어로 그들이 무엇을 하려는지 알 수 있었다. 그들은 로이스가 어떤 주문을 걸었는지 자백을 받아내기 위해 채찍질 같은 고문 방법 중 어떤 것이 바람직할지 토론을 벌이고 있었다. 로이스는 온몸을 파고드는 전율을 느끼며 애원하다시피 소리를 질렀다.

"제발 바라건대 너무 끔찍한 방법은 쓰지 말아주세요. 만약 방금 말씀하신 그런 고문을 당하면 전 뭔가를 말할지도, 아니 누군가에게 죄를 뒤집어씌울지도 몰라요. 전 아직 어리고, 그리 용감하지 않아요. 다른 사람들처럼 착하지도 않고요."

거기 서 있는 사람 중 한두 명은 로이스를 보며 가슴이 미어지도록 아파했다. 로이스의 눈을 가린 거친 손수건 아래로 눈물이 철철 흘러내렸고, 연약한 발목을 꽉 조인 쇠사슬은 철렁거렸으며, 두 손은 발작을 막기 위해 한데 묶여 있었다.

"저거 봐! 울고 있어. 마녀는 눈물을 흘릴 수 없다고 하지 않았어?" 그나마 로이스를 가여워하는 누군가가 소리쳤다.

그러나 또 다른 사람은 이 말을 비웃으며, 처음에 로이스의 가족이 어떤 증언을 했는지 잘 기억하라고 말했다.

로이스는 한 번 더 자백을 강요당했다. 사람들이 증언한 내용들이 로이스에게 불리한 증거가 되어 낱낱이 제시됐다. 그들은 로이스가 속한 가족의 신앙심이 깊다는 점을 참작해 만약 자기 죄를 자백하고 바로잡은 뒤 회개한다면 목숨만은 건지게 해줄 테지만, 그러지 않는다면 다른 마녀들과 함께 다음 장날인 화요일 아침 세일럼 장터에서 교수형에 처할 거라고 말했다. 그러고는 조용히 로이스의 대답을 기다렸다. 로이스는 잠시 뜸을 들였다. 그러다 기진맥진해서 다시 침대에 앉은 채 물었다. "잠시 손수건 좀 풀어주실 수 있어요? 너무 아파서요."

눈을 가렸던 손수건을 풀고 붕대까지 떼어내자 비로소 앞이 보였다. 로이스는 긴장해서 딱딱해진 얼굴로 자신의 대답을 기다리는 사람들을 안타깝게 바라보았다. 이윽고 말을 시작했다.

"저는 거짓말로 목숨을 구하느니 양심의 거리낌 없이 죽음을 택하겠습니다. 저는 마녀가 아닙니다. 절 마녀라 하시는데 전 그게 무슨 뜻인지조차 모르겠습니다. 살면서 나쁜 짓을 많이 했지만, 주 예수 그리스도의 이름으로 다 용서받을 만한 것들이었다고 생각합니다."

"어디 네 사악한 입술에 그분의 이름을 올려!" 자백하지 않겠다는 데 격노한 태파우 목사가 로이스를 때리지 않으려 애쓰며 말했다. 그걸 눈치챈 로이스가 겁을 먹고 몸을 움츠렸다. 결국 해손 판사는 로이스 바클리가 마녀로 유죄판결을 받아 교수형에 처해질 거라고 엄숙하게 선고했다. 로이스는 아무에게도 제대로 들리지 않게 무슨 말을 중얼거렸는데, 어린 시절과 지금은 아무도 없는 고향에 연민과 동정을 구하는 기도 같았다. 이제 로이스는 다가오는 죽음에 대한 낯선 공포까지 더해진 채로 무시무시한 지하 감옥에 혼자 버려졌다.

감옥 바깥에서는 마녀에 대한 두려움과 마법에 대항하려는 열의가 엄청난 기세로 커졌다. 많은 여자와 남자에게 이전에 어떤 삶을 살았든 어떤 사람이었든 상관없이 죄가 덧씌워졌다. 어떤 곳에서는 악마가 악질적이고 사악한 힘을 발휘해서 50여 명의 사람이 심각한 고통을 받고 있다고 전해졌다. 그러나 그 안에 얼마나 많은 개인적이고 의도적인 악의가 섞여 있을지 아무도 모를 일이었다. 당시 통계로만 보면 55명이 죄를 자백해서 죽음을 면했고, 150명이 감옥에 갇혔으며, 200명 이상이 고소당했고, 동료 목사의 미움을 사서 죄인으로 몰린 놀런 목사 같은 목회자를 포함한 20명 이상이 처형됐다. 혐의를 부인하고 재판에서 답변하기를 거부한 어떤 노인은 법에 따라 명령 불복종으로 사형에 처해졌다. 맙소사, 심지어 개도 마법을 부린 혐의로 죽임을 당했다는 기록이 있다. 어느 청년은 자기 어머니가 감금되지 않도록 말에 태워 대평원의 태플레이 개울에서 멀지 않은 블루베리 습지로 몰래 데리고 갔다. 그러고는 미리 세워둔 원형 천막에 어머니를 숨겨놓고 음식과 옷을 제공해가며 오해가 사라질 때까지 위로하고 보호했다. 그러나 감옥에서 빼내려고 무리하게 시도하다가 어머니의 한쪽 팔이 심하게 골절됐으니 청년도 적잖게 고통받은 셈이었다.

로이스를 구하려는 사람은 아무도 없었다. 그레이스 힉슨은 로이스를 철저히 외면했다. 가족 전체가 마법에 오염돼 여러 세대에 걸쳐 떳떳하게 살아야 그 오명이 다 씻겨나갈까 말까 하다고 생각했다. 게다가 그레이스는 대다수 사람처럼 마법으로 인한 범죄를 철석같이 믿고 있었다. 가련한 로이스조차 마녀의 존재를 믿었다. 그래서 옥지기가 어쩌다 이야기 상대 삼아 들려준 말 때문에 로이스는 더 겁에 질렸다. 그의 말에 따르면 이제 마녀들로 감방이 거의 다 차서 마녀가 더 나타나면 로이스의 감방에 들여보내질 수도 있다는 거였다. 로이스는 자기가 마녀가 아니란 건 알았지만, 사탄에게 영혼을 팔아버린 악한 사람들 사이에는 범죄가 만연해 있다고 믿었다. 그래서 옥지기의 말에 무서워 덜덜 떨어가며 가능하면 다른 사람과 감방을 함께 쓰지 않게 해달라고 애원했다. 그러나 제정신이 아니었던 로이스는 자기가 무슨 부탁을 어떻게 했는지조차 제대로 기억하지 못했다.

로이스를 그리워하는 유일한 사람은, 할 수만 있었다면 로이스의 친구가 돼주었을 불쌍한 머내시였다. 그러나 너무 거칠고 무지막지한 언행을 일삼았기 때문에 그레이스는 사람들이 보지 못하도록 아들을 숨겨버렸다. 결국 그레이스는 머내시에게 수면제까지 먹였다. 머내시가 양귀비 차를 마시고 축 늘어져 자는 동안 그레이스는 아들을 무거운 침대에 끈으로 묶어버렸다. 이 일을 하면서 그레이스는 일찍이 자기가 그토록 자랑스러워하던 장남의 몰락에 가슴이 무너져 내렸다.

그날 밤 늦게 그레이스 힉슨은 모자와 망토로 얼굴을 가린 채 로이스의 감방을 방문했다. 로이스는 그날 아침 판사 한 명이 주머니에서 떨어뜨린 줄을 만지작거리며 멍하니 앉아 있었다. 그레이스는 잠시 아무 말 없이 로이스 옆에 서 있었고, 곧 로이스도 외숙모가 와 있음을 알아챘다. 로이스는 시커먼 형체에 놀라 몸을 움츠렸고 소리도 조금 질렀다. 마치 로이스가 소리를 질러 혀를 풀어준 것처럼 외숙모가 말을 시작했다.

"로이스 바클리, 내가 너한테 뭘 잘못했니?" 자애심이 부족한 그레이스는 한 지붕 아래 살게 된 이방인의 가슴을 얼마나 자주 아프게 했는지 전혀 깨닫지 못했다. 로이스도 외숙모에게 서운했던 일 따윈 기억도 나지 않았다. 오히려 외숙모가 덜 양심적인 사람이었다면 찾아오지도 않았으리라 생각했고, 고마운 마음만 가득했다. 그래서 그 적막한 곳에서 친구라도 만난 듯 반갑게 팔을 뻗으며 대답했다.

"아, 아니에요! 외숙모가 얼마나 친절하신데요!"

그러나 그레이스는 꿈짝도 하지 않고 꼿꼿이 서 있기만 했다.

"네가 왜 우리한테 왔는지 제대로 모르면서도 난 너한테 할 만큼 했다."

"전 어머니의 유언으로 여기에 왔어요." 로이스가 손으로 얼굴을 감싸며 신음했다. 순식간에 주변이 더 어두워졌다. 외숙모는 여전히 미동도 없이 서 있었다.

"우리 애들 중에 누가 너한테 못되게 굴었니?" 잠시 후 그레이스가 물었다.

"아뇨, 프루던스가 절 지목하기 전까지는 그런 일 없었어요. 오, 외숙모, 제가 진짜 마녀라고 생각하세요?" 로이스는 자리에서 일어나 그레이스의 망토를 붙잡고 표정을 읽어내려 애썼다. 그레이스는 로이스를 달래야 하지만 두려운 마음도 들어서 뒤로 약간 물러섰다.

"나보다 더 지혜롭고 신앙심이 두터운 사람들이 그렇게 말했잖니. 오, 로이스, 로이스! 머내시는 내 첫아이야. 그 애를 악마한테서 놓여나게 해줘. 세례받을 희망을 포기한 자들만 득실대는 이 끔찍한 건물에서 차마 들먹이면 안 되는 그분의 이름을 걸고 말하마. 나나 우리 가족이 너한테 잘해줬다면, 제발 머내시를 끔찍한 상태에서 벗어나게 해줘."

"그리스도의 이름을 걸고 부탁하셨죠. 저도 그 성스러운 이름에 대고 말씀드릴게요. 오, 외숙모! 정말, 신께 맹세코, 전 마녀가 아니에요! 그런데도 전 죽는대요. 목매달려서요! 외숙모, 절 죽이지 말라고 해주세요! 전 너무 어리고, 제가 아는 누구한테도 나쁜 짓을 하지 않았어요."

"쓸데없는 소리 집어치워! 오늘 오후에 머내시를 굵은 끈으로 묶었다. 자해하거나 우리한테 이상한 짓을 못 하게 하려고 말이다. 애가 완전히 미쳐 날뛰고 있어. 로이스 바클리, 여길 좀 봐라!" 그레이스가 로이스의 발치에 무릎을 꿇고 기도하듯 손을 모았다. "난 자존심이 강한 여자다. 신이시여, 용서하소서! 내가 목숨을 구하려고 신께 무릎을 꿇을 줄은 생각도 못 했다. 그리고 이젠 내가 네 앞에 무릎을 꿇는다. 우리 아이들, 특히 내 아들 머내시를 풀어다오. 네가 걸어놓은 주문에서 이제 그만 풀어줘. 로이스, 내 말 좀 들어다오. 그럼, 아직 자비가 남아 있다면 널 위해 전능하신 신께 기도해줄게."

"그럴 수 없어요, 외숙모. 제가 외숙모나 사촌들에게 잘못한 게 없는데, 뭘 어떻게 풀라는 거예요? 어떻게요!" 로이스는 할 수 있는 게 없음을 강하게 주장하며 손을 꾹 쥐었다.

그레이스가 뻣뻣한 몸짓으로 천천히 자리에서 일어났다. 그레이스는 로이스가 마법을 풀 수 없다거나 풀지 않겠다고 하면 욕을 퍼붓고 바로 그 자리를 피하기 위해 멀찌감치 거리를 둔 채 문 앞에 서 있던 참이었다. 그레이스는 오른손을 높이 들어 올려 치명적인 죄를 짓는 것도 모자라 마지막 순간까지 죄를 인정하지 않고 자비를 바라는 마녀에게 저주가 내리기를 빌었다. 또한 고아이자 이방인을 받아들이고 품어준 은공도 모르고 자신들에게 가한 정신적, 육체적 치명상에 대해 스스로 책임지기를, 이제 법정에서나 다시 만나기를 바랐다.

이 마지막 순간까지도 로이스는 자신에게 내려진 선고가 제대로 이행되지 않으리라 믿었고, 그에 대해 아무런 말도 하지 않았었다. 그러다 외숙모가 법정 운운하는 걸 듣고는 고개를 번쩍 들었고, 자기도 행동으로 엄숙히 다짐하듯 오른손을 들어 올리며 대답했다.

"외숙모! 거기서 뵐게요. 거기서 제 결백을 알게 되실 거예요. 신이 외숙모와 사촌들에게 은혜를 내리기를 빌어요!"

로이스의 차분한 목소리에 그레이스는 더 분노했다. 바닥에서 먼지를 한 줌 집어 로이스에게 던지는 시늉을 하며 고래고래 소리를 질렀다.

"마녀, 이 마녀야! 네 앞가림이나 해라. 난 너 따위의 기원은 필요 없어. 마녀의 기도는 반대로 읽힌단 말이다. 에잇, 침이나 받아라! 어디 두고 보자!" 그러고는 가버렸다.

로이스는 꼿꼿이 앉은 채로 밤새 끙끙 앓았다. "신이시여, 절 안심시켜주소서! 제게 힘을 주소서!" 로이스가 기억하는 말은 그뿐이었다. 바라는 건 그것뿐 다른 건 필요 없었다. 다른 고통과 욕망은 사라진 지 오래였다. 다음 날 아침, 식사를 가져다준 옥지기가 로이스에게 "바보같이 굴었다"라고 말했다. 로이스는 그 사람을 몰랐다. 하지만 그는 계속 앞뒤로 몸을 흔들어대면서 낮은 목소리로 혼잣말을 했고, 이따금 미소까지 지으며 밤새 로이스를 지켜본 모양이었다.

그러나 신은 로이스를 위로하고 강하게 만들기도 했다. 그

주 수요일 오후 늦게, 잘 지내보라는 상스러운 말과 함께 사람들이 다른 '마녀'를 로이스의 감방으로 밀어 넣었다. 신참은 밀려 들어오자마자 푹 쓰러졌다. 로이스는 땅에 얼굴을 대고 누워 있는 남루한 사람이 여자라는 것밖에 알지 못하는 상황에서 그를 일으켜 세웠다. 그런데 맙소사, 여자는 바로 네이티였다. 더럽고 진흙투성이에다 돌에 맞아 멍이 들었으며, 밖에서 사람들에게 호되게 당한 뒤 정신이 완전히 나간 상태였다. 로이스는 네이티를 안아 늙고 시커멓고 주름진 얼굴을 앞섶으로 부드럽게 닦아주었다. 자신의 슬픔에는 거의 눈물을 흘리지 않았지만 네이티를 보고는 절로 눈물이 났다. 로이스는 몇 시간 동안 늙은 인디언 여인의 상한 몸을 보살펴주었다. 그리고 네이티가 겨우 정신을 차리자 함께 성난 군중 앞에서 죽음을 맞아야 할 내일을 걱정했다. 로이스는 죽음에 대한 두려움으로 온몸을 사시나무처럼 떠는 노파를 위로할 방법이 자신에게 있기를 바랐다.

깊고 깊은 한밤중, 고요한 감옥에서 마치 어린아이에게 하듯 "우리를 위해 십자가에 못 박히신 분"에 관한 놀랍고도 슬픈 이야기를 들려주는 소리가 새어 나왔다. 로이스의 얘기를 듣는 동안은 인디언 여인의 공포도 잠잠해졌지만, 로이스가 힘이 들어 잠시 쉬기라도 하면 네이티는 어릴 때 살았던 깊은 숲속에서 야생동물에게 추격을 당할 때처럼 다시 비명을 질러댔다. 그러면 로이스는 기억하고 있는 모든 복된 말로 무력한 인디언 여인을 계속 위로했다. 그러면서 자신도 위로받았고, 더 강해졌다.

아침이 밝자 소환 명령이 떨어졌고, 죽음이 다가왔다. 사람들이 감방 문을 열었을 때 로이스는 자기 무릎 위에서 자고 있는 노파에게 얼굴을 묻은 채 잠들어 있었다. 잠에서 깬 로이스는 이번에도 자신이 어디에 있는지 제대로 깨닫지 못했다. '멍한' 표정이 창백한 얼굴에 되살아났다. 로이스의 머릿속에는 어떻게 해서든, 어떤 위험이 있든 불쌍한 인디언 여인을 보호해야 한다는 생각뿐이었다. 밖으로 나온 로이스는 화사한 4월의 빛을 보고 희미하게 미소 지었고, 네이티에게 조용히 하라고 손짓한 다음 아무렇게나 주워들은 단어들과 찬송가의 신성한 가사들로 네이티를 안심시켜 떠들지 못하게 하려고 애썼다. 사람들이 교수대 가까이 다가왔고, 성난 군중이 야유를 보내고 고함을 지르자 네이티는 로이스를 세게 끌어안았다. 로이스는 맹렬한 비난과 야유와 돌과 진흙이 자신을 향해 날아오는 데는 아랑곳하지 않고 네이티에게 용기를 주고 네이티를 안심시키기 위해 두 배의 노력을 기울였다. 그러나 사람들이 로이스에게서 네이티를 떼어내 먼저 처형장으로 데려가자 그제야 공포심이 되살아났다. 정신없이 주변을 두리번거렸고, 멀리 있는 보이지 않는 누군가에게 팔을 뻗으며 모든 사람을 전율케 하는 목소리로 단말마의 비명을 질렀다. "엄마!" 그러고는 바로 '마녀 로이스'의 몸이 공중으로 날아올랐다. 모두 자신들에게 치명적인 범죄의 공포가 덮친 것처럼 놀라서 숨도 제대로 쉬지 못한 채 서 있었다.

정적을 깬 것은 웬 미치광이 남자였다. 그는 사다리 위로 황급히 걸어 올라가 로이스를 팔에 안고 입술에 미친 듯 키스했다. 그러고는 자신이 악마에 씌었다는 사람들의 믿음이 사실임을 증명하듯 풀쩍 뛰어내리더니 사람들 사이를 뚫고 도시 바깥으로 내달려 어둡고 빽빽한 숲으로 들어가버렸다. 그 후로 머내시 힉슨을 본 사람은 아무도 없었다.

그해 가을이 오기 전, 홀더니스 선장과 휴 루시가 기분 좋은 나라 영국의 평화로운 바퍼드로 로이스를 데려가기 위해 나타나자 세일럼 사람들은 그제야 끔찍한 오해에서 깨어났다. 사람들은 로이스의 무덤으로 그들을 데리고 갔다. 휴 루시는 분하고 서러워하며 세일럼을 떠났고, 무거운 마음으로 로이스를 기리며 평생 혼자 살기로 맹세했다.

다시 여러 해가 지나 홀더니스 선장이 에이번강가에서 제 분소를 하는 휴 루시를 찾아가 관심 가질 만한 소식이 있다며 전했다. 지난해(1713년이었다) 교회 성찬회에서 세일럼의 마녀 파문 건에 관한 문장을 지우라는 명령이 내려졌고, 거기에 모인 사람들은 '무지하고 엇나간 사람들을 불쌍히 여길 줄 아는 자비로운 대제사장을 통해 그들이 저지른 죄와 잘못과 실수를 모두 용서해주시기를 은혜로운 주님께 삼가 요청드렸다'고 말했다. 선장은 또 성인이 된 프루던스 힉슨이 모든 교인 앞에서 자신이 여러 번 거짓 증언을 했으며, 특히 사촌인 로이스 바클리를 언급하며 슬픔과 후회의 심경을 신랄하게 고백했다고 했다. 얘기를 다 들은 휴 루시가 말했다.

"그들이 아무리 참회한들 로이스는 살아 돌아오지 않습니다."

그러자 홀더니스 선장은 서류를 하나 꺼내 거기에 서명한 사람들의 준엄하고 진솔한 참회의 문장을 읽어나갔다. 그레이스 힉슨도 그중 한 명이었다.

아래에 서명한 우리는 1692년에 세일럼 법원 배심원의 자격으로 여러 사람의 몸에 마법을 부린 혐의로 기소된 많은 사람의 재판에 참석했습니다. 우리는 어둠의 힘과 사탄에 대한 불가사의한 망상을 이해하지 못했고, 누군가의 목숨에 관여하기에는 지식이 부족한데도 다른 사람의 말만 듣고 마법의 혐의가 있는 사람들에 대한 증거를 얘기하도록 설득당했습니다.● 무지한 우리는 주가 용서받지 못할 일이라고 성서에서 명명한 죄를 누군가에게 덮씌우는 중요한 역할을 하는 게 두려웠지만, 당시에는 그것을 현세적인 판단이라 여겼습니다.●● 그러므로 우리는 우리가 저지른 잘못이 누군가에게

● 〈신명기〉 17장 6절, "그런데 그 사람을 죽이려면 두세 사람의 증언이 있어야 한다. 한 사람의 증언만으로는 죽일 수 없다" 참조.

●● 〈열왕기하〉 24장 4절, "그런 데다가 그는 무죄한 피마저 흘려 예루살렘을 피바다로 만들었으므로 야훼께서는 용서하실 마음이 없으셨던 것이다" 참조.

선고를 내리는 증거로 쓰인 데 대해, 모두에게(특히 살아서 고통받는 사람들에게) 깊은 슬픔을 느낍니다. 그리고 우리 스스로도 우리가 저지른 착각과 실수로 인해 몹시 불안해하고 괴로워하고 있다는 말씀을 드립니다. 이에 우리가 저지른 잘못에 대해 먼저 신께 용서를 구하옵고, 다른 사람이 아닌 우리에게 벌 내려주시기를 기도합니다. 또한 살아서 고통받는 분들께는 우리가 그런 문제에 경험이 없고 익숙하지도 않으면서 착각하고 오해했다는 점을 솔직하고 숨김없이 고백합니다.

우리가 저지른 죄에 대해 여러분 모두에게 진심으로 용서를 구합니다. 우리는 지금의 마음을 잊지 않고 다시는, 그 누구도 빈약한 근거로 그런 짓을 저지르지 않을 것을 전 세계에 맹세합니다. 부디 우리가 저지른 죄를 사하여주시는 마음으로 이 말씀을 받아들여주시기를 기원하며, 신이 땅에 있는 우리에게 부여하듯 여러분이 신의 땅에서 축복받으시기를 기도드립니다.

대표 토머스 피스크 외

휴 루시는 이 참회문을 듣고 전보다 훨씬 더 침울해진 목소리로 이 말만 되풀이했다.

"그들이 아무리 회개한들 로이스에게는 아무 소용이 없고 로이스를 살려낼 수도 없습니다."

그러자 홀더니스 선장이 한 번 더 나서서 말했다. 그들은 뉴잉글랜드 전역을 대상으로 대규모 금식의 날을 지정해서 예배당에 모였는데, 호호노인 하나가 설교단에 자술서를 올렸다고 했다. 노인이 몇 번이나 읽으며 되새긴 자술서는 세일럼 마녀재판에서 본인이 심대한 잘못을 저질렀음을 인지하고 있고, 신과 신의 백성에게 용서를 구하며, 자신이 과거에 저지른 잘못 때문에 나라와 가족, 그리고 자기 자신에게 신의 노여움이 내리지 않기를 간청하는 내용으로 끝을 맺었다고 했다. 그 노인은 수얼 판사였는데, 자술서가 낭독되는 내내 서 있다가 끝에 가서 "선하고 자애로우신 신이시여, 부디 뉴잉글랜드와 저와 제 가족을 구해주소서!"라고 덧붙였다. 그 후 몇 년 동안 수얼 판사는 마녀재판에서 자기가 한 역할에 대해 슬퍼하고 참회하는 마음을 새롭게 다지기 위해 기도의 날을 정해놓고, 목숨이 붙어 있는 한 이 엄숙한 기념일을 지키며 깊이 반성하고 뉘우치겠다고 맹세했다.

휴 루시가 떨리는 목소리로 말했다. "이런다고 로이스가 다시 살아 돌아오지 않고, 저 역시 희망에 찬 젊은 시절로 돌아갈 수 없습니다."

홀더니스 선장이 고개를 젓자(그가 무슨 말을 할 수 있을 것이며, 어떻게 더 설득할 수 있었겠는가!), 휴가 덧붙였다. "그 판사가 정했다는 날이 언젠지 아십니까?"

"4월 29일입니다."

"그럼, 그날 저는 여기 바퍼드에서 제가 살아 있는 한 그의 죄가 사해지고 더는 기억되지 않기를 함께 기도드리겠습니다. 로이스도 그러기를 원할 것 같습니다."

늙은 보모 이야기

아씨, 아시지요. 아씨 어머니는 외동딸이었어요. 그 얘기도 들으셨지요? 아씨의 할아버지는 웨스트모얼랜드에서 목회 일을 하셨어요. 제가 거기에서 마을 학교에 다녔거든요. 어느 날 아씨 할머니가 학교에 오셔서 혹시 아이를 돌볼 만한 똑똑한 애가 있는지 선생님에게 물어보셨어요. 선생님이 저를 부르셨을 때 얼마나 뿌듯했는지 몰라요. 선생님은 제가 바느질을 잘하고, 부지런하고, 정직하다고 칭찬해주셨어요. 우리 부모님은 가난하지만 아주 훌륭한 분이란 말씀도 해주셨고요. 젊은 부인은 곧 아이를 낳을 것이고, 제게 아이 돌보는 일을 맡기고 싶다면서 저만큼이나 얼굴이 발개지셨는데, 저렇게 예쁜 분의 시중을 들게 된다면 그보다 더 좋은 일은 없을 것 같았어요. 아씨는 뒤에 올 얘기가 궁금하지 이 부분은 별로 듣고 싶지 않으시죠? 네, 바로 다음으로 넘어갈게요. 저

는 로저먼드 아가씨(제가 돌볼 아이이자 아씨의 어머니 말이에요)
가 태어나기 전부터 이미 목사관에 자리를 잡고 있었어요.
아이가 태어나도 처음에는 제가 딱히 할 일이 없었어요. 아
이는 늘 엄마한테 안겨 있었고, 밤새 잤으니까요. 전 가끔 마
님이 아이를 저한테 맡겨주시는 것만으로도 행복했답니다.
전 그런 아이는 처음 봤어요. 얼마나 예쁘고 순하던지요. 아
씨도 다정한 웃음으로 사람의 마음을 끌기는 하지만 아가씨
에 비하면 발끝에도 못 미쳐요. 아가씨는 타고난 귀족인 어머
니 퍼니벌 양을 쏙 빼닮았었죠. 퍼니벌 양은 노섬벌랜드에 사
는 퍼니벌 경의 손녀였어요. 제가 알기로 퍼니벌 양은 무남독
녀였고, 아씨의 외할아버지와 결혼하실 때까지 사촌들과 함
께 자랐지요. 아씨의 외할아버지는 칼라일에 있는 어느 점주
의 아들로 부목사였는데, 보기 드물게 똑똑하고 훌륭한 신사
였고, 드넓은 웨스트모얼랜드 고원지대의 교구에서 아주 성
실히 일했답니다. 아가씨가 네다섯 살 무렵, 마님의 부모님
이 이 주 간격을 두고 차례로 돌아가셨지요. 아, 그때 정말 슬
펐어요! 우리 마님과 저는 둘째 아이가 태어나기를 기다리고
있었는데, 그때 비에 젖은 채 긴 여행을 마치고 돌아온 나리
가 그만 열병에 걸려 돌아가시고 말았지요. 마님은 고개도 들
지 못할 정도로 기진맥진했지만, 새로 태어날 아이를 위해 악
착같이 버텼어요. 하지만 그 아이마저 죽고 말았지요. 마님은
죽은 아이를 가슴에 묻고 시난고난 메말라갔어요. 돌아가시

기 전, 마님은 저를 따로 불러 따님 곁을 잘 지켜달라고 신신당부하셨는데, 그런 말을 하지 않으셨어도 전 이미 세상이 끝나는 날까지 아가씨와 함께하겠다고 다짐했었지요.

눈물이 채 마르기도 전에 유언집행자들과 후견인들이 여러 문제를 해결하러 왔지요. 우리 불쌍한 젊은 마님의 사촌인 퍼니벌 경과 맨체스터에서 상점을 경영하는 나리의 동생 에스웨이트 씨도요. 에스웨이트 씨는 나중에도 그랬지만 그때도 그다지 잘살지 못했고 건사해야 하는 대가족이 있었어요. 그분들이 그렇게 결정한 건지 아니면 마님이 돌아가실 때 지금 우리 주인님이 된 사촌에게 쓴 편지 때문인지 모르겠지만, 어쨌든 아가씨와 저는 노섬벌랜드에 있는 퍼니벌 대저택으로 가게 됐답니다. 주인님은 그게 마님의 유언이었고, 주인님도 그렇게 큰 집에 한두 사람 더 있고 없고는 큰 차이가 없을 터라 반대하지 않으셨다는 식으로 얘기했지요. 저는 어디 가든 한 줄기 햇살처럼 더없이 밝게 빛날 명랑하고 어여쁜 아가씨가 그런 식으로 대접받는 게 싫었지만, 제가 어린 아가씨의 보모로 퍼니벌 대저택에 가게 됐다는 소문이 퍼지면 데일에 있는 모든 사람이 절 우러러볼 것 같아 그건 매우 기뻤어요.

그러나 주인님이 사는 곳에 우리가 가서 살게 될 거란 제 생각은 틀렸더군요. 그 가족은 이미 오십 년도 더 전에 퍼니벌 대저택을 떠났더라고요. 우리 불쌍한 젊은 마님이 그 가족들과 함께 자라긴 했지만, 대저택에 살았다는 얘기를 들어본 적은 없었어요. 우리 아가씨도 마님이 살았던 곳에서 지낼 수 있겠다고 생각했던 터라 마음이 짠했답니다.

제가 궁금해서 미리 많은 질문을 했더랬어요. 주인님 하인들 말이 대저택은 아주 광활한 컴벌랜드고원 입구에 있고, 주인님의 고모할머니인 연로한 퍼니벌 부인이 하인 몇 명만 데리고 살고 있다고 했어요. 다행히 그곳이 아가씨가 당분간 지내기에는 나쁘지 않을 테고, 아가씨가 그곳에 있으면 늙은 고모할머니도 기뻐할 거라고 생각했대요.

주인님은 제게 정한 날까지 아가씨의 물건을 다 싸놓으라고 하셨지요. 그분은 엄격하고 당당했어요. 사람들 말이 퍼니벌 가문 나리들은 다 그렇다고 하더군요. 그 말이 맞겠다 싶은 게 그분 역시 말 한마디 허투루 하는 법이 없었거든요. 또 들리는 말에 따르면, 그분은 우리 젊은 마님을 사랑했었대요. 하지만 마님은 그분의 아버지가 반대할 걸 알아서 마음을 독하게 먹고 아가씨 아버지와 결혼했대요. 저도 자세한 건 몰라요. 어쨌든 그분은 그때까지도 결혼하지 않았지요. 제 생각엔 마님을 평생 마음에 둬서 그런 게 아닐까 싶지만, 그 역시 잘은 모르겠어요. 주인님은 헨리 씨를 시켜 우리를 대저택으로 데려가게 했지만, 헨리 씨는 다시 뉴캐슬에 가 주인님을 만나야 해서 우리를 대저택에 데려다놓기만 하고 낯선 사람들에게 소개해주지는 못했어요. 그렇게 우리 두 외롭고 어린 소녀는(저도 당시 열여덟이 채 안 된 나이였어요) 거대하고 낡은 저택에 남겨졌지요. 그곳까지 갔던 여정이 어제처럼 선명히 기억 나네요. 우리는 일찌감치 목사관을 떠났어요. 저는 한때 마차 를 몹시 타보고 싶었는데, 정작 마차를 타고 가면서는 우리 둘 다 가슴이 미어지는 것 같아 펑펑 울기만 했지 조금도 좋 지 않았었답니다. 때는 9월이었고, 마지막으로 마차를 갈아타 기 위해 온통 광부들뿐인 작고 뿌연 마을에 들렀을 때는 정오 를 훌쩍 넘긴 시각이었어요. 헨리 씨가 저더러 잠든 아가씨를 깨우라고 했어요. 이제 곧 공원과 대저택이 보일 거라면서요. 아가씨를 깨우기가 좀 안쓰러웠지만, 시키는 대로 했어요. 주 인님한테 저를 안 좋게 얘기할까봐 겁이 났거든요. 작은 마을 을 완전히 벗어난 뒤 크고 황량한 공원 안으로 들어섰어요. 거 긴 남부에 있는 공원들 같지 않게 바위와 옹이투성이인 가시 나무, 나이 들어 허옇게 껍질이 벗겨진 떡갈나무가 있었고, 물 이 거칠게 흐르는 소리가 들렸어요.

길을 따라 3킬로미터 정도 더 올라가니 나무로 빽빽이 둘 러싸인 크고 위엄 있는 집이 보였죠. 나무가 어찌나 집 가까 이 있던지 바람이 불 때마다 나뭇가지들이 벽을 후려쳤고, 간 혹 부러진 채 매달려 있기도 했어요. 대저택에는 가지치기하 거나 이끼 낀 마찻길을 제대로 관리하는 사람이 없는 것 같 았어요. 그래도 집 앞은 깨끗했어요. 타원형의 널찍한 진입로 에 잡초 하나 없었지요. 나무도 없고, 창문 많은 긴 건물을 타 고 올라가는 덩굴도 없었어요. 양쪽에는 부속 건물이 붙어 있었는데, 그 건물들 덕분에 고적하지만 웅장한 멋이 있었어요. 뒤쪽으로는 헐벗은 언덕이 솟아 있었고, 집 왼편에는 작고 오래된 꽃밭이 있었고요. 저는 나중에야 그걸 발견했어요. 문은 서쪽 현관에서 밖으로 열리게 돼 있었어요. 나이 든 퍼니벌 부인을 위해 어둡고 울창한 숲을 피해서 문을 낸 모양이었지만, 거대한 산림수의 가지가 자라나 다시 그늘을 드리웠고, 살아 있는 꽃은 몇 송이 없었죠.

우리는 거대한 문을 통과한 다음 넓은 홀에 들어섰어요. 어마어마하게 커서 길을 잃어버릴까 걱정될 정도였어요. 천장 가운데 동으로 만든 샹들리에가 매달려 있었는데, 그렇게 멋진 건 한 번도 본 적 없어서 입이 떡 벌어졌지요. 한쪽 끝에는 벽난로가 있었는데, 벽면을 거의 다 차지할 정도로 컸고 장작을 쟁여놓을 수 있는 큰 받침대도 달려 있었어요. 그 옆에는 육중한 구식 소파가 놓여 있었죠. 들어서면서 왼편, 그러니까 홀의 서쪽 끝에는 붙박이 오르간이 있었는데, 이것 역시 한쪽 벽을 꽉 채울 만큼 컸어요. 그 옆에 문이 하나 있었고, 반대쪽 벽난로의 양쪽 끝에는 동쪽으로 가는 문이 여러 개 나 있었어요. 그런데 그 집에 있는 동안 그 문들을 한 번도 통과해본 적이 없어서 그 너머에 뭐가 있는지 몰랐어요.

오후가 저물고 있어서 불이 켜지지 않은 홀은 어둡고 음울했는데, 다행히 그곳에서 그리 오래 머무르지는 않았어요. 문을 열어준 늙은 하인이 우리를 데려온 헨리 씨와 인사하고는,

거대한 오르간 옆에 있는 문을 통과해 작은 홀과 통로 몇 개를 더 지난 뒤 퍼니벌 부인이 기다리는 서편 응접실로 우리를 데려갔죠. 아가씨는 그 넓은 곳에서 길을 잃어버릴까봐 두려운지 제게 딱 붙어 있었어요. 실은 저도 크게 다르지 않았는데 말이에요. 서쪽 응접실은 난로에 불이 피워져 있어 따뜻했고, 편안하고 멋진 가구가 많아서 생기가 넘쳤어요. 퍼니벌 부인은 여든은 돼 보였는데, 맞는지는 모르겠어요. 마르고 키가 컸고, 얼굴에는 바늘로 그린 것처럼 잔주름이 자글자글했어요. 귀가 먹어서 나팔형 보청기를 사용했지만, 눈빛은 아주 매서웠어요. 퍼니벌 부인 옆에는 거의 엇비슷하게 늙은 하녀이자 동료인 스타크 부인이 엄청나게 큰 태피스트리를 함께 수놓고 있었어요. 두 사람은 어릴 때부터 함께 살아서 주종 관계라기보단 친구 사이에 더 가까워 보였죠. 그리고 어찌나 무뚝뚝하고 쌀쌀맞은지 자기가 모시는 주인 말고는 평생 누구에게도 마음을 줘본 적 없어 보였어요. 스타크 부인은 귀가 어두운 퍼니벌 부인을 마치 아이 대하듯 하더군요. 헨리 씨가 주인님이 보낸 편지를 전해주고는 우리에게 고개 숙여 작별인사를 했어요. 아가씨도 인사하려고 손을 뻗었는데, 보지 못하고 그냥 가버렸어요. 우리는 노부인 두 사람이 안경 너머로 우리를 지켜보는 가운데 그곳에 남겨졌지요.

그분들이 아까 우리를 데려온 늙은 하인을 불러 방으로 데려다주게 해서 얼마나 다행이었는지 몰라요. 우리는 큰 응접실에서 나와 다른 응접실을 거친 뒤, 큰 계단을 걸어 올라 한 쪽은 온통 책이고 반대쪽은 창문과 필기용 테이블이 있는 서재 비슷한 넓은 갤러리를 지나서야 우리 방에 도착했어요. 주방 바로 위의 방이라는 소리를 듣고도 전 싫지 않았어요. 그 덕분에 이 넓고 넓은 집에서 적어도 길을 잃지는 않겠다 싶었거든요. 오래전 어린 주인님과 그 가족이 썼던 아기방이 하나 있었어요. 불이 활활 타는 벽난로 위에는 주전자가 깐닥거리며 끓었고, 테이블에는 여러 종류의 차가 놓여 있었어요. 그 방 밖에 아기 침실이 있었고, 제 침대 바로 옆에 아가씨가 누울 작은 침대가 있었죠. 늙은 하인 제임스가 아내 도러시를 불러 우리한테 인사시켰어요. 두 사람 다 친절하고 다정해서 점차 아가씨도 저도 마음이 편해졌어요. 차를 다 마실 때쯤에는 아가씨가 도러시의 무릎에 앉아 작은 새처럼 조잘조잘 떠들기까지 했답니다. 곧 도러시가 웨스트모얼랜드 출신이라는 사실을 알고선 서로 더 친밀감을 느꼈어요. 제임스와 도러시는 정말 친절했어요. 제임스는 주인님의 집안일을 봐주면서 거의 평생을 살았고, 주인님 가족만큼 대단한 분들은 없다고 생각했어요. 그러나 자기 아내는 조금 깔보기도 했어요. 두 사람이 결혼하기 전까지 도러시가 농가 아닌 곳에서는 살아본 적 없었다는 이유였지요. 그래도 기본적으로 제임스는 아내를 무척 좋아했답니다. 제임스 부부 밑에는 힘든 일을 도맡아 하는 하녀가 한 명 있었어요. 이름이 애그니스였는데, 애그니스와 저, 제임스와 도러시, 퍼니벌 부인과 스타크 부인, 그리고 우리 사랑스러운 아가씨가 한 가족처럼 살았답니다. 그 집에서 아가씨를 끔찍이 아끼는 걸 볼 때마다 아가씨가 오기 전에는 그들이 어떻게 살았는지 가끔 궁금해질 때가 있었어요. 주방과 응접실, 그런 것들은 다 똑같을 거잖아요. 늘 힘들고 슬퍼 보이는 퍼니벌 부인과 냉정한 스타크 부인은 아가씨가 끊임없이 조잘거리며 장난치고, 좋아서 깔깔대며 새처럼 호로록 날아다니면 정말 즐거워했거든요. 제가 보기에 그분들은 아가씨가 주방으로 도망가면 꽤 서운해하는 것 같았어요. 자존심 때문에 차마 더 같이 있자고 말은 못 했지만 말이에요. 취향이 특이하다고 놀라기도 했지만, 아가씨의 아버지가 어디 출신인지 기억하는 스타크 부인으로서는 이해할 수 있었을 거예요. 그 크고 낡고 어수선한 집은 이제 어린 로저먼드 아가씨에게 즐거운 곳이 됐어요. 아가씨는 저를 뒤따르게 하고는 집 안 곳곳을 탐험했어요. 항상 굳게 닫혀 있어서 갈 엄두도 못 내는 동쪽 건물만 빼고는 어디든 다 들쑤시고 돌아다녔죠. 서쪽과 북쪽에는 재미난 공간이 많았어요. 자주 봐온 사람들에겐 별것도 아니었겠지만, 우리한테는 호기심을 자극하는 것이 많았답니다. 창문은 웃자란 나뭇가지들과 창을 타고 올라오는 무성한 아이비 때문에 늘 어두컴컴했어요. 그러나 그 녹색 어둠 속에서도 우리는 오래된 자기와 상아를 깎아 만든 상자, 크고 무거운 책들, 무엇보다 오래된 그림들을 볼 수 있었어요.

한번은 아가씨가 도러시한테 그림 속에 있는 사람들이 누군지 얘기해달라고 부탁한 적이 있었어요. 도러시가 모든 사람의 이름을 말해줄 순 없겠지만, 많은 그림이 주인님 가족의 초상화였으니 알 만큼은 알 것 같았죠. 방을 여러 개 지나 홀 너머에 있는 옛 응접실로 갔더니 퍼니벌 부인, 아니 당시에는 그레이스 양이라 불렸던 사람의 초상화가 있었어요. 얼굴은 참 예뻤는데, 누가 감히 건방지게 자기를 바라보는지 의아하다는 듯 오만한 표정이었고, 아름다운 눈에는 경멸의 빛이 가득했으며, 눈썹을 약간 치켜올리고 바라보는 게 우리를 비웃는 것 같았지요. 저로선 한 번도 본 적 없는 종류의 드레스를 입고 있었는데, 하나같이 오래된 양식 같았어요. 예쁜 깃털로 한쪽을 장식한 비버 모피 같은 부드럽고 흰 모자를 눈썹 위까지 당겨 썼고, 파란색 새틴 스터머커● 드레스를 입고 있었거든요.

"와, 맞네요. 맞아!" 초상화를 한참 바라본 다음 제가 말했지요. "아무리 육체는 풀 같아서 덧없다지만, 지금 모습을 보고 누가 퍼니벌 부인이 저렇게 엄청난 미녀였다고 생각할 수 있겠어요?"

● 15, 16세기에 유행한 옷으로 앞가슴 부분에 보석이나 자수 장식을 박아 넣은 드레스.

"그러게. 사람이 늙는다는 게 참 슬프지. 하지만 우리 주인님 아버지가 늘 하던 말이 사실이라면, 옛날에는 언니인 퍼니벌 양이 그레이스 양보다 더 예뻤대. 그 그림도 여기 어디 있을 텐데. 근데 내가 그걸 보여줘도 절대 봤다고 말하면 안 돼. 제임스한테도. 우리 꼬마 아가씨도 비밀을 지켜줄 수 있겠어요?" 도러시가 물었죠.

아가씨는 너무 어리고, 상냥하고, 대담하고, 얘기를 막 하는 아이라 믿을 수 없더라고요. 그래서 제가 아가씨는 다른 데 데려다놓은 다음 다시 돌아와선 도러시를 도와 벽에 걸지 않고 뒤집어 세워둔 큰 그림을 돌려보았어요. 확실히 그레이스 양을 능가하는 미모였어요. 그러나 도도해 보이기로는 막상막하인 것 같았어요. 그런 멋진 그림이라면 한 시간도 쳐다볼 수 있을 것 같았지만, 도러시는 그걸 제게 보여준 게 약간 불안했던지 서둘러 원래대로 해놓고는 저한테 얼른 가서 아가씨를 찾아보라고 하더군요. 집에는 아이가 가서 좋을 리 없는 이상한 장소가 몇 군데 있었거든요. 전 용감하고 간이 커서 도러시가 한 말에는 크게 신경 쓰지 않았어요. 오히려 숨바꼭질하듯 재밌겠다는 생각에 신나 아가씨를 찾으러 뛰어갔어요.

겨울이 다가오고 낮이 짧아질 무렵, 누가 홀에서 오르간을 연주하는 소리가 간혹 들렸어요. 매일 밤은 아니지만, 틀림없이 자주 들리기는 했어요. 대개 제가 아가씨를 침대에 뉘고 침실에서 숨죽이고 있을 때였어요. 멀리서 쾅 하더니 서서히 소리가 커지는 식이었지요. 처음 소리를 들은 날, 저녁을 먹으며 도러시에게 오르간을 치는 사람이 누구냐고 물었더니 제임스가 바보같이 풀숲에 이는 바람 소리와 음악을 구별하지 못한 거라고 말하더군요. 하지만 그때 전 분명 봤어요. 도러시는 겁에 질린 표정으로 제임스를 바라보았고, 부엌 일하던 애그니스는 다급하게 무슨 말을 중얼거리고는 얼굴이 새하애지는 것을요. 모두 제 질문을 좋아하지 않는 것 같아서 도러시와 단둘이 있을 때 더 많은 걸 물어보기로 하고 그쯤에서 입을 다물었어요. 다음 날, 도러시를 잘 구슬려 누가 오르간을 친 거냐고 물었지요. 제임스 앞에서는 아무 말 하지 않았지만, 그게 바람 소리가 아니라 오르간 소리라는 건 분명히 알았거든요. 그러나 도러시는 내 말을 듣고도 말 한마디 하지 않았어요. 그래서 이번에는 애그니스에게 물어보기로 했죠. 저는 제임스와 도러시한테도 깍듯하게 대했지만, 이 부부보단 애그니스가 더 대하기 편했거든요. 결국 애그니스가 어디 가서 말하면 절대 안 된다고, 다른 데 가서 말을 옮길 거면 아무 얘기도 해주지 않겠다고 했어요. 제가 약속하자 애그니스는 자기도 그 이상한 소리를 매우 여러 번 들었고, 특히 겨울밤, 그것도 천둥 치기 전에 주로 들었다고 했어요. 사람들은 옛 주인이 살아 있을 때처럼 홀에서 큰 오르간을 치는 거라고 했대요. 하지만 그 옛 주인이 구체적으로 누구인지, 왜 오르간을 치는지, 무엇보다 왜 폭풍우가 몰아치는 겨울밤에 그러는 건지는 말할 수도 없고 말하지도 않을 거라고 했어요. 네, 그랬어요! 제가 간이 크다고 말했었나요? 전 그 웅장한 음악이 집에 크게 울리는 것도 나쁘지 않다고 생각했어요. 오르간을 치는 사람이 누군지는 모르겠지만요. 오르간 소리는 거대한 돌풍을 뛰어넘어 살아 있는 생명체처럼 울부짖고 환성을 내지르다가 금세 아주 부드러워졌어요. 음악이 확실한데, 처음엔 그걸 바람 소리라 여긴 게 어처구니없더군요. 전 퍼니벌 부인이 애그니스 몰래 연주하는 걸 수도 있다고 생각했어요. 그러던 어느 날, 홀에 혼자 있을 때 살짝 오르간을 열고 이리저리 훔쳐봤어요. 전에 크로스웨이트 교회에서 오르간을 봤을 때처럼 말이에요. 그런데 오르간이 겉으로 보기엔 멀쩡한데 안은 다 부서지고 망가졌더라고요. 한낮이었는데도 그걸 보는 순간 소름이 끼치기 시작했어요. 얼른 오르간을 닫고 환한 제 방으로 부리나케 달아났죠. 그 후로 한동안 그 음악 소리가 끔찍하게 싫었어요. 아마 제임스와 도러시보다 더하면 더했지 덜하진 않았을 거예요. 이 무렵 아가씨는 하루가 다르게 사랑스러워지고 있었어요. 노부인들은 이른 저녁을 아가씨와 함께 먹고 싶어 했지요. 제임스는 퍼니벌 부인의 의자 뒤에 서 있었고, 저는 아가씨 뒤에 서 있었어요. 저녁 식사 후 퍼니벌 부인이 자는 동안 아가씨는 생쥐처럼 조용히 응접실 한구석에서 놀곤 했어요. 그사이 전 부엌에서 밥을 먹었죠. 그래도 아가씨는 제가 있는 방으로 오는 걸 당연히 좋아했답니다. 아가씨 말처럼 퍼니벌 부인은 너무 우울했고, 스타크 부인은 잔정이 없었으니까요. 아가씨는 저하고 있는 걸 재밌어했답니다. 그러다보니 곧 이상한 음악에는 조금씩 무뎌졌어요. 음악이 어디서 나오는지는 모르지만 누구에게도 해가 되지는 않았으니까요.

그해 겨울은 매우 추웠어요. 10월 중순부터 서리가 내리기 시작하더니 몇 주 동안 추위가 계속 이어졌어요. 어느 날 저녁 식사 시간에 퍼니벌 부인이 무거운 눈꺼풀을 들어 올리고는 스타크 부인에게 말하더군요. "끔찍한 겨울일까봐 두려워." 그렇게 알 듯 모를 듯한 말을 했어요. 그런데 스타크 부인은 못 들은 척하고는 목소리를 높여 전혀 다른 얘기를 했지요. 아가씨와 저는 서리 따윈 크게 신경 쓰지 않았어요. 네, 우리는 그랬어요! 날이 맑기만 하면 집 뒤에 있는 가파른 언덕을 오르고, 황폐하기만 한 광야로 가곤 했거든요. 거기서 알싸한 공기를 마시며 뜀박질을 했어요. 한번은 집의 동쪽에 반쯤 기울어진 채 자란 오래되고 울퉁불퉁한 호랑가시나무 두 그루를 지나 새로운 길로 내려간 적이 있었어요. 해는 점점 짧아졌고, 옛 주인이 거대한 오르간을 더 거칠고 슬프게 칠 것 같은 분위기였죠. 어느 일요일 오후, 아마 11월 말이었던 것 같아요. 도러시에게 퍼니벌 부인이 낮잠에 들고 나서 아가씨가 응접실에서 나오면 잠시 데리고 있어달라고 부탁했어요. 교회는 가고 싶은데 날씨가 너무 추워서 아가씨를 데리고 갈 수는 없을 것 같았거든요. 말 잘 듣는 아가씨를 좋아하는 도로시는 기꺼이 그래주겠다고 약속했어요. 바깥이 마치 밤처럼 어둑어둑하고 흐리고 몹시 추웠지만, 애그니스와 저는 씩씩하게 집을 나섰답니다.

"눈이 올지도 모르겠어요." 애그니스가 말했어요. 아니나 다를까 우리가 교회에 있는 사이 굵은 눈이 펑펑 내려서 창밖이 보이지 않을 지경이었어요. 우리가 밖으로 나오기 전에 눈은 그쳤지만, 벌써 발이 푹푹 빠질 만큼 쌓여서 집까지 가는 데 애를 먹었지요. 집에 도착하기 전에 달이 떴어요. 달 때문인지 흰 눈 때문인지 2시와 3시 사이에 교회로 갈 때보다 사방이 더 훤했던 것 같아요. 참, 퍼니벌 부인과 스타크 부인은 교회에 다니지 않는다는 얘길 안 했군요. 그분들은 나직하고 우울한 목소리로 함께 기도문을 외곤 했어요. 늘 바느질하느라 바쁜데 일요일만은 일하지 않는 식으로 주일을 기렸어요. 집에 도착해 아가씨를 데리러 주방으로 갔는데, 도로시는 아가씨가 아직 노부인들과 함께 있느라 주방에는 오지 않았다고 했어요. 하지만 많이 놀라지는 않았어요. 아가씨한테 응접실에서 놀다 심심해지면 주방에 가 있으라고 말했었으니까요. 얼른 들고 있던 물건을 내려놓고 아가씨를 방에 데려가 저녁을 먹여야겠다 싶었어요. 그런데 응접실에 들어서자 노부인 둘만 조용히 앉아서 이따금 말을 주고받을 뿐 아가씨가 옆에 있을 때의 밝은 분위기는 전혀 느껴지지 않는 거예요.

그래서 전 아가씨가 숨바꼭질을 하는 줄 알았어요. 자주 그런 예쁜 짓을 했거든요. 노부인들한테 자기가 숨은 곳을 말하지 못하도록 했을 거라 생각하고는 도저히 아가씨를 찾을 수 없다는 듯 놀란 척하며 소파나 의자 아래를 들여다봤어요.

"헤스터, 뭐 하는 짓이야?" 스타크 부인이 짜증스럽게 묻더군요. 퍼니벌 부인이 저를 봤는지는 모르겠어요. 말씀드렸다시피 퍼니벌 부인은 귀가 먼 데다 미동도 없이 앉아 멍한 표정으로 불만 바라보고 있어서 여느 때와 다르지 않았거든요. "아가씨를 찾고 있어요." 그때까지도 아가씨가 거기 있다고 생각했고, 가까이 있는데 제가 못 찾는 줄 알고 그렇게 대답했죠.

"로저먼드 양은 여기 없어." 스타크 부인이 말했어요. "한 시간도 더 전에 도러시한테 간다고 나갔어." 그러고는 고개를 돌려 역시 가만히 불을 들여다봤어요.

이 말에 가슴이 쿵 내려앉으며 아가씨를 두고 가는 게 아니었다고 후회되기 시작했어요. 다시 도러시한테 가서 물어봤죠. 제임스는 이미 자러 가고 없어서 도러시와 저, 애그니스가 등불을 들고 맨 먼저 방으로 올라가봤죠. 그런 다음 집 구석구석을 돌아다니며 아가씨의 이름을 애타게 불렀고, 그렇게 숨어서 우릴 무섭게 만들지 말고 얼른 나오라고 외쳤어요. 그런데 대답이 없었어요. 아무 소리도 들리지 않았죠.

"아! 동쪽 건물에 가서 숨어 있지 않을까요?" 끝내 제가 그렇게 말했어요.

　도로시가 그럴 리 없다고 말하더군요. 자기도 거긴 한 번도 가본 적 없다면서요. 거긴 문이 늘 잠겨 있고 주인님의 집사만 열쇠를 가지고 있다고 말이에요. 어찌 됐든 제임스나 도로시도 열쇠를 본 적이 없다고 했어요. 저는 그렇다면 노부인들 몰래 응접실에 숨어 있을 수도 있으니 다시 가서 찾아보겠다고 말했어요. 거기 아가씨가 있다면 절 놀라게 한 죄로 '맴매'를 할 거라고 했어요. 물론 진짜 그러려던 건 아니었죠. 서쪽 건물 응접실로 다시 돌아가 스타크 부인에게 아가씨가 어디에도 없으니 거기 있는 가구들을 좀 살펴봐도 되겠냐고 부탁했어요. 혹시 따뜻한 구석에 숨어 있다 잠들었을 수도 있겠다 싶었지요. 그런데 없었어요. 퍼니벌 부인도 벌떡 일어나 온몸을 부들부들 떨면서 찾아다녔지만, 아가씨는 어디에도 없었어요. 이제 집안사람 모두가 나서서 좀 전에 가봤던 곳을 모두 다시 찾아봤지만 소용없었어요. 퍼니벌 부인이 몸을 너무 심하게 떨어서 스타크 부인이 따뜻한 응접실로 도로 데려갔어요. 그러면서 아가씨를 찾으면 꼭 데려와달라고 제게 부탁했지요. 맙소사! 이쯤 되니 전 아가씨를 못 찾고 마는 게 아닐까 불안해지기 시작했어요. 그러다 위층에서 눈이 하얗게 덮인 앞뜰을 내다보게 되었죠. 작은 발자국 두 개가 복도를 나가 동쪽 건물의 모퉁이를 돌아간 흔적이 달빛에 선명하게 드러났어요. 저도 모르게 뛰어 내려가 거대하고 빽빽한 복도 문을 열고는 원피스 자락을 망토처럼 뒤집어쓴 채 밖으로 뛰어 나갔어요. 동쪽 건물의 모퉁이를 돌자 검은 그림자가 눈 위에 드리워져 있더군요. 다시 달빛이 비치는 곳으로 가니 언덕 위로 향한 작은 발자국이 보였어요. 날씨는 지독하게 추웠어요. 너무 추워서 얼굴이 찢기는 듯했지만, 우리 아가씨가 얼마나 춥고 무서울까 하는 생각에 엉엉 울며 계속 달렸어요. 어느새 호랑가시나무가 보이기 시작하더니 곧 양치기 한 명이 담요에 뭔가를 싸안고 언덕을 내려오는 게 보였어요. 양치기가 저한테 뭐라고 소리를 지르더니 혹시 아이를 잃어버렸냐고 묻더군요. 우느라 대답도 제대로 못 하고 있는데 양치기가 제 쪽으로 다가왔어요. 그제야 그의 품에 안긴 우리 가여운 아가씨가 보였어요. 아가씨는 죽은 것처럼 얼굴이 창백했고 몸이 뻣뻣했어요. 양치기의 말에 따르면 밤새 더 추워지기 전에 양을 데려오려고 언덕으로 올라갔는데, 호랑가시나무 아래(언덕배기에 검은 그림자가 있었대요. 그 주변에 다른 덤불은 전혀 없고요) 우리 어린 아가씨가, 저의 어린양이, 제 여왕 마마가, 내 사랑이 눈에 파묻힌 채 꼿꼿이 누워 깊은 잠에 빠졌더래요. 오! 다시 아가씨를 안을 수 있다니 기뻐서 눈물이 흘렀어요! 양치기가 아가씨를 안고 있게 할 수는 없어서 담요째 받아 제 따뜻한 목과 심장 가까이로 꼭 끌어당겼죠. 그 작고 연약한 팔다리에 서서히 온기가 도는 게 느껴졌어요. 하지만 홀에 도착할 때까지도 아가씨는 여전히 정신을 차리지 못했고,

저는 숨조차 제대로 쉴 수 없었어요. 우리는 주방을 통해 안으로 들어갔어요.

"대야에 따뜻한 물 좀 받아 와주세요." 저는 애그니스가 위층에 피워둔 불 옆으로 아가씨를 데려간 뒤 옷을 벗기기 시작했어요. 생각해낼 수 있는 온갖 사랑스럽고 다정한 이름으로 아가씨를 부르면서요. 그러는 동안에도 눈물이 흘러 앞이 보이지 않았어요. 아, 드디어 아가씨가 크고 푸른 눈을 떴어요. 이제 아가씨를 따뜻한 침대에 뉘고는 도러시에게 어서 내려가서 퍼니벌 부인에게 기쁜 소식을 전하라고 했어요. 전 밤새 아가씨 곁을 지키기로 마음먹었죠. 아가씨는 베개에 머리를 대자마자 잠에 빠져들었고, 전 아침 해가 뜰 때까지 아가씨를 돌봤어요. 아침이 되자 아가씨는 또랑또랑한 상태로 깨어났어요.

아가씨는 노부인 둘이 모두 잠들고 응접실에 있는 것이 지루해지자 도러시한테 가려 했었대요. 서쪽 현관으로 가다 말고, 높은 창문을 통해 하염없이 내리는 눈을 봤답니다. 땅에 흰 눈이 소복소복 쌓이는 걸 보고 싶어서 넓은 홀로 들어간 뒤 창가로 갔대요. 눈빛으로 환한 진입로를 내다보며 서 있는데, 아가씨 나이도 안 돼 보이는 소녀가 있더래요. 너무 예쁜 소녀였는데, 그 소녀가 아가씨에게 밖으로 나오라며 손짓하더랍니다. 아가씨는 소녀가 너무 예쁘고 귀여워서 나가지 않을 수 없었대요. 그 소녀가 아가씨의 손을 잡았고, 둘은 나란히 동쪽 건물의 모퉁이를 돌아 걸어갔대요.

그래서 제가 말했지요. "버릇없는 아가씨가 이야기는 잘도 지어내네요. 평생 말을 지어낸 적 없는 아가씨의 어머니가 하늘나라에서 들으면 뭐라고 하시겠어요. 그런 거짓말은 하지도 말라고 하실 거예요!"

"진짜야, 헤스터. 진짜 그랬다니까." 아가씨가 훌쩍거리며 말했어요.

"그런 말 마세요! 제가 눈 위로 난 아가씨의 발자국을 따라 갔는데, 아가씨 것밖에 없었어요. 어린아이와 손잡고 언덕을 올라갔다면 두 사람의 발자국이 있었어야죠. 안 그래요?"

"그 애 발자국이 없는 걸 나더러 어쩌라고. 걔 발을 보지는 못했지만, 걔가 내 손은 아주 꽉 잡았다니까. 그리고 진짜, 진짜 추웠어. 그 애가 나를 언덕으로 데리고 올라가 호랑가시나무가 있는 곳까지 갔었어. 거기서 웬 여자가 울고 있었어. 그런데 나를 보더니 울음을 멈추고는 자기 무릎에 앉히고 자장가를 불러줬어. 그게 다야, 헤스터. 다 사실이야. 엄마도 다 알 거야. 내가 바른말 한다는 걸." 아가씨가 울면서 말했어요. 전 아가씨가 열 때문에 헛소리를 한다고 생각했지만, 일단 아가씨 앞에서는 믿는 척했어요. 아가씨는 그 얘기를 하고 또 했는데, 늘 같은 내용이었지요. 드디어 도러시가 아가씨의 아침 식사를 들고 와 문을 두드렸어요. 그러면서 노부인들이 아래층 주방에서 절 기다리고 있다고 했어요. 저하고 얘길 하고 싶다고요. 전날 저녁에 두 분이 우리 방에 와보긴 했지만, 그땐 아가씨가 잠든 뒤여서 그냥 얼굴만 보고 저한텐 아무것도 묻지 않았었거든요.

"곧 갈게요." 그쪽으로 가면서 속으로 생각했어요. '그래도 내가 나간 다음은 그분들 책임이잖아. 아가씨가 아무도 모르게 나가버린 건 그분들 잘못이야.' 애써 당당한 척하며 그분들에게 내 얘기를 했어요. 잘 듣지 못하는 퍼니벌 부인에게는 귀에 대고 거의 고함을 지르다시피 했지요. 눈 속에서 소녀가 나타나 아가씨를 꾀어 호랑가시나무 옆에 있는 위엄 있고 아름다운 여자에게 데려가려 했다는 부분에 이르자 퍼니벌 부인이 힘없고 깡마른 팔을 들어 올리며 꽥 소리를 질렀어요. "오, 하나님, 용서하소서! 자비를 베푸소서!"

스타크 부인이 퍼니벌 부인을 거칠게 막아섰지만, 퍼니벌 부인은 그것을 뿌리치고 제게 힘주어 경고하듯 말했어요.

"헤스터! 그 아이한테 못 가게 해! 안 그러면 죽고 말아! 그 못된 아이! 로저먼드에게 걔는 사악하고 나쁜 아이라고 말해!" 그때 고맙게도 스타크 부인이 서둘러 저를 방에서 내보냈어요. 전 나갈 수 있어 다행이었지만, 퍼니벌 부인은 계속 새된 소리를 내질렀지요. "오! 굽어살피소서! 어이하여 용서하지 않으시나요! 그렇게 오래된……."

그 후론 계속 마음이 언짢았어요. 아가씨가 본 게 환상이었든 아니든 혹시라도 또 나가버릴까봐 밤낮으로 아가씨 곁을 떠나지 않았어요. 더구나 전 퍼니벌 부인이 평소에도 약간 제 정신이 아니라고 생각했기 때문에 혹시 유전병 같은 게 우리 아가씨를 덮치지나 않을까 두려웠어요. 그러는 동안에도 평소보다 더 심하게 폭풍우 치는 밤이면 옛 주인이 큰 오르간을 연주하는 소리가 들렸어요. 오르간을 연주하는 사람이 옛 주인이든 아니든 아가씨가 가는 곳이라면 서는 어디든 따라가야 했어요. 예쁘고 힘없고 고아이기까지 한 우리 아가씨를 향한 제 사랑이 그 크고 무시무시한 소리에 대한 공포보다 더 강했으니까요. 게다가 아가씨가 나이에 걸맞게 활기차고 즐겁게 지내도록 하는 건 전적으로 제 책임이었으니까요. 그래서 우리는 함께 놀고, 여기저기 돌아다녔어요. 어디든 말이지요. 다시는 그 크고 뒤죽박죽인 집에서 아가씨를 잃어버리지 않겠다고 다짐했어요. 그러다 크리스마스 무렵의 어느 오후, 그 일이 일어났지요. 우리는 넓은 홀에 있는 당구대에서 놀고 있었어요. 물론 거기서 노는 게 옳은 방법은 아니었지만, 아가씨가 상아로 만든 매끈매끈한 당구공을 굴리고 싶어 했고, 저도 아가씨가 원하는 거면 뭐든 하게 해주는 편이었어요. 그런데 우리가 모르는 사이 밖은 여전히 밝은데 집 안은 서서히 어두워지지 뭐예요. 전 아가씨를 데리고 방으로 돌아가야겠다고 생각했어요. 그때 갑자기 아가씨가 소리쳤어요.

"헤스터, 저기 봐! 눈 속에 그 애가 있어!"

얼른 길고 좁은 창문을 돌아봤더니 네, 틀림없이 눈 속에 우리 로저먼드 아가씨보다 더 어린 여자아이가 서 있었어요. 눈보라 치는 밤을 견디기에는 턱없이 얇은 옷차림을 한 채 안으로 들여보내달라는 듯 울면서 창틀을 손으로 때리고 있었어요. 그 애가 울고불고 난리를 치자 아가씨는 더 참지 못하고 문을 열러 뛰어가더군요. 그때 갑자기 오르간이 천둥소리처럼 크게 울리며 우리를 옥죄어와 온몸이 벌벌 떨렸어요. 날씨는 몹시 춥고, 적막했어요. 그리고 유령 같은 아이가 그 작은 손으로 온 힘을 다해 유리창을 두드렸고, 울부짖는 모습도 보았는데, 그 소리는 내 귀에 전혀 들리지 않았어요. 그 순간에도 그걸 깨달았는지는 모르겠어요. 오르간 소리에 놀란 나머지 잔뜩 기가 질려 있었거든요. 그러나 이건 기억해요. 아가씨가 복도 문을 열기 전에 저는 아가씨를 꽉 붙잡았고, 발길질하고 비명을 지르는 아가씨를 껴안고는 도러시와 애그니스가 민스파이를 만드느라 여념이 없는 크고 밝은 주방으로 데려갔어요.

"우리 아가씨가 왜 저래?" 가슴이 찢어져라 흐느껴 우는 아가씨를 보고는 도러시가 소리쳤어요.

"내 친구가 들어와야 하는데 헤스터는 문을 못 열게 해. 밤새 밖에 있으면 쟤는 얼어 죽을 거야." 아가씨는 절 때리며 울부짖었어요. 아마 제가 느낀 것보다 더 세게 절 때렸는지도 몰라요. 도러시의 얼굴에 섬뜩한 공포가 서리는 걸 보고 저도 소름이 끼치고 피가 얼어붙는 것 같았거든요.

"얼른 부엌 뒷문을 닫고 단단히 잠가." 도러시가 애그니스에게 명령했어요. 그러고는 다른 말 없이 제게 건포도와 아몬드를 주면서 아가씨를 달래라고 하더군요. 아가씨는 바깥에 있는 친구 걱정에 아무리 좋은 걸 줘도 막무가내로 흐느꼈어요. 아가씨가 울다 지쳐 잠들자 오히려 감사한 마음이 들었죠. 곧 살며시 주방으로 가서 도러시에게 애플스웨이트에 있는 우리 아버지의 집으로 아가씨를 데려가야겠다고 말했어요. 거기라면 소박하지만 평화롭게 살 수 있을 것 같다고요. 옛 주인의 오르간 소리만도 무서운데, 이제는 오른쪽 어깨에 검은 상처가 있고, 근처에선 전혀 볼 수 없는 옷차림을 한 아이가 울고불고 집 안으로 들여보내달라며 창문을 꽝꽝 때리는데도 아무런 소리를 들을 수 없었어요. 게다가 아가씨를 꾀어 거의 죽음에 이르도록 한 그 유령을 아가씨가 또 알아보는 걸 보니(도러시도 그게 환상이 아니라 실제로 벌어진 일이란 걸 알더군요) 더는 이곳에서 지낼 수 없을 것 같았거든요.

도러시의 얼굴이 붉으락푸르락해지더군요. 제가 말을 마치자 도러시는 아가씨가 주인님의 보호를 받아야 하고, 아가씨에 관한 한 제게 아무 권리가 없다고 말했어요. 그러면서 저한테 묻더군요. 가려면 저 혼자 가야 하는데, 아무 해도 끼치지 않는 소리와 광경 때문에 그토록 좋아하는 아가씨를 놔두고 떠날 수 있겠냐고요. 결국 다 익숙해질 테니 성급하게 큰일 난 듯 그러지 말라더군요. 화가 나서 미칠 것 같았어요. 그

래서 도대체 이 소리와 광경 들의 정체가 무엇인지 그것만이
라도 얘기해달라고 했죠. 유령 아이가 살아 있는 동안 일어난
어떤 일과 관계있을 것 같았거든요. 그렇게 다그쳤더니 마침
내 도러시가 알고 있는 걸 다 말해줬어요. 차라리 듣지 말걸
얼마나 후회했는지 몰라요. 전보다 더 무서워졌거든요.

　도러시는 그 얘기를 처음 시집왔을 때 이웃에 살던 노인들
한테 들었다고 했어요. 그땐 마을 사람들이 가끔 집에 오곤 했
대요. 이 대저택에 대한 악명이 나기 전이었으니까요. 그게 사
실인지 아닌지는 모르지만, 어쨌든 도러시 말로는 그랬어요.

　사연의 주인공은 옛 주인인 퍼니벌 부인의 아버지, 그레이
스 양이라고 불렸던 퍼니벌 부인, 그리고 퍼니벌 부인의 언니
인 모드 양까지 세 사람이었어요. 당시에는 맏딸인 모드 양이
퍼니벌 양이라고 불렸다는 거예요. 옛 주인은 자만심으로 똘
똘 뭉친 사람이었어요. 그렇게 자신만만한 사람은 주변에서
듣도 보도 못할 정도였답니다. 딸들 역시 마찬가지였어요. 아
무리 고르고 골라도 두 딸과 결혼할 만한 사람이 없었지요.
응접실에 걸려 있는 초상화만 봐도 알 수 있듯 당시 자매는
최고의 미인이었어요. 그러나 옛말에도 있잖아요, '교만한 자
는 몰락하는 법'이라고요. 이 거만한 두 미녀가 하필 같은 남
자를 좋아했지 뭐예요. 그 남자는 옛 주인이 저택에서 함께
음악을 연주하려고 런던에서 데려온 음악가였어요. 옛 주인
은 거만한 성격만큼이나 음악을 사랑하는 것으로 유명했대

요. 옛 주인은 누구도 들어본 적 없는 악기도 연주할 줄 알았는데, 음악을 그렇게 좋아하는 사람이 이상하게 성질은 사납고 음침해서 그의 아내가 속깨나 끓였다고 하더군요. 그런데도 음악에는 거의 미치다시피 해서 좋은 음악을 위해서는 돈을 아끼지 않았대요. 그래서 그 외국인 음악가를 불렀다고 해요. 음악가의 연주는 너무나 아름다워서 나무 위에 앉은 새가 지저귐을 멈추고 음악을 들었을 정도였다나봐요. 그리고 이 외국 신사는 점차 옛 주인을 완전히 사로잡아서 매년 자신을 불러오는 것 말고는 다른 무엇으로도 만족할 수 없는 지경에 이르도록 만든 거예요. 네덜란드에서 거대한 오르간을 가져와서 지금 있는 홀에 세워둔 사람도 바로 그 음악가였어요. 그 사람이 옛 주인에게 오르간 연주하는 법을 가르쳤고, 옛 주인이 오직 멋진 오르간과 자신의 연주에만 빠져 있는 동안 음흉한 외국인 음악가는 두 딸과 숲을 거닐곤 했죠. 한 번은 모드 양과, 한 번은 그레이스 양과.

굳이 따지자면 모드 양이 승리를 거뒀고, 상이라면 상을 받은 셈이었죠. 외국인 음악가와 모드 양이 아무도 몰래 결혼했으니까요. 음악가가 다음 연례 방문을 하기 전, 모드 양은 언덕 위의 어느 농가에서 딸을 낳았어요. 옛 주인과 그레이스 양은 모드 양이 동커스터 경주를 보러 간 줄 알았었대요. 모드 양은 아내이자 엄마가 됐는데도 전혀 부드러워지지 않고, 여전히 건방지고 격정적이기만 했어요. 아마 외국인 남편이 다른 사람들의 눈을 속이기 위해 자기한테 하듯 그레이스 양에게도 지나친 친절을 베풀자 질투에 눈멀어 더 사나워졌던 것 같아요. 모드 양은 자기 남편과 여동생 모두에게 점점 더 거칠어졌지요. 마음에 들지 않는 건 언제든 떨쳐버리고 외국으로 몸을 숨길 수 있었던 남편은, 그해 여름 여느 해보다 한 달 먼저 그곳을 떠나면서 모드 양에게 자꾸 자기를 힘들게 하면 다시는 돌아오지 않겠다며 협박했어요. 한편 모드 양은 농가에 맡겨둔 어린 딸을 보기 위해 일주일에 한 번씩 말을 타고 언덕 위를 거칠게 내달리곤 했어요. 그러니까 모드 양은 사랑했던 곳에서는 사랑했고, 미워했던 곳에서는 미워했던 거죠. 그리고 옛 주인은 계속 오르간을 연주했어요. 하인들은 그가 부드러운 음악을 만들어내면서 고약한 성정을 많이 다스렸다고 생각했어요. 그러나 도리시 말로는 오히려 거기에서 무서운 사연이 다 싹텄다고 했어요. 옛 주인은 몸까지 노쇠해져 목발을 짚고 걸을 지경이 됐고, 아들 하나는 미국에서 군에 복무 중이었고, 또 다른 아들은 항해 중이었대요. 그래서 모드 양은 뭐든 자기 멋대로 할 수 있었고, 그레이스 양과의 사이는 매일 조금씩 더 냉랭해지다 끝내 아버지가 옆에 있을 때 외에는 서로 말도 섞지 않았대요. 이듬해 여름 외국인 음악가가 돌아왔지만, 그게 마지막이었어요. 질투와 정염에 사로잡힌 자매에게 질린 음악가는 줄행랑을 치더니 그 뒤로 소식이 없었어요. 아버지가 죽을 때가 되면 자신의 결혼을 알릴 작정이었던 모드 양은 이제 아무에게도 결혼 사실을 알리지 못하는 버려진 아내이자 미치도록 사랑하지만 어디에도 내놓을 수 없는 아이의 엄마가 된 채 두려운 아버지와 증오하는 여동생과 함께 살게 됐지요. 또 한 번의 여름이 지났지만 외국인 음악가는 돌아오지 않았고, 모드 양과 그레이스 양은 점점 더 우울하고 불행해졌어요. 얼굴은 여전히 예뻤지만 둘 다 점점 수척해져만 갔고요. 그러다 모드 양은 조금씩 얼굴이 밝아졌답니다. 아버지가 더 병약해졌고, 전보다 훨씬 더 음악에 사로잡혔기 때문에 자매는 거의 따로 살다시피 했어요. 그레이스 양은 동쪽 끝 방을, 모드 양은 서쪽 끝 방을 차지했죠. 지금 그 방들은 모두 폐쇄됐어요. 모드 양은 이제 어린 딸아이를 데려와 함께 살아도 되겠다고 생각했대요. 우연히 알게 된 이웃의 아이라고 말하면 모두 미심쩍지만 믿어줄 테고, 그러면 아무도 모르게 아이를 키울 수 있을 거라고 믿은 거지요. 도러시는 이때까지의 모든 상황을 훤히 알고 있었지만, 이후에 무슨 일이 있었는지는 그레이스 양과 스타크 부인 외에는 아무도 몰랐어요. 스타크 부인은 그때도 그레이스 양의 하녀였지만 여동생 역할까지 해주는 친구 이상의 존재였지요. 그러나 하인들은 떠도는 소문을 근거로 모드 양이 그레이스 양을 이겼다고 추측하고는 외국인 음악가가 내내 거짓된 사랑으로 그레이스 양을 가지고 놀았고, 실제로는 모드 양의 남편이었다고 말해주었죠. 그 말을 들은 이후로 그레이스 양은 뺨과 입술에서 핏기가 사라져버렸고, 조만간 복수할 거라는 얘기를 수시로 하고 다녔어요. 스타크 부인은 계속 동쪽에 있는 방들을 염탐했지요.

　새해를 맞고 얼마 지나지 않은 어느 무시무시한 밤, 눈이 이미 두껍게 쌓인 데다 눈발이 계속 무서운 속도로 이어져 앞이 안 보일 지경이었어요. 갑자기 크고 무시무시한 소리가 들렸어요. 무섭게 욕하고 저주를 퍼붓는 옛 주인의 쩌렁쩌렁한 목소리에 어린아이의 울음소리, 화난 여인이 거칠게 반항하는 소리, 치고받는 소리가 들리다가 이윽고 조용해지는가 싶더니, 애처롭게 울부짖는 소리가 언덕 위로 사라졌어요! 곧바로 옛 주인은 하인들을 모두 불러 모아 집안의 체면을 손상한 죄로 딸과 아이를 집 밖으로 쫓아내겠다면서 혹시라도 그들에게 음식을 주거나 쉴 곳을 제공하면 그 누구도 온전히 하늘나라에 갈 수 없을 거라며 무시무시한 맹세와 저주를 퍼부었지요. 그러는 내내 그레이스 양은 하얗게 굳은 얼굴로 서 있다가 아버지의 말이 끝나자마자 자기의 목적을 이루었다는 듯 크게 한숨을 내쉬었어요. 그 일이 있은 후로 옛 주인은 오르간에 손 한 번 대지 않았고, 1년 만에 죽어버렸어요. 왜 안 그랬겠어요! 그 광풍이 휘몰아치던 밤이 지나고, 언덕을 내려오던 양치기들이 죽은 아이를 껴안고 정신이 반쯤 나간 채 호랑가시나무 아래 앉아 웃고 있는 모드 양을 발견했으니까요. 아이의 오른쪽 어깨에는 아주 끔찍한 자국이 있었어요.

"그것 때문에 죽은 건 아니야. 얼어 죽은 거지. 야생동물들도 구멍을 파고 들어가 있고, 가축들도 우리에 들어가 있는데, 아이와 엄마가 언덕을 헤매고 다녔으니 안 죽고 배겨! 이제 다 알겠지? 얘기 듣고 나니 덜 무서워?" 도러시가 말했어요.

그전보다 더 무서웠지만 겉으로 드러내지는 않았어요. 로저먼드 아가씨와 저는 그 무서운 집에서 영원히 나갈 수 있기를 바랐지만, 아가씨를 놔두고 갈 수도 없었고 감히 데리고 나갈 수도 없었어요. 아가씨를 어떻게 지켜야 할지 난감했어요. 우리는 어두워지기 한 시간 전부터 오 분도 지체하지 않고 문의 빗장을 걸고, 창의 덧문을 철통같이 닫았어요. 하지만 아가씨는 계속 아이의 울부짖는 소리가 들린다고 했어요. 거센 바람과 눈 속에서 아이를 구해 데리고 들어오자는 걸 무조건 막을 수는 없었지요. 이때 저는 퍼니벌 부인과 스타크 부인을 되도록 멀리했어요. 얼굴이 거무죽죽하고 굳은 데다 가고 없는 끔찍한 세월을 되돌아보는 듯한 멍한 눈빛이 무서웠고, 그들과 가까이해봤자 좋을 게 없다는 걸 알았거든요. 그러나 두려우면서도 약간 안됐다는 생각도 들었어요. 적어도 퍼니벌 부인에게는요. 어쨌든 수렁에 빠진 두 사람은 늘 더할 수 없이 무기력한 표정이었어요. 나중에는 누가 억지로 시키지 않으면 말 한마디 하지 않는 퍼니벌 부인이 너무 불쌍해서 부인을 위해 기도까지 드리게 됐어요. 그리고 로저먼드 아가씨한테도 치명적인 죄를 저지른 사람을 위해 기도하자고 제안했어요. 그러나 아가씨는 그 말을 듣고는 벌떡 일어나 말했어요. "내 친구가 너무 슬프게 울고 있어. 들어오게 해야 해. 안 그럼 죽고 말 거야!"

마침내 새해의 첫날이 지나고 긴 겨울도 끝을 보일 무렵의 어느 날 밤, 서쪽 응접실에서 종이 세 번 울렸어요. 그건 저를 부르는 신호였지요. 아가씨는 잠들어 있었지만 혼자 내버려 둘 수 없었어요. 옛 주인이 그 어느 때보다 거칠게 오르간을 연주하고 있었고, 아가씨가 깨어나 유령 아이의 목소리를 듣게 될까봐 걱정됐어요. 그래서 혹시나 하는 마음에 창문을 꽁꽁 닫아놓았어요. 아가씨를 깨워 가장 간단한 겉옷을 입히고 두 노부인이 언제나처럼 바느질을 하고 있는 응접실로 데려갔지요. 제가 안으로 들어가자 두 분이 깜짝 놀라 올려다보더군요. "왜 제가 아가씨를 따뜻한 침대에서 데리고 나왔을까요?" 목소리를 확 낮추고 말을 이었어요. "제가 나가고 없는 동안 눈 속에 있는 아이가 아가씨를 꾀어낼까봐 걱정돼서요." 스타크 부인이 퍼니벌 부인을 곁눈질하며 제 말을 자르고는 말했어요. 두 사람은 해결할 방법을 모르겠으니 퍼니벌 부인이 잘못한 일을 제가 해결해주었으면 좋겠다고요. 그래서 전 우리 예쁜 아가씨를 소파에 앉힌 뒤 그들 옆에 있는 작은 의자에 앉아 바람이 거세게 부는 소리를 들으며 마음을 다잡았어요.

아가씨는 세찬 바람 소리에도 꿋꿋이 잘 잤어요. 퍼니벌 부인은 아무 말 하지 않았고, 돌풍이 창문을 흔들어대는데도 주위를 둘러보지 않았어요. 그러다 갑자기 벌떡 일어나더니 우리에게 들으라고 명령하듯 한 손을 들어 올렸어요.

"소리가 들려! 끔찍한 비명이, 아버지의 목소리가 들려!"

바로 그때 우리 아가씨가 갑자기 눈을 번쩍 떴어요. "내 친구가 울고 있어. 아, 너무 슬프게 울어!" 그러더니 일어나서 소녀에게 가려고 했어요. 하지만 담요에 꽁꽁 묶여 있어 발이 안 떨어졌어요. 저는 아가씨를 얼른 안아 올렸죠. 우리가 듣지 못하는 소리를 누군가는 듣는다고 생각하니 소름이 돋기 시작했어요. 잠시 후 소리가 들려오기 시작하더니 점점 가까워졌고, 이내 쩌렁쩌렁하게 울렸어요. 우리에게도 이제 목소리와 비명이 선명하게 들렸고, 밖에서 맹위를 떨치는 겨울 바람 소리는 들리지 않았어요. 스타크 부인과 저는 서로 마주 보았지만, 감히 아무 말도 꺼내지 못했어요. 갑자기 퍼니벌 부인이 서쪽 현관을 통해 대기실로 가더니 메인 홀로 들어가는 문을 열었어요. 스타크 부인이 뒤따랐고, 무서워 죽을 것 같았지만 저도 혼자 남아 있을 수는 없었어요. 아가씨를 가슴에 꼭 안고 두 분을 따라 밖으로 나갔지요. 홀 안은 비명 소리로 쩌렁쩌렁 울렸어요. 소리는 동쪽 건물에서 시작돼 점점 가까워져 닫힌 문의 밖까지 오더니 마침내 그분들의 바로 뒤까지 다가왔어요. 그때 어두운 홀에서 동으로 된 거대한 샹들리에가 모두 환하게 켜졌고, 온기 없던 큰 벽난로에서 불이 활활 타올랐어요. 전 무서워서 벌벌 떨며 아가씨를 더 꼭 껴안

앉어요. 그러는 동안 동쪽 문이 흔들렸고, 아가씨가 갑자기 울부짖으며 제게서 벗어나려고 발버둥 쳤어요. "헤스터! 나 가야 해! 내 친구가 저기 있어. 목소리가 들리잖아. 저기 오고 있어! 헤스터! 나 보내줘!"

전 있는 힘껏 아가씨를 껴안고 절대 놓지 않았어요. 죽는 한이 있더라도 아가씨를 잡은 손을 풀지 않겠다고 다짐했어요. 퍼니벌 부인은 그 소리를 듣고도 아가씨에게 관심을 보이지 않았어요. 저는 바닥에 무릎을 꿇은 채 두 팔로 아가씨의 목을 껴안았고, 아가씨는 계속 풀려나려고 울고불고 발버둥 쳤어요.

갑자기 동쪽 문이 집어 뜯기듯 요란한 소리를 내며 열리더니 머리가 허옇고 기골이 장대한 노인이 형형한 눈빛으로 신비한 빛 속에서 걸어 들어왔어요. 노인은 혐오가 가득 담긴 태도로, 아름답지만 고통에 찬 여인과 그의 치맛자락에 매달린 어린아이를 가차 없이 앞으로 떠밀었어요.

"헤스터! 헤스터! 저 여자야! 저 여자가 호랑가시나무 아래 있었어. 그리고 내 친구가 그 옆에 있었어. 헤스터! 헤스터! 친구한테 가게 해줘. 나더러 오래. 그게 느껴져. 맞아. 나 가야 해!"

다시 아가씨가 사지를 뒤틀어댔어요. 전 아가씨가 다치지 않을까 걱정하면서도 더 꼭 껴안았지요. 차라리 좀 다치는 게 낫지 그 무서운 유령들한테 아가씨를 보낼 수는 없잖아요. 유령들은 큰 복도 문으로 몰려갔어요. 바람이 먹이를 집어삼키

듯 거셨어요. 여자가 한참 가다 말고 갑자기 뒤를 홱 돌아봤어요. 그러더니 거칠고 오만한 표정으로 노인에게 대들었어요. 그러다 잔뜩 주눅이 드는가 싶더니 노인이 어린아이를 내려치기 위해 목발을 쳐드는 순간, 아이를 구하려고 애원하듯 거칠게 팔을 쳐들었어요.

저보다 힘이 더 셌던 아가씨는 제 팔에서 벗어나려고 몸부림치며 흐느껴 울었어요(이쯤 되자 우리 가여운 아가씨는 얼굴이 창백해졌지요).

"저 사람들이 나한테 함께 언덕 위로 올라가재. 나를 끌어당기고 있어. 아, 불쌍한 내 친구! 나 가야 하는데, 못돼먹은 헤스터가 날 꽉 잡고 있어." 그러다 아가씨는 목발이 치켜올려지는 걸 보고는 졸도해버렸고, 전 신께 감사드렸죠. 바로 이때 기골장대한 노인이 강한 바람에 머리카락을 휘날리며 잔뜩 움츠린 어린아이를 다시 목발로 내려치려 하자, 제 옆에 있던 퍼니벌 부인이 울부짖더군요. "아버지! 아버지! 아무 잘못 없는 어린아이는 살려주세요!" 바로 그때 저는, 아니 우리 모두는 또 다른 유령이 나타나 홀을 가득 채운 푸르스름하고 부연 빛을 깨끗이 몰아내는 장면을 목격했어요. 그때껏 본 적 없는 유령이었죠. 노인 옆에 서 있던 또 다른 여인이었는데, 가차 없는 혐오와 득의만면한 경멸의 표정을 짓고 있었어요. 부드럽고 흰 모자를 눈썹 위까지 당겨 쓰고 빨간 입술이 매력적인 예쁜 얼굴이었어요. 파란색 새틴 스터머커 드레스를 풀어 헤친 채 입고 있었는데, 어디선가 본 적 있는 얼굴이었지요. 퍼니벌 부인의 젊을 때와 꼭 닮았었으니까요. 퍼니벌 부인의 간청에도 아랑곳하지 않고, 그 무시무시한 유령들은 하던 일을 계속했고, 노인은 목발을 들어 올려 소녀의 왼쪽 어깨를 내리쳤어요. 동생으로 보이는 여인은 차갑고 치명적이다 싶을 만큼 차분한 표정이었어요. 그러나 바로 그 순간, 희미한 불빛과 온기 없던 난로가 완전히 꺼져버렸고, 퍼니벌 부인은 우리 발치에 쓰러져 곧 죽을 것처럼 심한 경련을 일으켰어요.

우리는 그날 밤 퍼니벌 부인을 곧장 침대로 옮겼지만, 퍼니벌 부인은 다시 일어나지 못했어요. 얼굴을 벽에 댄 채 누워 계속 같은 말만 웅얼거릴 뿐이었지요. "맙소사! 맙소사! 어릴 때 한 짓은 세월이 지나도 절대 되돌릴 수 없구나! 어릴 때 했던 짓이 이렇게 오랜 세월이 흘러도 풀리지 않다니!"

해설

연민보다는 공감을

　여성이 들려주는 여성의 이야기에 관심이 많아 자주 찾아다니는 편이다. 그중에서도 좀 더 강렬한 이야기를 전하고 싶어 주체적이기 어려운 사회 분위기에서 용감하게 제 목소리를 내거나, 핍박받는 다른 여성을 대변하거나, 세상의 잣대에 휘둘리지 않고 자신만의 방식을 굳게 지키는 용감한 여성들의 삶을 주로 소개해왔다. 자기만족일 수도, 남의 얘기에서 용기를 얻고 싶어서일 수도 있다. 물론 소극적으로 대세에 따르는 다수 여성의 삶이 무시되거나 비난받아서는 안 된다는 것도 잘 안다. 여성들이 견뎌야 했던 사회상과 그네들이 살아온 나름의 방식을 이해하고 긍휼히 여기는 태도의 중요성을 믿기 때문이다.《회색 여인》에는 그런 힘없는 보통 여성들의 아픔과 한이 각각 다른 시대와 공간을 배경으로 표현된다.

　《회색 여인》의 작가 엘리자베스 개스켈은 인도주의자라 불리며 주로 인간의 선의와 종교에 대한 신뢰를 잃지 않으면서 19세기의 사회문제와 생활상을 생생하게 다뤘다는 평을 받는다. 국내에는 이모와 함께 너츠퍼드에서 살던 평화로운 시절을 그려낸 전원소설《크랜퍼드》와 영국 산업혁명을 배경으로 고용주와 노동자, 기득권자와 소외된 자의 사회적 화해를 다룬《남과 북》이 출간되었다(두 작품은 BBC 드라마로도 제작되어 큰 인기를 얻었다). 개스켈은 이런 사회소설 외에 꽤 여러 편의 고딕소설도 썼고, 고딕소설사에서 꽤 탄탄한 입지를 가지고 있는데도 국내에는 크게 알려지지 않았다. 개스켈은 특히 남성이 지배하는 사회구조에서 무력한 약자일 수밖에 없는 여성의 입장을 효과적으로 보여주기 위해 '여성 고딕'이라는 새로운 하위 장르에 집중했다. 이 책에서는 개스켈의 여러 고딕 단편 중에서 '여성 고딕'의 성격을 가장 잘 드러내는 작품 세 편을 엄선해 소개한다.

널리 알려진 대로 '고딕소설'은 중세 고딕 양식의 건축물이 주는 어둡고 음산한 분위기가 연상되어 붙여진 이름이고, 많은 경우 '공포'와 '로맨스'가 결합돼 나타난다. 고딕소설은 주로 암울한 중세적 분위기, 무시무시한 성이나 어두운 감옥 등의 폐쇄된 공간, 유령이 등장하거나 사람이 갑자기 사라지는 등의 신비한 체험, 대물림되는 저주와 예언, 정신착란을 일으킬 정도의 트라우마, 여러 가지 난관에 봉착한 여성, 기괴한 날씨 등을 동원해 독자로 하여금 신비하면서도 잔인하고 소름 끼치는 공포를 경험하게 한다. 대표적인 고딕소설인 에드거 앨런 포의 〈어셔가의 몰락〉(1839)이나 에밀리 브론테의 《폭풍의 언덕》(1847) 등을 떠올려보면 그 분위기가 충분히 가늠된다.

《회색 여인》에서 개스켈은 일반적으로 가장 안락한 공간으로 여겨지는 가정에서 일어나는 사회적 붕괴를 탁월하게 묘사했으며, 수많은 여행의 경험을 살려 소설의 배경을 다양하게 설정함으로써 다채로움을 더했다.

표제작인 〈회색 여인〉은 샤를 페로의 동화 《푸른 수염》을 모티프로 삼았다. 잔혹하고 변태적인 남편의 대명사인 '푸른 수염'은 여러 번 결혼했고, 그 아내들은 번번이 실종된다. 일곱 번째 아내는 출입이 금지된 지하실에 몰래 들어갔다가 이전 아내들의 시체를 발견한다. 이를 안 푸른 수염은 아내를 죽이려 하지만, 아내는 언니와 오빠의 도움으로 남편을 죽이고 어마어마한 재산을 차지한다.

〈회색 여인〉에서는 아나의 남편인 투렐이 푸른 수염을 대신하지만, 동화에서는 볼 수 없는 진일보한 메시지를 담고 있다. 투렐은 부드럽고 아름다운 겉모습과 달리 천성이 어둡고 잔인하다. 반대로 아나의 하녀이자 또 다른 남편 역할을 하는 아망테는 냉정해 보이는 인상과는 다르게 다정하고 자상하다. 개스켈은 대조적인 두 남편을 통해 성 역할에 대한 편견을 비판하고 이상적인 결혼의 기준을 제시한다. 아나는 잘못

된 결혼 생활을 과감하게 포기하고 자신의 뜻에 따라 새로운 남자와 또 한 번 결혼한다. 이는 당시로서도 쉽지 않은 일이었다. 작가는 아나를 통해 이상적인 결혼상은 한쪽이 다른 한쪽 위에 군림하는 것이 아니라 서로의 모자란 부분을 채워주는 파트너십이 전제돼야 한다는 것을 보여준다.

또한 〈회색 여인〉은 스릴 넘치는 추격전 이면에 흥미진진하지만 다소 파격적인 내용을 숨겨두었다. 아나와 아망테 사이의 은밀한 동성애 코드, 성의 안주인과 하녀라는 신분을 초월한 결합, 진정한 희생의 의미, 진실을 향한 의지, 불타는 복수욕 등이 소설의 재미를 더한다. 무엇보다 아나가 딸이 결혼하려던 남자의 정체를 밝힐 때 독자는 놀람과 동시에 한 사람의 기구한 운명에 탄식하게 된다. 〈회색 여인〉은 재미와 파격이 공존하는 혁신적인 고딕소설이라 일컬을 만하다.

〈마녀 로이스〉는 역사적인 고증을 성실히 한 작품이다. 현재도 다수의 기득권 집단이 소수의 힘없는 자에게 죄를 뒤집어씌우는 것을 가리켜 '마녀사냥'이라고 하지만, 너무 흔히 사용돼서 오히려 그 기원이나 역사가 간과되는 경향이 있다. 〈마녀 로이스〉는 실제 마녀사냥과 마녀재판이 자행된 역사적인 시공간을 그대로 소설에 끌어들여 독자로 하여금 그 배경과 성격, 진행 과정을 생생히 엿볼 수 있게 한다.

소설이 모티프로 삼은 마녀재판은 1692년 미국 뉴잉글랜드 지역의 세일럼 마을 전체를 공포에 몰아넣은 사건으로 25

명의 무고한 생명을 앗아 갔다. 당시 세일럼에서는 청교도 교회 내 두 집단 사이에 첨예한 갈등이 있었다. 서로의 다양성을 인정하지 않은 데서 시작된 갈등과 여성을 부정하는 근거 없는 시각이 마녀와 마법의 존재를 두려워하던 시대 분위기와 맞물려 엉뚱한 '마녀'를 양산해냈다. 가부장적인 공동체의 희생양이기도 했던 이들은 자신이 마녀가 아님을 증명하기 위해 평소 마음에 들지 않던 사람들을 마구잡이로 마녀라며 지적해야만 했다. 마녀라고 지목된 사람이 마법을 쓰든 안 쓰든, 도덕적으로 옳든 그르든 상관없었다. 대세에 섞이는 사람인지가 중요했고, 각자의 이기심과 질투심이 크게 작용했다. 주로 여성들이 희생양이었지만, 인디언과 비주류 종교인, 심지어 개나 다른 동물들까지 마녀사냥당했다. 〈마녀 로이스〉의 로이스는 외국에서 온 이교도인 데다 새로운 가족과 제대로 융화하지 못했으며 쉽게 자신의 뜻을 굽히지 않았다. 그래서 내부의 문제를 외부에서 해결하려는 와해된 공동체의 제물이 되기에 완벽한 대상이었다.

마녀가 마녀를 복제해내는 끔찍한 시대 분위기는, 역설적이게도 힘없는 여성들 간의 연대로 위안을 얻고 희망의 씨앗을 낳는다. 로이스는 공포에 떠는 인디언 하녀 네이티가 평화로운 죽음을 맞이할 수 있도록 도움으로써 자신의 죽음도 비로소 받아들인다. 짧은 인생의 마지막 순간, 로이스는 딸의 미래보다 자신의 죽음을 더 애달파했던 '엄마'를 소리쳐 부름으로써 광기에 휩싸인 공동체 구성원들에게 서늘한 경종을 울린다. 가장 순수하고, 상냥하고, 정직했던 로이스를 이기적이고 간악한 공동체를 대신해 죽은 순교자로도 볼 수 있다.

〈늙은 보모 이야기〉는 고딕소설의 모범적인 전형이라고 할 수 있다. 폭풍우와 유령, 제한된 공간과 가족의 비밀, 여성에게만 가혹한 사회 분위기, 크리스마스 즈음에 이르러 정점에 달하는 사건의 전개 등이 그것이다. 이 소설은 특히 남성 편향의 사회 권력과 귀족들의 우월감, 여성에 대한 맥락 없는 억압을 비판하는 내용이 주를 이룬다. 주류 문화와 동떨어진 곳에서 신체적인 폭력과 정신적인 학대가 무자비하게 자행되었으며, 억눌린 성적 열망과 그에 대한 권위적인 통제는 기어이 자매 사이의 끈끈한 유대마저 파괴해버린다.

특이한 점은 외국인 음악가라는 외부 세력의 등장이다. 개스켈은 이 하잘것없는 존재의 위험성을 부각시키기 위해 이름도 부여하지 않은 채 내부 갈등의 불쏘시개 역할을 맡긴다. 제멋대로 행동하고 책임은 지지 않는 외부의 힘이 실로 엄청난 결과를 가져올 수 있음을 시사한다. 〈늙은 보모 이야기〉는 으스스하고 초자연적인 분위기지만, 사람들이 서로를 이해하지 못할 때 어떤 비극이 벌어지는지 보여주며 지극히 현실적인 메시지를 전한다.

세 작품 모두 적으로서의 여성이 등장하지만, 끝내 여성을 구원하는 것도 여성이다. 〈회색 여인〉의 아나는 올케인 바베테의 시기와 질투, 간계로 위험에 처하지만 아망테의 헌신적인 배려와 보살핌으로 목숨을 구한다. 〈마녀 로이스〉의 로이스는 외숙모인 그레이스와 사촌 페이스, 프루던스에게서 속절없이 내쳐지지만, 자신보다 더 힘없는 인디언 하녀 네이티의 원통함과 죽음에 대한 공포를 달래줌으로써 스스로도 평화로운 죽음을 맞이한다. 〈늙은 보모 이야기〉에서는 한 자매의 질투와 암투가 죄 없는 아이를 죽음에 이르게 하지만, 어린 로저먼드 아가씨는 억울하게 죽은 이 또래 아이의 원혼을 위로하고자 했고, 결국 묻혀 있던 가족의 비밀까지 세상 밖으로 끄집어낸다. 이는 여성의 삶에서 여성 간의 이해와 유대가 그 무엇보다 중요하다는 사실을 역설하려는 작가의 의도가 아니었을까.

동서고금을 막론하고 유령과 공포 이야기에는 수많은 여성이 등장한다. 이것은 그동안 여성이 제 목소리를 내지 못하고 고통받고 있었음을 방증하는 것일지도 모른다. 수전 손태그는 타인의 고통에 대해 우리가 가져야 할 태도는 '연민이 아니라 공감'이라 했다. 《회색 여인》에 수록된 단편들은 몇 백년 전을 배경으로 한 고딕식 소설이지만, 그들의 만만찮은 삶은 현실감이 없다거나 황당하게 느껴지지 않는다. 인간의 삶은 과거와 완전히 단절된 것이 아니며 오히려 현재는 과거가 만들어낸 산물이기 때문일 것이다. 나와 다른 시대와 다른 삶을 산 사람들의 이야기를 지금의 우리가 공감할 수 있게 해주는 것이 고전의 역할이자 힘이 아닐까 한다. 고딕소설의 형태로 전해진 세 편의 흥미롭고 기이한 고전은 오늘의 우리를 되비추는 훌륭한 반사경의 역할을 할 것이다.

이리나

휴머니스트 세계문학 002

회색 여인

1판 1쇄 발행일 2022년 2월 7일
1판 2쇄 발행일 2022년 4월 11일

지은이 엘리자베스 개스켈
옮긴이 이리나

발행인 김학원
발행처 (주)휴머니스트출판그룹
출판등록 제313-2007-000007호(2007년 1월 5일)
주소 (03991) 서울시 마포구 동교로23길 76(연남동)
전화 02-335-4422 **팩스** 02-334-3427
저자·독자 서비스 humanist@humanistbooks.com
홈페이지 www.humanistbooks.com
유튜브 youtube.com/user/humanistma **포스트** post.naver.com/hmcv
페이스북 facebook.com/hmcv2001 **인스타그램** @boooook.h

편집주간 황서현 **편집** 이성근 이은서 김선경 **디자인** 김태형
조판 이희수com. **용지** 화인페이퍼 **인쇄** 청아디앤피 **제본** 민성사

ISBN 979-11-6080-787-5 04840
        979-11-6080-785-1 (세트)